साहित्य अकादमी के पांचवें बाल साहित्य पुरस्कार से सम्मानित लेखक की कृति

बुलंद हौसले

[उपन्यास]

प्रो. दिनेश चमोला 'शैलेश'

डायमंड बुक्स

www.diamondbook.in

प्रकाशक : डायमंड पॉकेट बुक्स (प्रा.) लि.
X-30, ओखला इंडस्ट्रियल एरिया, फेज-II
नई दिल्ली-110020
फोन : 011-40712200
ई-मेल : sales@dpb.in
वेबसाइट : www.diamondbook.in
संस्करण : 2023

Buland Hausale (Novel)
by *Prof. Dinesh Chamola 'Shailesh'*

समर्पण

चि. पुत्री शैलजा चमोला
एवं
पुत्र शैलेश चमोला
तथा
युवा-मन के पवित्र
संघर्ष के नाम

[1]

माँ जब भी घास या लकड़ी लेने खेत या जंगल जाती है तो खदरे (मकान की दीवार में दीपक रखने हेतु पंचभुजाकार कटी हुई जगह) के नीचे की लोहे की कुंडी पर बँधी रस्सी से किशनी के दाएं पैर को बांध देती है। लगभग पंद्रह हाथ की वह रस्सी पथरीले चौक के चारों ओर घूम सकती है। माँ छज्जे के नीचे एक स्वाल्टी (घास रखने के लिए (ढाई तीन इंच की लंबाई-चौड़ाई वाले छेदों वाला बांस से बुना पौने दो फुटी टोकरीनुमा पात्र) को चटाई या दरी से ढक देती जो धूप में किशनी के लिए छाया का काम करती।

बगल में कटोरे से ढका पानी भरा लोटा व छोटी टोकरी में गेहूँ व मंडवे को दो-तीन रोटी रख देती, ताकि भूख लगने पर अपना प्रबंध किशनी स्वयं कर सके, यह सोच माँ अपनी अनुपस्थिति के क्षणों के लिए पूरा प्रबंध करके रख देती। इन एकांत के क्षणों में किशनी को अपनी लड़ाई खुद ही लड़नी होती।

यूं तो उससे डेढ़ दो वर्ष बड़ा उसका भाई कार्तिक भी है, लेकिन जबसे किशनी को पीठ में रखा कार्तिक गैड़े (सीढ़ियों व मकानों के बीच की गहरी व संकरी जगह) में गिरा था, माँ किशनी को बाँधकर ही रखती है। कार्तिक के भरोसे किशनी को छोड़ने के बजाए रस्सी से किशनी का एक पैर बाँधना माँ जी को ज्यादा सुरक्षित लगता है। धूप जैसे-जैसे तेज होने लगती है चौक के किनारे के माल्टे के पेड़ों की गहरी छाया किशनी को संरक्षण देने लगती है।

जब कार्तिक की छुट्टी होती है तो एक-दो घंटे के लिए उसे गुड़ व तिल की मुट्ठी पकड़ा माँ अपने खेत-गऊशाला के काम निपटा आती है। लेकिन लंबे काम के समय, सिवाय किशनी के पैर बांधने के, माँ के पास कोई दूसरा चारा नहीं बचता। कार्तिक के स्कूल से लौटने तक उसकी देखभाल दूसरे लोगों व जानवरों से उनका कुत्ता डब्बू करता है जो चौक के किनारे पर जगह बदल-बदलकर उसकी चौकीदारी में तैनात रहता है।

डब्बू भी उन्हीं की तरह ईमानदार है। जब कोई एक कौर रोटी दे देता है तो ले लेता है वरना स्वाल्टी के बगल में रखी रोटियों को छूता तक नहीं। माँ के आने तक एक किनारे में डब्बू सोया रहता है, व दूसरे किनारे पर औंधे मुँह किशनी। माँ के जाने से लौटने तक किशनी की फ्रॉक के दोनों बाजू तथा नाक के छेदों से लेकर आर-पार का क्षेत्र गंदगी से काला व सूखकर खुरदरा भी हो जाता है।

बहुत बार जब माँ को खेत व गऊशाला आदि से लौटने में देर हो जाती है तो कार्तिक भी वहीं कहीं आसपास गहरी नींद में सोया मिलता है... अन्यथा माँ के लौटने तक वह छोटे-छोटे बर्तनों से पानी ला-लाकर रसोई के बर्तनों को पंदेरे (पनघट) के पानी से भरकर रख देता है। दोपहर के भात (भोज) के लिए सुखाकर लकड़ियां, घास व पास-पड़ोस की अपनी क्यारियों से हरी सब्जी भी तोड़कर रख लेता है।

खेत व गऊशाला जाकर माँ को कई करने काम होते हैं। माँ हर दिन पूरा लक्ष्य लेकर चलती है। उसके पूरा न होने तक वहाँ से हिलती तक नहीं। संपन्न लोगों के खेतों में तो कई दूसरे मजदूर-मजदूरनियां काम कर लेती हैं लेकिन कार्तिक व किशनी की माँ सबके बदले अकेले ही खटती रहती है। समान लंबाई वाले जिस खेत में पाँच लोग काम करते हों, उसमें अकेले काम करेगी कार्तिक की माँ... तो समय तो निश्चित लगेगा ही, इसलिए यदि माँ को खेत से लौटने में देर हो भी जाए तो बच्चों को निश्चिंतता रहती कि माँ खेत का काम पूरा करके ही घर आएगी। बहुत कम मौके ऐसे होते जब कार्तिक, किशनी व उसकी माँ पास-पड़ोस के लोगों के साथ-साथ समय से खाना खाते... वरना उनका खाना प्रायः खोली (मोहल्ले) में सबसे देरी में ही बनता।

जिस दिन कार्तिक की छुट्टी जल्दी हो जाती तो अपनी पाटी-बोल्ख्या (तख्ती और कमेड़े की दवात) फटाक से तेबारी में डाल, वह एक चक्कर गाँव का मार फिर वहीं आ जाता है जहाँ किशनी एक पैर के साथ बँधी हुई है व डब्बू बगल में मुस्तैदी से ड्यूटी पर तैनात है।

उसे कई बार अपना बचपन जेल में बंद बाल कैदियों की तरह लगता...। छोटी बहन व अपना जीवन अपराधियों की तरह। जेल केवल वह ही नहीं होती जो चारदीवारी या लोहे के सिखंजों से घिरी होती है, बल्कि वह भी होती है जहाँ नन्हीं-नन्हीं भावनाओं के पंख कुतर उन्हें कोल्हू के बैल का तरह सीमित दायरे में घूमने के लिए विवश किया जाता हो।

गाँव के दूसरे बच्चों की तरह किशनी व कार्तिक भी बचपन की धमाचौकड़ी कर जीवन के स्वर्गिक सुख को बटोरना चाहते हैं लेकिन ईश्वर ने शायद उनके गले में अभावों की जेवड़ी डाल ऐसे ही रेंगने का श्राप दे डाला है जाने कितनी-कितनी बातें सोचता रहता, एकांत व अभाव की चक्की में पिसता नन्हें कार्तिक व किशनी का मन।

उसे कई बार अपने माँ-पिताजी पर क्रोध आता कि जब वे ढंग से उनका लालन-पालन करने की स्थिति में नहीं थे तो उन्हें जन्म ही क्यों दिया था उन्होंने? लेकिन दूसरे ही क्षण गरीबी व असमर्थता की बात कार्तिक की समझ में तो आ जाती लेकिन किशनी का स्वर माँ-पिताजी के लिए रूखा ही रहता।

कार्तिक अब छठा पार कर सातवें में जाने को है, वह कुछ-कुछ माँ की मजबूरियों का एहसास करने की स्थिति में आ गया है। बड़ी बहन सरला चाहने पर भी ससुराल से कोई मदद नहीं का सकती। लेकिन छोटी किशनी अभी जो झेलती है उसके अलावा कुछ भी सोचने या करने की स्थिति में नहीं है।

वह गाँव-पड़ोस के दूसरे बच्चों की तरह रुंदेड़ (रोने वाली) नहीं है। वह केवल दो-तीन बार रोती है। पहले-पहले तब, जब उसकी माँ उसे पैर में रस्सी बाँध घर में अकेले रहने के लिए छोड़ जाती है.. दूसरे तब, जब उसे गहरी भूख, प्यास लगती है या उल्टी दिशा में बँधी रस्सी के घूमने पर दोनों पैरों के बट जाने पर, या फिर तब... जब कोमल सिर (कपाल) पर तेज घाम (धूप) की मार पड़ती है या फिर माँ को खेत में काम करते-करते बहुत देर हो जाती है... और भूख से माँ व भैया की याद उसे बेचैन करने लगती है...। अन्यथा वह रोती नहीं है। इसी को नियति मान वह अपने अभावों से भरे जीवन में ही खुश रहने का भरसक प्रयास करती है।

एकांत के क्षणों में उसका जी भर साथ निभाता है उसका ईमानदार कुत्ता डब्बू जो माँ के लौटने तक अपने तैनाती के स्थान से हिलता तक नहीं। छोटी किशनी रोटी का कौर खुद खाती है तो दो कौर उसको डालना भी नहीं भूलती। ऐसे में भला डब्बू टस से मस उसकी सेवा से भी कैसे हो सकता है?

किशनी के हाथों में चाँदी के दो छोटे धगुले (कड़े) हैं व पैरों में मोटे-मोटे लोहे के कुंडीनुमा चौड़े धगुले। गले में एक सुंदर हंसुलि (हार सदृश) भी है चाँदी की मोटी। ये सब उसके नाना-नानी ने बनवाए हैं। पैजमी (पाजेब) भी है चाँदी की लेकिन उसे माँ फुरसत के क्षणों में बार-त्योहार के दिन ही पहनाती है। रस्सी को पैर के धगुले के ऊपर बाँधती है माँ ताकि धगुले के सहारे से रस्सी टिकी रहे देर तक।

जैसे ही कार्तिक स्कूल से आया किशनी के पास चला आया। वह स्कूल से एक टॉफी और दो बिस्कुट लाया था। टॉफी व आधा बिस्कुट उसने किशनी को दिया, एक बिस्कुट डब्बू को व आधा स्वयं खाया। किशनी बहुत खुश हुई उसको खाकर। कुछ देर कार्तिक डब्बू के गले में हाथ रख उसे पुचकारता रहा...।

वह भी पूंछ हिला-हिलाकर करवट बदल-बदलकर अपना स्नेह प्रकट करता रहा। कुछ देर बाद किशनी ने आवाज लगाई.. 'भेजी (बड़े भाई साहब)!

अं... अं' कहकर उसका मुख लाल हो गया। कार्तिक समझ गया कि किशनी को तेज दीर्घशंका महसूस हुई है। लेकिन अब वह उसको खोले कैसे? उसने पैर पर से रस्सी खोलनी चाही लेकिन गांठ इतनी सख्त थी कि न वह खुल सकती थी न खिसक सकती थी क्योंकि नीचे मोटा धगुला था लोहे का। किशनी यहीं पर ही न कर दे, इस डर के मारे उसने कुंडी से बँधी रस्सी का छोटे वाला हिस्सा सरकाया। रस्सी फटाक से खुल गई, उसने फटक से किशनी को पीठ पर रखा और उसे गौंडा (मकान से दूर शौच करने का नाला) ले गया। पैर से बँधी रस्सी भी धीरे-धीरे खिसटती हुई उनके पीछे हो ली। अंगरक्षक सा डब्बू भी पीछे-पीछे चला आया।

कार्तिक सोचता रहा अकेले में क्या करती होगी किशनी? वह तो रस्सी व लोहे की कुंडी से बँधी रहती है लगातार। इससे पहले कि कार्तिक कुछ कहता किशनी ने कहा- 'भैया अकेले में डब्बू चात देता है यह थब...।' जब भी अकेले में शौच करती है किशनी तो डब्बू उसको साफ कर देता है, यह सुन कार्तिक को कुछ राहत मिली। पहले वह सोच रहा था कि माँ की डर के कारण किशनी इतनी देर बँधी-बंधाई परेशान तो न रहती होगी। वह भावुक है। छोटी-छोटी बात भी उसके कोमल मन-मंदिर में बहुत देर पानी के भंवर सी चक्कर काटती रहती है। समाधान मिलने तक वह लगातार परेशान रहता है।

पानी से हाथ-मुँह धो जब सफाई कर कुल्ला किया किशनी ने तो, कार्तिक फिर पीठ में उठा उसे खौले (चौक) तक ले आया। डब्बू आकर अपनी जगह बैठ गया। उसने कुंडी में रस्सी फँसाई लेकिन माँ जैसी गांठ न बनी। किशनी थोड़ा उधर को गई तो खींचते ही रस्सी भी कुंडी से निकल उसी के साथ चली गई। उसने फिर रस्सी खींची, बहुत प्रयास किए लेकिन उसी तरह की गांठ न बनी। जब कई बार बांधने पर भी वह सफल न हुआ तो पास से गुजर रही एक गाँव की दादी ने कहा- 'ला कार्तिक! मैं बाँध देती हूँ तेरी इस बछली (बछड़ी) को...।'

यह कह उसने गांठ उसी तरह बाँध दी जैसे माँ ने बाँध रखी थी।

दादी तो चली गई लेकिन कार्तिक का उसकी कही हुई बात में कुछ व्यंग्य लगा। उसे गुस्सा आया कि उसने भुलि के लिए 'बछड़ी' कहा है।

'क्या हो दया भेदी? उसने दांता क्या है त्या? 'निर्दोषता से किशनी ने कहा'।

'नहीं... नहीं... उसने मेरी भुलि को बछड़ी कहा... सा... ल.. ली...ने... ।'

'तो बछड़ी ही तो हूँ न भैजी, तभी तो दी मुधे ऐथे बाधती है न...।'

'तुझे ही नहीं भुलि... माँ मुझे भी बाँधती थी ऐसे...। न बाँधे तो काम कैसे करेगी माँ जी?... कौन है यहाँ अपना? पिताजी जब से गए, न पैसा आया, न चिट्ठी... लोग तो दुश्मनों जैसे ताने मारते हैं। माँ खेतों में अन्न न उगाती तो हम खाते क्या भुलि? 'रोटी-भात, भैजी ये तो हम तो मिलता न भैजी।' 'बिना मेहनत के कहाँ अन्न उगता है धरती में? जब माँ दिन-रात काम करती है खेत में... तभी घास-चारा व अनाज होता है.. तभी हमें दूध-घी व अनाज मिलता है... नहीं तो कहाँ से मिलेगा?'

तभी सामने से माँ पीठ में कंडी (बाँस की बुनी टोकरीनुमा पात्र) में लकड़ी, सिर में पानी की गागर व हाथ में छोटे-छोटे तिमलों (कच्चे अंजीरनुमा फल) की कुट्यारी (पोटली) रखे, पहुँच गई। दूर से ही अपनी माँ को देख, बँधे हुए पांवों के साथ किशनी उचट-उचट कर गाने लगी। 'मेली माँ अेदी आ गई... मेली माँ आ दई' जितनी बार उचटती उतनी बार गिरती किशनी... माँ को मिलने की खुशी में पैरों में बँधी रस्सी से लाल-लाल खून के निशान पड़ गए।

कार्तिक दौड़कर माँ के हाथ की पोटली पकड़ माँ के कंधों से झूल गया। थकी-हारी व सुबह से प्यासी माँ अपने भोले बच्चों के स्नेह सरोवर में डूबकर अपनी सारी थकान व गम-दुख भूल गई।

[2]

पहाड़ियों पर रात घिर आई थी। गाँव का कोलाहल अब धीरे-धीरे शांत होने लगा था। चौकों में धमाचौकड़ी मचाने वाले बच्चे अब अपने-अपने घरों को चल दिए थे। नारंगी-माल्टे के पेड़ों पर घ्यंदुड़े-स्यंटुलों (गौरैयों व मैनाओं) की जोर-जोर की चिल्लाहट भी रात्रि के अंधकार के गहराते कम से कमतर व अंत में बिल्कुल बंद ही हो गई थी।

अब लगता था कि दिन-भर की थकान के बाद पंछी अपना रात्रि का भोज कर निंदिया रानी के आगोश में चले गए थे। जिनके घरों में बड़ी बहू-बेटियां थीं उनका खाना बन गया था या दाल-सब्जी की छौंक लगकर बस तैयारी में था लेकिन कार्तिक व किशनी की माँ को तो अब इसके बाद ही करना है सब कुछ।

रोटी के साथ क्या सब्जी होगी, यह भी माँ अभी निश्चिय नहीं कर पाई। घर

में लकड़ी-पानी की व्यवस्था कर रखता है कार्तिक। लेकिन चूल्हे पर जाने से पहले माँ को और भी बहुत कुछ करना होता है। दोनों मकानों में लैंप जलाकर रौशनी करनी, देवत्वी कोठड़ी व छज्जे में रखी तुलसी चौंरे में दीपक-जलाकर रसोई को सामान जुटाना आदि-आदि। पूजा-अर्चना के बाद माँ का सबसे पहले काम करती है वह गरमा-गरम चाय अपने लिए व बच्चों के लिए। दो कटोरियों पर ताजा दूध डब्बू के लिए घी से चुपड़ी रोटी देना है। दिन भर की कठोर निगरानी के बाद मानो डब्बू भी माँ के आते ही चिंतामुक्त हो जाता है। बच्चों की चिल्ल-पौं के बाद गुर्राता है मानो कहता हो 'माँ मेरी भी तो बात सुनो... मैंने भुलि (किशनी) की रक्षा के लिए क्या-क्या किया'।

कार्तिक व किशनी को गोद में रखे माँ प्रेम से अपने डब्बू को शाबासी देने के लिए पुचकरती- 'आ मेरे सिपाही... घर के गार्जन! तू न होता तो मैं कैसे करती गिरस्ती के इतने काम?' माँ संकेत करती तो डब्बू कान नीचे कर पूंछ हिलाता हुआ एक लंबी कूद मार माँ के आँचल से लिपट जाता।

वह क्षण माँ के लिए असीमित स्नेह, करुणा व अपनत्व का होता... मानो समूचा दया का स्वर्ग उसके अभावों की इस कुटिया में आ विराजा हो।... बस, कमी खलती तो किशनी-कार्तिक के पिताजी कि...। सभी माँ के करुणामई स्पर्श की थाप पाकर धन्य हो उठते। थोड़ा-थोड़ा आहार पाकर अच्छा लगता। माँ की चिंता अब रोटी के साथ सब्जी की होती।

''आज क्या बनाऊं कार्तिक.. तिमले की सब्जी या घी?''

'माँ! न तिमले की सब्जी, न घी... बस, मुझे तो नौण (मक्खन) चाहिए... बस...।'

'और मुझे आटा... और घी' नन्हीं किशनी कहती। यह सुन माँ की अपनी योजना फेल हो जाती। 'घी तो है लेकिन नौण नहीं। अपने शहजादे की माँग को भला कैसे ठुकरा सकती है माँ?। परोठ (लस्सी बनाने का लकड़ी का बड़ा पात्र) में दही है। बिलौने को आटा गूंथकर पहले छांस (लस्सी) बनाएगी... फिर निकलेगी ताजी-ताजी नौण कार्तिक के लिए।

पल्येये (मक्खन रखने का लकड़ी का डौंगा) पर थोड़ा सा पुराना मक्खन बचा है.. उसे उठाकर पूरा का पूरा न्यौतण (दोनों हाथों से दही बिलौने की रस्सी) पर लगाती है। वह रस्सी वैसे स्योले (भैंवल के रेशों) से बनी है लेकिन मक्खन लग-लगकर वह चमड़े की तरह मुलायम व काली बनी हुई है। रस्सी के दोनों सिरों पर लगभग आठ-दस इंच के दो चिकने लकड़ी के गोल पीस लगे हैं जो माँ के हाथों की पकड़ में सहायक होते हैं।

माँ दही बिलौने लगती है कार्तिक परोठे के ढक्कन को जोर से पकड़ लेता है ताकि अचानक ढक्कन खुलने पर खेलता हुआ फेनिल दही बाहर न निकल जाए। किशनी पास ही के तेथले (बारीक बांस की बुनी चटाई) पर रत्तादाणी, (गहरे लाल रंग की मोती सी गोलियां, जिनके माथे पर काले रंग का टीका होता है) जो माँ घास काटते हुए जंगल से खेलने के लिए, ले आई थी बच्चों के लिए, का संसार फैलाकर गुन-गुनाने में मस्त है।

माँ जब न्यौतण को घुमाना शुरू करती है तो पूरा कोर्स खत्म कर के ही दम लेती है। माथे पर पसीने की बूंदें तेजी से उभर आती हैं। माँ बिलो तो दही रही है लेकिन मन के सरोवर में भी विचारों का मंथन उसी तीव्रता से चलता रहता है। इन्सान किन-किन प्रत्याशाओं की उम्मीद में कितने दुःखों में क्या-क्या करता चला जाता है...। थकान से चूर हो जाने के बावजूद भी वह अपने बच्चों के लिए मक्खन बनाने के लिए कितने श्रम से जुटी हुई है... हम सबके पालन-पोषण के लिए।

किशनी-कार्तिक के पिता परदेस में दर-दर की ठोकरें खा रहे होंगे... अन्यथा क्या जरूरत थी उन्हें, अपने छोटे-हंसते-खेलते बच्चों को छोड़कर परदेस जाने की? अचानक 'ठक' की आवाज से माँ का ध्यान टूटा। परोठे को पकड़ते-पकड़ते कार्तिक को नींद का एक गहरा झोंका आया... जोर से उसका माथा परोठे से जा टकराया।

'तुझे नींद आ रही है बेटा... ये मक्खन तेरे ही लिए तो बन रहा है... जोर से तो नहीं लगी..?' कहकर माँ ने दही बिलौना बंद किया। पहले अपनी धोती के छोर से मुख पर कई धाराओं के रूप में बह रहे पसीने को साफ किया फिर पास में रखे अपने साफे को इकट्ठा कर जोर से उसका माथा दबाया। वहाँ पर पुटेला (गोला) हो गया था।

कार्तिक मजबूत हड्डी का लड़का है। छोटी-मोटी चोजों पर उसे रोना नहीं आता, न ही कोई नाटक करना। माथा दबाते हुए उसने अपने दाएं हाथ से माँ को चिंता न करने का संकेत दिया व फिर से माँ को काम पर लगने को कहा व स्वयं परोठा पकड़ लिया। माँ छांस छोलने (दही बिलौने) लगी। दोनों हाथों से कि आंख के सरोवर में कार्तिक की पुतलियां लगभग तेजी से गोते खानी लगीं। गर्दन जितनी तेजी से पीछे की ओर जाती... उससे तेजी की ओर लुढ़कती... क्वांरी नींद जब बचपन की आँखों पर हमला करती है तो बच्चा बौरा सा जाता है।

माँ ने बीस-पच्चीस चक्कर और घुमाए तब तक कार्तिक का सिर परोठे पर ही लुढ़क गया। माँ ने रस्सी, रोड़े (मथनी) पर बांधी, ढक्कन उठाया... रौड़े को

घुमाया... पूरा का पूरा नौण परिवार लस्सी का संग छोड़ उसी से चिपक गया था... जब ऐसा होता है तो दादी बताती थी... कि समझो छांस छुल (दही बिलो गया) गई।

कार्तिक को उठाकर पास ही के दसाण (बिस्तर) पर लिटाने लगी माँ। किशनी भी आ गई। कार्तिक उठ गया। उत्सुकता से पूछता-माँ! 'बन गया मक्खन?' पिताजी कब आएंगे माँ... उन्हें भी अच्छा लगता है न मक्खन... तब तक और बन जाएगा माँ?'

'बस, अब कुछ दिनों में बग्वाली (दीवाली) है, तभी आएंगे पिताजी।' कहकर माँ ने एक गुंदखी (टिक्की) नौण भगवान के लिए रखी व छोटी-छोटी उनके नन्हें हाथों में थमा दीं। शेष पल्ल्येये में डाल रोडू, न्यौतण को पौंछकर अलग किया व परोठे का ढक्कन लगा उसे कंडे से ढक दिया।

माँ रोटी बनाती है तो किशनी-कार्तिक फिर अपनी शरारतों में डूब जाते हैं। दिन भर तो अपनी शरारतों में अपना भी ख्याल उन्हें ही रखना पड़ता है। ये कुछ ही क्षण होते हैं निश्चिंतता के, जब वे चिंतामुक्त हो खेल-कूद सकते हैं। माँ चूल्हे में आग जलाकर उसमें भदाली (कड़ाही) रखती है लोहे की। माँ का चूल्हा मिट्टी से लिपी-पुती सुरंग की तरह है। उसमें यदि लकड़ियों की झौल (आग) ठीक हो तो एक साथ तीन काम हो सकते हैं।

[3]

एक चूल्हे में कड़ाही में मक्खन गल (खौल) रहा है, दूसरे में आटा (केवल दूध में बना हलवा) बनाने के लिए रखी है कड़ाई व तीसरे में गुड़वाणी (गुड़ वाला उबला पानी) रख दिया गया है। लड़की होने के कारण किशनी को गारे (गोटी) खेलना अच्छा लगता है। कई दिनों बाद माँ जब कभी फुर्सत में होती है तो वह अपनी किशनी के साथ गारे (स्फटिक के गोल कंचेनुमा पत्थर) खेलती है।

बहुत कलात्मकता है माँ के हाथों में। उल्टे-सीधे हाथ से खेलती है लेकिन एक भी गारा, क्या मजाल कि नीचे गिर जाए। किशनी उल्टा करे या सीधे, एक भी गारा उसके हाथ में नहीं रुकता, हाथ तीतर-बीतर ठगे रह जाते हैं और गारे उससे बहुत दूर जाकर मानो उस पर हँसते रहते हैं। तब वह ठगी सी महसूस कर माँ से कहती है:-'माँ ये गाले मेले हाथों में त्यों नहीं आते? मुझे तब आएंदे खेलना गाले?'

'जीवन के सारे खेल अभ्यास व उम्र के हिसाब से स्वयं ही आते हैं बेटी... समय अपनी देख-रेख में सबको सब कुछ सिखा देता है... तुम चिंता क्यों करती हो? कभी तुम्हारी उम्र में अपनी माँ से मैं भी यही सवाल किया करती थी... लेकिन आज...।' कहकर माँ कई बार उसकी बलैयां लेतीं व उसे भींचकर अपनी गोदी में जकड़ लेतीं। यह माँ तब करती है जब कार्तिक बैट-बॉल खेलने गाँव में गया होता, किशनी घर में अकेले होती और खाना बनाने में माँ के पास घड़ी दो घड़ी की फुरसत होती।

घी बनने को होता तो उसकी मोहिनी महक डब्बू को ऊपर के घर से नीचे के घर, यानी रसोई तक खींच लाती। वह सारा शरीर बाहर व दो पंजे देहली में रख उसमें अपना मुँह रख पसर जाता। बीच-बीच में कोई छौंक जैसी गतिविधि होती तो बैठे-बैठे अपने कान हिलाता या फिर अपनी बंद आँखें खोलकर अपने जगे होने का प्रमाण देता।

माँ ने आटा गूंथकर परात में अलग रखा। हर बार माँ को दो प्रकार के आटे गूंथने होते हैं। बच्चों के लिए गेहूँ का व स्वयं के लिए कोदे (गंडुवे) का। काकर से ड्वीला (गोल लकड़ी का बिन्नानुमा) निकाला, उसे साफे से साफ किया। दूसरे चूल्हे में घी में भुना आटा लगभग भूरा हो गया था... और तीसरे चूल्हे का गुड़वाणी उबलकर ऊपर रखे ढक्कन को धाप-धाप कर बाहर गिराने लगा था।

माँ ने बच्चों को दूर रहने के लिए कहा। एक हाथ से कड़ाई का कल्वणा (हैंडल) पकड़ा धीरे से। दूसरे हाथ से गुड़वाणी उसमें उड़ेला.. 'छर्र... र' करके पूरा भुना हुआ आटा ऊपर आया.. व माँ ड्वीले से उसे खैंडने (हिलाकर मिलाने) लगी। चूल्हे की आग भबराने लगी थी। कार्तिक ने कहा- 'माँ, पिताजी याद कर रहें होंगे न हमें? उन्हें भी खैंड़ा आटा अच्छा लगता था न माँ?'

माँ ने मुँह में धोती का पल्लू ठूंस दिया व आँखें छलछला आई।

'माँ.. बात-बात पर क्यों रोने लग जाती हो आप?' कार्तिक ने पूछा।

'नहीं बेटा, हमारी गौरा (गाय) पहली बार ब्याही थी तब। कल तुम्हारे पिताजी को परदेस जाना था.. कहा आटा खैंड चंपा.. तेरे हाथ का आटा बहुत भला लगता है... बस, खाली आटा खाऊंगा घी के साथ... फिर परदेस में कुछ मिलता है कि नहीं.. मेरे बच्चों का ध्यान रखना... । कह दूसरे दिन चले गये थे.. तबसे कोई खर्चा-पर्चा व संत खबर नहीं।'

माँ की गालों पर लुढ़के आंसुओं को देख दोनों बच्चों की भी आंखें भर आई थीं।

'माँ घबराओ मत, अब मैं भी बड़ा हो गया हूँ। गाँव में सड़क की कटाई शुरू होने वाली है। फिर नई खुदी सड़क पर पत्थरों का काम चलेगा... बजरी कूटी जाएगी...। दिहाड़ी व बड़े पत्थर या मिट्टी के तसल्ले तो अभी मैं नहीं उठा सकता... लेकिन बजरी तो मैं तोड़ सकता हूँ माँ... किशनी के एडमिशन के लिए तो मैं कुछ फीस जुटा ही दूंगा, तुम व्यर्थ में चिंता न किया करो माँ... अब मैं जैसे बड़ा होता जाऊंगा... तुम्हारी परेशानियाँ स्वतः ही कम होती जाएंगी, कार्तिक गंभीर हो कहता है।

'गरीबों के दुःख संसार में कोई भी नहीं समझता बेटे। अब गाँव में कौन ऐसे हैं जिनसे कर्जा नहीं लिया है... स्कूल पढ़ना जरूरी है। तुम्हारे पिताजी को इसीलिए तो काम नहीं मिलता... कहीं मिलेगा तो मजूरी ही मिलेगी करने को... मजूरी में कितना बनता होगा... खाना-रहना, किराया... परदेस में कौन अपना होता है? पढ़े-लिखे होते तो एक जगह नहीं, दूसरी जगह काम मिलता...। अब किशनी के एडमिशन में भी पैसे लगेंगे... कहाँ से लाऊंगी... नहीं तो पूरा साल बर्बाद हो जाएगा। करने को तो मैं भी कर लेती मजूरी... लेकिन कुल की मर्यादा है... स्त्री का मजूरी करना हमारे समाज में अच्छा नहीं समझा जाता। फिर खेती-पाती और मवेशियां भी तो हैं अपनी... उन्हें कौन देखेगा? उन्हीं पर तो चल रहा है घर का जीवन।'

'ऊपर से भगवान तो सब देखते हैं न माँ। आप चिंता क्यों करती हो? कुछ दिनों की बात है मेरे रहते.....मेरी माँ क्यों करेगी मजूरी? सड़क के शुरू होते, स्कूल से पहले व स्कूल के बाद मुझे बजरी कूटने का काम मिल ही जाएगा... यह देखो, मैं अपने लिए लुहार शेरू चाचा से हथौड़ा बना लाया हूँ। काम करने पर आदमी छोटा नहीं, तन व मन से मजबूत बनता है माँ हमारे गुरु जी बताते हैं। अभी तो मेरी छुट्टियों के बारह दिन बाकी हैं... व किशनी के एडमिशन के लिए भी। जब मन स्वच्छ होता है न माँ, तो रास्ता भगवान स्वयं देते हैं। खुद ही तो संकट में नित्य ईश्वर की याद रखने की बात कहती हो... और खुद हिम्मत हार जाती हो? 'माँ एकाएक खिलखिला पड़ी व अपने कार्तिक के बड़े विचार सुन उसके आँखों के तालाब में फिर आँसुओं के कमल तैरने लगे।

सबने स्वाद से खाना खाया व गहरी नींद में सो गए। सुनहरी सुबह हुई। माँ गऊशाला व पनघट से लौटी। खाना खाकर कार्तिक गायें लेकर जंगल चला गया चराने... माँ खेतों में चली गई काम करने... व किशनी पैरों में बँधी रस्सी सहित

अपने प्रिय कुत्ते डब्बू से खेलने लगी। कार्तिक ने गायें बांज के जंगल में हांकी व स्वयं हाथ में सेटगा (सोटी) रख स्कूल की ओर चल दिया। स्कूल में छुट्टियां होने के कारण माहौल सुनसान था। वह स्कूल के गेट पर गया। गेट अंदर से बंद था। उसने दरवाजा खटखटाया। चोटी बाँधते-बाँधते गुरुजी ने गेट खोला 'गुरुजी प्रणाम' कह कार्तिक ने गुरुजी के चरण छू लिए।

'कहो कार्तिक कैसे आना हुआ? अभी तो दस छुट्टियां शेष हैं।'

'गुरु जी 'कहकर उसने अपनी दोनों तर्जनियां मुँह में दांतों तले रख दीं व अंगूठे से जमीन कुरेदने लगा।'

'कहो सब ठीक तो है घर में?'

'जी गुरु जी... लेकिन भुलि का एडमिशन होना है...।'

'तो हो जाएगा... कौन बड़ी बात है।'

'घर में पैसे नहीं हैं गुरु जी'

'तो बाद में दे देंगे... तुम क्या चाहते हो?'

'माँ नहीं मानेंगी... क्या मैं दस दिन तक स्कूल में चेतू भैया के साथ खर-पतवार उखाड़ने का काम कर सकता हूँ गुरुजी? फिर उसकी चेतू भैया मुझे जितनी भी पगार देंगे उससे माँ बहुत खुश होगी... बिना मेहनत की एक लाल पैसे की कमाई को भी माँ पाप समझती है गुरुजी।'

'अरे वाह! तो तुम माँ को बताकर आज ही आ जाओ काम पर।' गुरू जी ने गदगद हो कार्तिक की पीठ थपथपाई।

कार्तिक सात-साढ़े सात साल का चौथी में पढ़ने वाला लड़का है। पिताजी पिछले तीन साल से घर पर नहीं हैं। कार्तिक के जन्म के दूसरे साल ही पिताजी ने मकान बनाया था। गाँव में शायद ही कोई ऐसा घर हो जिनसे माँ ने कर्जा न लिया हो...तभी तो बिना नौकरी के, रहने लायक घर हो पाया है।

अब उसी कर्जे चुकाने के लिए कार्तिक के पिता ने परदेस का मुँह किया है। हर महीने अपनी सीमित पगार में से अपना रहना-खाना निकाल किसी एक साहूकार का कुछ-कुछ कर्जा चुकत हो जाता है फिर घर के खर्चे के लिए कैसे संभव होगा रुपया भेजना?

जब भी कार्तिक के पिता का मनिऑर्डर गाँव के किसी सेठ-साहूकार के नाम आता है तो माँ को खूब सुकून मिलता है। अभी भी दस पाँच घर और बचे हैं जिनका कर्जा अभी भी देना बाकी है।

शाम हुई तो कार्तिक घर आया। दोपहर के भोजन पर न पहुँचने के कारण माँ को कार्तिक की चिंता हुई। वह गऊशाला गई। लेकिन गाय-बैल तो सभी अपने-अपने खूटों पर बँधे जुगाली कर रहे थे। माँ ने इधर-उधर देखा। खड़ीक व तिमले के पेड़ पर भी देखा। कभी-कभी कार्तिक गाय-बैल बांधने के बाद तिमले के पेड़ पर पके तिमले खाने लग जाता है या फिर खड़ीक की ऊँची दुशाख में घुड़सवारी की शक्ल में दोनों पैर हिलाते-हिलाते अपने बाल सुलभ संगीत में खोया रहता है।

कार्तिक की गऊशाला बिल्कुल धार (ऊँची चोटी) पर है। वहाँ से पूरा गाँव व आर-पार का संसार बहुत भला लगता है। लेकिन कहीं भी कार्तिक को न पा कर माँ क्षण भर के लिए बेचैन हो गई। उसी परेशानी में माँ भोजन भी न खा सकी। शाम को गऊशाला से जल्दी घर लौट आई। देखा तो कार्तिक माँ के लिए शाम के भोजन की लकड़ियां जुटा रहा था। आते ही माँ ने पूछा 'तू कहाँ चला गया था बेटा आज... मैं तो बहुत घबरा गई थी... कि अब जाऊं तो कहाँ जाऊं।' 'अपने लिए नौकरी ढूंढने गया था माँ... नौकरी...। फिर देर रात तो लगनी ही थी न।'

'नौकरी... कैसी नौकरी?... चल अब मजाक मत कर... हाथ-पांव धो और बासी भात खा... भूख, लगी होगी...। घबराहट में मैंने भी नहीं खाई एक कोली (कौर) तक।'

'बस माँ यही तो दिक्कत है... कुछ ऐसा-वैसा काम करो तो तुम घबरा जाती हो... तुम्हें मालूम है माँ आज एक जांबाज सैनिक का शव तिरंगे में लिपटा हुआ हमारे ऊपर के गाँव पहुँचा है... उसकी भी तो माँ होगी तुम्हारी तरह...कितने सैनिक आए थे बंदूक-बर्दी पहनकर। अगर उसकी माँ घबरा जाती... जिसका बेटा देश की सीमा पर शहीद हो गया था माँ। खैर, छोड़ो... मुझे दस दिन के लिए स्कूल में काम मिल गया है। किशनी की फीस व किताबों का सारा खर्चा निकल आएगा... एडमिशन के लिए गुरुजी ने हाँ कर दिया है...। आज गुरुजी के बर्तन धोए तो खाना वहीं खाया, बचा हुआ... कितना स्वादिष्ट खाना था माँ नौकरी वालों का... घी व जीरे-हींग तुड़का (छौंक) लगा हुआ।

चिंता मत करो माँ जब मैं भी सरकारी नौकरी पर लगूंगा, तो तुम्हें ऐसा ही खाना खिलाऊंगा माँ। जब भी बिना कहे कार्तिक भविष्य के सपने बुनने लगता है तो माँ स्वयं को प्रसन्नता के मारे जमीन से दस फुट ऊपर समझने लगती है। बोलती कुछ नहीं... या तो उसकी आँखें भर आती हैं या फिर उसके दोनों हाथ अपने इष्ट का ध्यान करते जुड़ जाते हैं।

किशनी स्कूल जाने की बात सोच, काकर में रखी तीन साल पुरानी कार्तिक की तख्ती को निकाल कंधे में रखती है। हाथ में कुछ किताबें रख स्कूल जाने का स्वांग रचाती है। वह भी अपने बंधन मुक्त जीवन के सपने देख रही है कि तब माँ रस्सी से उसका पैर नही बांधेगी। वह जहाँ चाहे, जहाँ तक चाहे अपने पैरों व अपनी इच्छा से आ-जा सकती है। कुछ दिनों बाद परदेश से उनके पिताजी भी लौट आएंगे।

कुछ दिनों में दीपावली का त्योहार था। कार्तिक की मेहनत की कमाई से किशनी का स्कूल में एडमिशन हो गया था। अब ज्यादातर समय डब्बू ही रहता है घर में... नारंगी-माल्टे के गाढ़े छेल (छाया) में। कार्तिक व किशनी स्कूल रहते हैं माँ खेतों में काम करने या गायों के साथ घास के लिए जंगल चली जाती है। अब जंगलों में रहने वाले बंदर-लंगूर जंगलों को छोड़ गाँव के इर्द-गिर्द के तिमले, भैंवल, खड़ीक, सांदण, क्वीर्याल, बेडू आदि के पेड़ों पर डेरा डाले रहते हैं। जंगल में जब पेड़ नहीं बचे तो उन्हें खाने के लिए क्या बचेगा? इसलिए वे गाँव के घरों के आस-पास आ जाते हैं... कुछ पाने व खाने के लिए।

जब भी किसी का घर थोड़ा खुला नहीं कि तेबारी या बौन में बंदर-लंगूर परिवार, परिवार की ही तरह उपलब्ध भोजन की बंदर-बांट करने लग जाते हैं। ऐसे में डब्बू की जिम्मेदारियां बढ़ गई हैं। सुबह-सुबह डब्बू माँ के साथ गऊशाला होते हुए अपने पूरे खेतों का चक्कर मार आता है। उसके खेतों में बंदर उतरने तक का साहस नहीं कर सकते।

अपनों के लिए जितना भोला है डब्बू, दूसरों व बंदर-लंगूरों के लिए पूरा बम गोला है। इन दो वर्षों में ग्यारह मोटे बंदर चित्त कर दिए थे डब्बू ने। एक तो परसों ही छज्जे में बड़ा मोशया (कद्दू) उठाते दबोच लिया। डब्बू के रहते पेड़ों से नीचे उतरने का साहस नहीं करते बंदर।

जब से किशनी स्कूल गई, कुछ-कुछ उदास रहने लगा डब्बू। नहीं तो पूरा दिन किशनी से बतियाते, खेलते-खिलाते व उसके नन्हें हाथों से स्नेह के उपहार पाते, बीत जाता था। अब अकेलापन अखरता है डब्बू को, इसलिए जब भी कार्तिक व किशनी आते हैं स्कूल से, तो आधे घंटे तक नेह में पगे कई करतब दिखाता है डब्बू।

किशनी भी कुछ स्वयं खाए या न खाए लेकिन डब्बू के लिए स्कूल से बिस्कुट, रस या कुछ और लाना न भूलती। जिस दिन पैसे न रहे उस दिन अपने टिफिन में अपने आहार में से घी चुपड़ी रोटी या परांठे का आधा टुकड़ा ही ले आती है बचाकर घर। जब तक किशनी देती नहीं कुछ, अपने डब्बू को तब तक कहाँ चैन से बैठता व बैठने देता है वह।

इस साल कार्तिक का बोर्ड है पाँचवीं का। माँ चाहती थी कि वह इस साल अपनी पढ़ाई की मेहनत के अलावा और कुछ भी न करे। लेकिन छोटी-मोटी फीस के लिए माँ का दूसरों की दहलीज पर जाकर हाथ पसारना भला न लगता कार्तिक को। माँ के लाख मना करने पर भी वह कोई न कोई काम पकड़ लेता। जब माँ कुछ कहती तो समझाने के स्वर में वह माँ से कहता- 'माँ! जीवन में सफलता की असली सीढ़ियां दो ही हैं... मेहनत व ईमानदारी। जिसके पास यह नहीं उसका जीवन बांस की तरह खोखला होता है। भगवान भी ऐसे ही लोगों की मदद करता है। मैं कोई भी कार्य मजबूरी में नहीं करता हूँ माँ... मेहनत करने से आत्मविश्वास बढ़ता है... आत्मविश्वास से व्यक्तित्व व भविष्य के रास्ते खुलते हैं। आप तनिक भी इसे बुरा न समझा करो माँ... शरीर जितना स्वस्थ होगा... बुद्धि उतनी ही खिलती है। परसों से मुझे सड़क पर बजरी कूटने का काम मिल जाएगा माँ, दो घंटे शाम व एक घंटे सुबह...। बस, गायों के साथ जंगल नहीं जा पाऊंगा मैं... क्योंकि फिर इस साल बोर्ड में फर्स्ट भी तो आना है न माँ... उसके लिए पढ़ना भी तो है।'

'तू केवल पढ़ाई कर बेटा। यह समय व साल दुबारा नहीं आएगा। पैसा तो उधार व कर्जा भी हो जाएगा... लेकिन पढ़ाई बार-बार नहीं होती... तुम पढ़-लिखकर कुछ बन गए... तो कर्जा तो लाखों चुक जाएगा। यदि परिस्थितियां अनुमति देतीं बेटा तो दुनिया भर का काम मैं स्वयं कर लेती।'

'फिर मेरे रहने या होने का क्या मतलब माँ ?' कहकर कार्तिक माँ के गले से झूल जाता।

[5]

बिहारी मजदूरों की पूरी फौज गाँव के खेतों व चट्टानों पर मधुमक्खियों के झुंड की तरह टूट पड़ती है। सड़क का कच्चा खाका आठ-दस किलोमीटर पीछे से बनता चला आया था। मिट्टी या दलदल, कंकरीटी या पथरीली जमीन पर

सड़क के आकार लेने में देर न लगती, लेकिन जहाँ बीच में कोई बड़ी चट्टान आ जाती तो ठेकेदार सहित मजदूरों को नानी याद आ जाती। पहाड़ के इतने सख्त स्फटिकनुमा पत्थर कि उन पर काँप्रैसर की सब्बल मुड़ जाती सड़क के मध्य आई चट्टानों के टूटने पर पूरे गाँव-पड़ोस में दहशत का सा माहौल हो जाता।

बिहारी मजदूर पेड़ों पर चढ़-चढ़ कर चिल्लाते 'कोई बाहर मत आना... मवेशी, बच्चे सब लोग। ब्लास्टिंग होने वाली है... बहुत दूर तक पत्थरों के टुकड़े जाएंगे। फिर वे सब मिलकर जोर की सीटियां बजाते। उन तीखी चीत्कारों से हृदय दहल उठता।... बच्चे-बूढ़े दोनों हाथों से कान बंद कर घरों में दुबक जाते।

चारों दिशाओं में मवेशियों व लोगों के मारे डर के पांव गतिहीन हो जाते।... जो जहाँ, जिस मुद्रा में है वह वहीं, वैसे ही रहता कान दबाकर... और जब 'धड़ाम' की आवाज से शोरिंग का कहर टूटता तो घाटियों में उसकी अनुगूंज 'धड़ाम... धड़ाम' कई-कई बार सुनाई देती। यह रोंगटे खड़े कर देने वाली आवाज कार्तिक व किशनी को अपने स्कूल में सुनाई देती। स्कूल से वह जगह तो दिखाई न देती लेकिन पत्थरों के चूरे व मिट्टी का गुब्बार ऊपर आसमान से जगह का प्रतिनिधित्व अवश्य करता।

बिहारी मजदूरों की सीटियों से कार्तिक को अपने गाँव के ग्वरील देवता के नृत्य के समापन दिवस के दिन बड़े बाग्गि (भैंसे) के वध का दृश्य याद आ जाता। जब दूर-दूर से लोग वह मेला देखने आते। मेला क्या, वह अजीब किस्म की नृशंस हत्या का तमाशा मात्र था। बच्चे, बूढ़े, युवक-युवतियां, घर की छतों-छज्जों पर मधुमक्खियों से सटे रहते। देवता नाचता... बाजे गाजे के साथ... बाग्गि को चारों ओर से मोटी-मोटी रसियों से बांधा जाता... फिर उसको मारने वाला कुल्हाड़ी की तेज धार से उसकी गर्दन पर एक प्रहार करता... खून की एक तेज फुहार गर्दन से चू पड़ती... बेजुबान जानवर 'ट्वां---ट्वां' की आवाज के साथ अथाह पीड़ा से छट-पटाता इधर से उधर व उधर से इधर दौड़ता रहता... मारने वाला बीच-बीच में उस पर निर्मम प्रहार करता रहता... रस्सी पकड़े लोग भी उसी के समानांतर दौड़ते रहते। आर-पार के छज्जों पर बैठे लोग चीखते-चिल्लाते... खुशियों में तालियां व सीटियां बजाते... असहाय पशु का मृत्यु से संघर्ष चलता रहता... कुल्हाड़ी वाला कभी प्रहार यहाँ करता... कभी वहाँ... माँस के लोथड़े ही लोथड़े शरीर पर झूलने लग जाते।...वह पीड़ा से कराहता-कराहता... तब तक दौड़ता रहता, जब तक निर्ममता से उसका धड़ शरीर से अलग न कर दिया जाता। सिर, धड़ शरीर से अलग होने पर देर तक

अलग-अलग छटपछाते रहते... आर-पार में खून की नदी बह जाती... (हिंसक) देवता भैंसे की निर्मम हत्या पर अट्टहास करते... तमाशबीन भीड़ एक-एक कर छटने लाग जाती। खेल खत्म होने लगता... व वे सब अपने-अपने घरों-गाँवों को चल पड़ते। ऐसे में कार्तिक सरीके कई भावुक बाल मनों को ईश्वर के दयालु होने पर शक होता।

स्कूल से लौटता तो वह एक चक्कर सड़क पर हो आता। टूटे हुए पत्थरों के अलग-अलग ढेर लगे होते सड़क के किनारे। बड़े-बड़े पत्थरों के ढेरों को ठेकेदार गाँव में मकान बनाने वालों को बेच देता व छोटे ढेरों में से बजरी कूटे जाने का विचार होता। छोटे पत्थरों पर भी अभी घन चलाने की जरूरत होती। दो-तीन टूट के बाद ही वे हथौड़े से टूटने लायक होते।

किशनी व कार्तिक स्कूल जाते। माँ जब गऊशाला से मवेशियों का सानी-पानी व गायों का दूध दुह लाती, कार्तिक व किशनी शैचादि से निवृत्त होकर पंदेरे से पानी ला घर की सफाई से लेकर लाल माटे (मिट्टी) से रसोई व चूल्हे को लीप-लापकर सुंदर बना देते।

आटा गूंथकर पीतल की परात में रख देते। चूल्हे में आग जला ऊपर चाय के लिए केतली में पानी रख देते। जब से गुरुजी ने सुबह लोटे में पानी रख शौच के लिए खेत या जंगलों में जाने की बात कही थी, कार्तिक बड़े लोगों की तरह जाता। वह जब-तब फसल लगे खेतों में शौच कर रहे लोगों से उलझता व गाड-गदेरों (नालों) में शौच आदि जाने की सलाह देता।

स्कूल के लिए दो-तीन बातें जरूरी होतीं। एक तो प्रत्येक दिन फाड़े लाखड़ी (फटी हुई लकड़ी) जो गुरुजी की रसोई में भोजन पकाने के काम आती। सप्ताह में एकाध दिन दूध या छांछ (मट्ठा) गुरुजी के लिए। वह क्लास के बच्चों की परिक्रमा से ड्यूटी लगने के कारण महीने दो महीने में एकाध बार आती। गुरुजी का बच्चों के लिए सर्वस्व अर्पण था। जब मारते तो पूरा वातावरण मारे गुस्से के सिर पर उठा लेते। बस, लक्ष्य था बच्चों के सुखद जीवन की मजबूत बुनियाद रखना।

गुरुजी का लिखाई व सफाई पर बहुत ध्यान रहता। वे अतिरिक्त श्रम का कोई पैसा न लेते। बोर्ड के विद्यार्थियों को छात्रावास, दो टूटे खंडहरनुमा कमरे, जिन्हें गुरुजी ने श्रमदान व आस-पास के गाँवों के अच्छे लोगों के सहयोग से निर्मित किया था, में रखते थे। देर रात तक पढ़ाना व ब्रह्मवेला में स्वयं उठ उन्हें उठाना व गुरुजी की पुरानी परंपरा थी। गुरुजनों व उनके परिजनों की अपार स्नेह राशि

ही गुरुजी के अतिरिक्त श्रम (ट्यूशन) की धनराशि (शुल्क) थी। टेड़ा से टेड़ा व अक्खड़ से अक्खड़ विद्यार्थी भी गुरुजी के स्नेह का हाथ पाकर अपने सही मार्ग पर आने में देर न लगाता था।

गाँव की सड़क का कटान गाँव से एक-डेढ़ किलोमीटर आगे तक हो गया था। अब लोग अपने कटे खेतों के बदले पैसे वसूलने के लिए ग्राम प्रधान से लेकर पटवारी तक के चक्कर लगाने लगे थे। कटे खेतों की वसूली अस्सी प्रतिशत थी तो दबान वाले खेतों की मात्र पचास प्रतिशत। कार्तिक सोचता है कि कितना अच्छा होता उनके भी चार-पाँच बड़े खेत सड़क के कटान में आ जात... जिससे कम से कम घर का कुछ खर्चा, गाँव का बचा कर्जा व उनकी स्कूल की पढ़ाई का जोड़-जुगत हो जाता। फिर माँ को नाहक परेशान न रहना पड़ता। उनके परदेस गए पिताजी फिर हर घड़ी उनके साथ ही रहते तब न उसे कभी फीस के लिए स्कूल का खर-पतवार उखाड़ना पड़ता, न बाल मजदूरों की तरह धुर बचपन में सड़क पर बजरी ही कूटनी पड़ती। लेकिन अपने सोचने से क्या है, होता तो वही है जो समय व ईश्वर को मंजूर होता है।

[6]

परीक्षाओं के लिए कुछ ही माह शेष थे। अब उसे छोटे-मोटे कामों के साथ-साथ दो ही बड़े काम प्रमुखता से नजर आ रहे थे। एक तो जमकर पढ़ाई व दूसरी किशनी की व अपनी बचे महीनों की फीस की जुगत। उसने मन में निश्चिय किया कि वह ठेकेदार से कह अपने लिए काम के घंटे बढ़ा देगा... व कमरतोड़ मेहनत कर दो महीनों का काम एक ही महीने में समाप्त कर लेगा... फिर एकमुश्त बजरी कूटने के एवज में मिली रकम माँ के हाथ में थमा देगा व अंतिम महीने केवल पढ़ाई ही पढ़ाई करेगा। इस बार स्कूल में टॉपर जो आना है उसको।

वह स्कूल जाता। जल्दी-जल्दी हाथ-मुँह धो बासी भात (भोजन) खाता व अपनी हथौड़ी पकड़ सड़क पर चल देता। बिहारी मजदूरों की भीड़ में वह अकेला ही लगता शरीर से। सुंदर बच्चे को बजरी कूटते देख बिहारी लोग अपनी भाषा में उसके बुरे दिनों की चर्चा करते। बजरी कूटते-कूटते बाएं हाथ की दो कोमल अंगुलियां बुरी तरह से जख्मी हो गई थीं तो भी उसके चेहरे पर किसी प्रकार के कष्ट का भाव न था, न हीनता की कोई निशानी ही दिखती। बल्कि

वह बार-बार अपने जाख देवता को इस मदद के लिए हाथ जोड़ता... व फिर मस्त हो गीत गाते-गाते बजरी तोड़ने के कार्य में डूब जाता।

गाँव के दूसरे बच्चे जिन क्षणों में गुल्ली डंडा, पकड़म-पकड़ाई व क्रिकेट खेल रहे होते, कार्तिक तब पसीने से लतपत बजरी के तोड़-तोड़ कर तीन बड़े ढेर लगा चुका होता। जब कोई न होता तो वह सोचता यदि वह भी अपने हमउम्र साथियों की तरह संपन्न परिवारों का होता तो जरूर इस समय क्रिकेट के ग्राउंड में कप्तानी कर रहा होता... नहीं तो चार-पाँच लीडर बच्चों में जरूर होता, उसका भी मन होता कि वह भी घंटे, आधे घंटे के लिए यह सब छोड़, एक पारी क्रिकेट खेल आए। लेकिन फिर दूसरे ही क्षण सोचता कि क्रिकेट खेलकर क्या मिलेगा उसे?.. समय जाया होगा... बिना किसी कीमत के... लड़कों के साथ बात-बात पर चिल-पौं होगी... वह अलग। इधर उसका लक्ष्य बिखर जाएगा... न किशनी की फीस जुटेगी, न स्वयं का जेब खर्च... रबड़... पेंसिल... पैन... बूट... एकाध जोड़ी परीक्षा के लिए सूट का जुगाड़... और सबसे बड़ी निश्चिंतता... जो जब-तब उसकी पढ़ाई की एकाग्रता को भंग कर देती।

जब कार्तिक कोई भी काम करता है तो उसमें गहरे डूबकर करता है। उसके लिए कोई लक्ष्य निर्धारित नहीं करता... बस, वह स्वयं तय करता है कि इस समय तक उसे वह काम करना है... उस समय तक वह। स्कूल की पढ़ाई की तो वह लिखित समय सारणी (टाइम टेबल) बनाता है लेकिन दूसरे कार्यों की समय-सारणी वह अपने दिमाग में ही बनाकर रखता है। अभी आज का कार्य पूरा भी न हुआ था कि रीतेश ने आकर उसको बीच में डिस्टर्ब कर दिया- 'कार्तिक... कितना काम बचा है... तुम्हें मालूम है अभी पंदेरे (पनघट) में मुझे रोहित मिला था। बता रहा था कि कल लखनपुर के साथ हमारे गाँव का क्रिकेट मैच है। उसमें तुमको तो हर हालत में होना है... यह केवल जूनियर्स का है... फिर हमारी टीम में तुम्हारे जैसा बॉलर व बैट्समेन दूसरा कहाँ है... माक्सम, तूझे चलना है यार।'

'मैं कूट लूं क्या तेरे साथ?'

'तू क्यों कूटेगा मेरे दोस्त...? जिनके भाग्य में सुख लिखा है... वह क्यों नाहक दुखों को आमंत्रित करें। मेरा भी बहुत मन करता है खेलने-कूदने व मौज मस्ती का... मेरा बचपन भी तो तुम्हारी ही तरह है न दोस्त... लेकिन मेरे पांवों में गरीबी व मजबूरी की बेड़ियां हैं... जिन्हें मैं मेहनत से तोड़ना चाहता हूँ... इन नन्हें हाथों से सारी संसार को तो नहीं हराया जा सकता न यार?'

'मैं तुम्हारी बात समझता हूँ कार्तिक...। दूसरे तुम स्वाभिमानी भी तो सीमा से अधिक हो। यदि मैं अपने डैड को कहूँ तो इतना पैसा वह अभी तुम्हें दे देंगे।... लेकिन तुम्हारे आदर्श।'

'वह तो संभव नहीं रीतू...। मेरी जाख देवता से प्रार्थना है हमारा गाँव यह मैच जरूर जीते... अगले जून तक मेरी स्थिति ठीक होगी तो जरूर खेलूंगा अपने गाँव के लिए।' कहकर उसने जाख देवता की ओर मुँह कर हाथ जोड़ दिए।

'गाँव की इज्जत का सवाल है कार्तिक... तुझे जरूर खेलना पड़ेगा। मैं कुछ देर तक आता हूँ... तभी यहीं रहना।' कहकर रीतेश चला गया। कार्तिक सोचने लगा वह भी गाँव का कैसा बेटा है, जो अपने स्वार्थों के लिए उसके संकट में काम नहीं आ रहा। वह यह मैच जीतने के लिए जरूर खेलने जाएगा कल... चाहे उसको पगार मिले या नहीं... अपने स्वार्थ से हर दृष्टि से ऊपर है गाँव उसके लिए।

कुछ देर कूटी उसने बजरी। लेकिन उसका काम से मन उचट गया। उसे लगा कि यदि उसके बिना कुछ रनों या विकेटों से उसका गाँव हार गया तो फिर क्या रहा उसके क्रिकेट खेलने व गाँव में रहने का।

यह अपनी तरह का पहला बड़ा टूर्नामेंट है गाँव के लिए। यदि उसके खेलने से गाँव जीत गया तो कितना गर्व से सिर ऊपर होगा गाँव वालों का, यह सोच उसने अपने सिर के ऊपर तना छाता बंद किया। अंगुलियों पर पुराने कपड़े की बँधी पट्टी खोली, पास में रखे माँ के पुराने साफे से दोनों नथुनों में घुस गई परतनुमा पत्थरों की सफेद धूल साफ की। अपने कपड़े झाड़े व हथौड़ा नीचे रख हाथ जोड़ता जाख देवता से कहने लगा- 'अपने गाँव के स्वाभिमान से बड़ा नहीं है मेरा दुःख जाख देवता! मेरे नन्हें हाथों व मन में शक्ति देना मेरे देवता... कल मैं गाँव के लिए मैच जरूर खेलूंगा... मुझे इसका कुछ मिले या नहीं... लेकिन मेरे गाँव को विजयश्री जरूर दिलाना जाख देवता।... यह मेरे साथ-साथ तुम्हारी भी प्रतिष्ठा का सवाल है...।' कहकर उसने अपना हथौड़ा पास की किरमोड़ की झाड़ी की ओट में रख दिया व सड़क पर पत्थरों की तेज-तेज बॉलिंग कर लखनपुर की ओर चला गया।

अभी आधा किलोमीटर भी नहीं गया था कि उधर से रीतेश अपनी टीम के दस खिलाड़ियों को लेकर उसकी ओर आते दिखा। आते ही उसने कहा 'तूने काम क्यों छोड़ दिया कार्तिक?'

'अपने गाँव की इज्जत का सवाल था न। भला इससे ऊपर थे क्या मेरे पैसे?

जब से तूने गाँव की इज्जत की बात मेरे मस्तिष्क में डाली तब से मेरा हथौड़ा चला ही नहीं दोस्त... क्या मैं अपने गाँव के लिए इतना नहीं कर सकता? बस, तभी चला आया दोस्त। अब मैं कल जरूर खेलूंगा, यही बात बताने मैं तेरे घर आ रहा था।'

'तू कल जरूर खेलेगा न?... और हम सब तेरा बचा काम आज ही समाप्त कर देंगे... यह हमने भी सोच लिया है...। यह देखो, सबके हाथों में क्या हैं?'

कार्तिक चौंक गया। उन सबके हाथों में उससे भी बड़ी-बड़ी हथैड़ियां थीं। उसके लाख मना करने पर भी वे माने नहीं। उसे वे वहाँ से जबरन लौटा लाए... फिर ग्यारह के ग्यारह खिलाड़ियों ने जमकर बजरी कूटी व दो घंटे में ही सारा काम खत्म कर वे कल की रिहर्सल में क्रिकेट खेलने खेल के मैदान की ओर चल दिए।

रास्ते भर वे कल के खेल व दूसरे गाँव की मजबूत टीम की बातें करने लगे। लखनपुर की दोनों टीमें यानी सीनियर व जूनियर आस-पास के गाँवों में खासी चर्चित थीं। उन्हें डर भी लग रहा था कहीं अपने ही गाँव में पिट न जाएं। रोहन ने यह कहकर उन्हें अधिक डरा दिया। 'अरे भाई, लखनपुर की जूनियर टीम का कालू दाई स्वयं को मास्टर ब्लास्टर सचिन का क्लॉन ही समझता है। खेलता भी जमकर है। दूसरे बॉलरों को ऐसे धुनता है कि कैप्टन व बॉलर दांतों तले अंगुलियां ही दबाए रह जाते हैं। माक्सम,... यार अपने ही गाँव में अगर उनसे पिट गए तो हमारा मुँह इतना सा रह जाएगा... फिर अपने लोग क्या कहेंगे हमें?'

'अरे यार... तू सलाहकार मत बन... तूने सुना नहीं कि क्रिकेट अनिश्चितताओं का खेल है। बहुत बार इंडिया की टीम में दिग्गज खिलाड़ियों के होने पर भी हम दूसरे देशों से वर्ल्ड कप या फिर टी-ट्विन्टी नहीं जीत पाए हैं... और कई बार इन दिग्गजों के बिना भी हमने मैच जीते हैं। अत: पहले कुछ भी कहना असंभव है। लेकिन यह जरूर है खेल के मैदान या प्रतिस्पर्द्धा में स्वयं को किसी से किसी रूप में कमजोर नहीं समझना चाहिए। समय उन्हीं का पक्ष लेता है जिनके हौसले बुलंद हों।' कार्तिक ने अपनी बात रखी।

तभी पीछे से टिंकू ने दोनों हाथ उठाते रौबीली आवाज में कहा- 'जीतेगा भई जीतेगा, गाँव हमारा जीतेगा।'

बस क्या था, इससे एक नया जोश आ गया टोली में। सभी हाथ खड़े कर जोर-जोर से टिंकू की गाई पंक्तियों को दुहराने लगे। खेतों-खलिहानों व

आस-पास में काम कर रहे लोगों के कान खड़े हो गए। ऐसा अवसर या नारेबाजी या तो गणतंत्र दिवस या स्वतंत्रता दिवस की स्कूल की प्रभात फेरियों में सुनाई देती थी या फिर होली के हुड़दंग में, जब दूसरे गाँवों के होल्यार (होली खेलने वाले) अपनी गाँव की सीमा में आ घुसते थे... फिर तो एक नया जोश अंग-अंग में दिखाई देता था सबके। कुछ दूर तक गीत की तरंग में सराबोर रहे सब... फिर दीपू ने टॉपिक बदल लेना ठीक समझा- 'अरे! खाली कल्पना के आकाश में मत बहो यार। हमें याद करके भी उनकी हवाइयां उड़ रही होंगी... एक पहलवान व चोर को दूसरा पहलवान व चोर अपने से बड़ा व बलिष्ट दिखाई देता है। असली बड़ा या समर्थ कौन होता है, यह तो खेल का मैदान बताता है। हम भी कमजोर खिलाड़ी थोड़े ही हैं यार... चलो छोड़ो। अब सबसे बड़ा बॉलर या बैट्समैन वो होगा जो सामने के आम के पेड़ से पके हुए आम झाड़ सकेगा...। कल के मैच से कल जूझेंगे। पहले मीठे-मीठे आमों के रस से शरीर में ताजगी, ताकत व ऊर्जा तो लाओ--?'

दीपू गोया टीम का कमांडर हो। उससे सिग्नल पाते ही वानर सेना टूट पड़ी। पास के छोटे-छोटे सारे पत्थर इकट्ठे कर लिए गए प्रत्येक को पाँच-पाँच पत्थर मारने थे। पत्थर मारने से पहले उनमें उम्र में बड़े वीरू ने कहा-'पहले यह देख लो भाई... कहीं अपने मीठे आमों के चक्कर में हम किसी का सिर न फोड़ बैठें। नीचे कोई घसियारी घास काट रही हो। कोई राहगीर कहीं जा रहा हो... या फिर कुछ मवेशियां न चर रही हों। हमें अपनी खुशी के लिए किसी का जीवन खतरे में डालने का अधिकार नहीं है।'

'इस बात की चिंता मत करो वीरू दा, आम के ठीक नीचे खेत है बंजर... और उससे नीचे भयानक बीठा (खतरनाक पहाड़ी) है वहाँ कोई नहीं जाता... जब से भैंसगाव के प्रधान जी की बहू वहाँ घास काटते हुए फरकी (गिरी) है... तबसे वहाँ कोई नहीं जाता... कहते हैं कि वह भूत बनकर डरा रही है... उसी दिन से यह खेत भी बंजर पड़ गया है... उसमें कितना अनाज होता था... बाप रे बाप...। इसी चक्कर में इतने बड़े-बड़े आम बच पाए हैं इस पेड़ पर... अन्यथा राह चलते मुसाफिर घसियारियां या मवेशियों चराते गऊचर क्या इन्हें छोड़ने वाले थे।?'

'यार कहीं हमारे पीछे भी न पड़ जाए भूत...?'

'अरे छोड़ो भी यार... इस विज्ञान के युग में क्या भूत-भात? क्या कहा था विज्ञान के गुरुजी ने... घर-घर में वैज्ञानिक चेतना फैलाने की आवश्यकता है... यदि हम बाइसवीं शताब्दी में भी उन्हीं रूढ़ियों के डर से सिकड़ते रहे तो फिर

हमारी पढ़ाई व वैज्ञानिक ज्ञान कचरा है। किसी बात को सच्चाई की कसौटी पर कसो और तभी विश्वास करो... चलो हो जाओ शुरू... एक-दो-तीन..।' कहकर पहला निशाना दागा रघुवीर ने।

[7]

पाँच पत्थरों से एक ही आम तोड़ सका रघुवीर। चार निशानों से पत्ते जरूर टूटे आम के, लेकिन आम एक ही टूटा वह भी लमपूंछ (पक्षी) का खाया हुआ, विप्लव, वीरू, हरेंद्र, मुकेश, लंबू, मोटू, गोलू ने दो-दो एक-एक तीन आम तोड़े पाँच-पाँच पत्थरों के निशाने से। भुवनेश, रीतू व नरि ने चार-चार आम झाड़े जबकि कार्तिक ने पहले ही निशाने से एक झुंटी (गुच्छी) तोड़ दी आम की। उस पर छ: आम थे... पाँच निशानों में अकेले अठारह आम तोड़े कार्तिक ने।

आम टीपने के बाद कुल आम 49 हुए। सबने कार्तिक को निर्विरोध कल का कैप्टन चुन लिया। उसने बहुत मना किया लेकिन कोई न माना। कार्तिक को अपनी परिस्थितियों के कारण क्रिकेट खेलने का समय न मिलता। लेकिन जिस दिन मिलता तो वह बॉलरों को पदा देता था। प्राय: वह ओपनर के रूप में जाता व अंत तक जमा रहता। रघुवीर ने फिर कहा- 'भाई कार्तिक, आज के निशाने से तुमने साबित कर दिया कि कल की जीत हमारी पक्की। जितने हम चार-चार पाँच-पाँच नहीं झाड़ सके आम... उतना तुम अकेले ही झाड़ गए। तुम हमसे उम्र में थोड़ा छोटे जरूर हो लेकिन हट्टे-कट्टे हो कप्तान की तरह... चलो उस खुशी में आम बाँटकर सेलिबरेट करो कप्तानी।'

'भाइयों! मैं इस योग्य तो नहीं था लेकिन अपनी गाँव की इज्जत का सवाल है... इसलिए मना नहीं करूंगा... पहला आम इस पेड़ के आमों की रक्षा करने वाले भूत कहो या देवता... को सौंपता हूँ... जिसने ये आम हमें प्रतियोगिता की खुशी मनाने के लिए बचाकर रखे... हो सकता है इन आमों की मिठास की ही तरह हमारे परिश्रम की मिठास से हमारे गाँव वालों का सर कल ऊँचा हो। आप सब बहुत अच्छा खेलें... और आपको देखकर मैं भी... प्रभु से यही प्रार्थना है।' कहकर कार्तिक ने हाथ जोड़ते हुए एक आम आकाश की ओर उछाला, स्थान देवता के लिए व शेष चार-चार सबको बाँट दिए। सभी ने एक-एक आम चूसा व शेष बचाकर अपने हाथों में ले वे सभी अपने-अपने घर लौट आए।

कार्तिक को घर पहुँचते-पहुँचते देर हो गई थी। माँ बेचैन हो उठती है जब

26 / **बुलंद हौसले**

अपने निर्धारित समय पर कार्तिक घर नहीं पहुँचता तो। वह सड़क तक गई। बजरी सारी कुटी हुई थी, बड़े-बड़े दो ढेर लगे हुए थे, लेकिन वहाँ कार्तिक न था। साफे से बँधी हथौड़ी किरमोड़ की जड़ में रखी हुई थी। माँ घबरा गई। कहीं ऐसा तो नहीं मजदूर या ठेकेदार पैसे हजम कर कार्तिक को अगुवा कर अपने साथ ले गए हों। माँ ने दो खेत ऊपर देखे, तीन नीचे। इधर देखा, उधर। माँ को परेशान देख बदरी चाचा ने पूछा-'क्या देख रही हैं भोजी? तुरंत घबरा जाती हैं आप। बच्चा है इधर-उधर गया होगा... कल हमारे गाँव के बच्चों के साथ लखनपुर वालों का क्रिकेट मैच है... उनके साथ चला गया होगा... वह मेहनती व समझदार बच्चा है... ऐसा-वैसा थोड़े ही है। हमारे गाँव के बड़े-बूढ़े या तो छतों, चौपालों में दारू गांजा पी रहे होंगे या ताश के पत्ते पीट रहे होंगे... ऐसा है कोई जो निर्भय हो कार्तिक की तरह काम करता हो बेधड़क... वह उम्र का छोटा है भोजी... लेकिन दिमाग का बहुत पक्का...। देखना भोजी एक दिन बहुत बड़ा आदमी बनेगा.. गाँव का... तुम्हारा यह कार्तिक।'

'क्यों मखौल करते हो देवर जी... जाने क्या लिखा है ईश्वर ने? 'पल्लि खयाल दूं छवौरा तब बाँध कुट्यारी (पहले जो मिला है उसे खाले, तब बाँध सपनों की पोटली) वाली कहावत नहीं सुनी तुमने...। मुझे कोई भी काम नहीं देता करने... बस कहता है 'मेरे रहते तुम्हें ऐसा काम करने का क्या मतलब?' डर लगता है देवर जी छोटे मुँह बड़ी बात कहते। अब कुछ शरील ठिकाने आया मेरा, जरूर उनके साथ क्रिकेट ही खेलने गया होगा कार्तिक... नहीं तो कहाँ टैम मिलता है उसको।'

माँ बात कर ही रही थी कि उधर से हाथों में चार नहीं बल्कि तीन आम लिए कार्तिक दौड़ा आया। चाचा जी को नमस्ते की उसने। फिर माँ से बोला, किरमोड़ की जड़ में साफे से बँधी हथैड़ी उठाते हुए- 'माँ! आज फिर घबरा गई होगी न। असल में कल हमारे गाँव में क्रिकेट का मैच है। रीतू आया था सुबेरे मुझे बुलाने। मैंने कहा' भला बजरी पूरी कुटने तक मैं कैसे आ सकता हूँ? वह कुछ देर में सभी साथियों को बुला लाया... फिर सबने कूटी बजरी... मेरा तीन दिन का काम ढाई घंटे में खत्म हो गया.. फिर कैसे न जाता। वहाँ रास्ते में आम झड़ाई में मैंने पाँच निशानों से अठारह आम, यानी सबसे ज्यादा झाड़े तो सबने जबरदस्ती मुझे अपनी टीम का कप्तान बना दिया। डर लगता है माँ न जीते तो नाक कट जाएगी मेरी...। जाख देवता से प्रार्थना करो माँ! तुम्हारे कार्तिक के नेतृत्व में जरूर जीते हमारा गांव।' माँ के हाथ में तीन आम थमा दिए उसने।

'जिसका मन पवित्र होता है; ईश्वर में अगाध श्रद्धा होती है; ईमानदारी में निष्ठा होती है... उसके मन, जिह्वा, लेखनी व हाथ-पांवों में साक्षात देव विराजते हैं बेटा!... फिर वह कुछ नहीं करता... सब कुछ ईश्वरीय सत्ता करवाती है... वह तो माध्यम मात्र होता है... अभिनेता केवल, निर्देशक तो साक्षात् ईश्वर ही होते हैं। हौसले बुलंद रखो... जाख देवता की कृपा से तुम्हारी (हमारी) विजय तय है।' कहकर माँ ने उसे अपनी गोदी में भर दिया।

घर आए तो शाम के भोजन से पहले चाय के समय उसने माँ से कहा- 'माँ आज मुझे खूब दूध-घी खिलाना... ताकि मेरे मन व तन में पूरी ताकत आ जाए... बजरी कूट-कूट कर अंगुलियां भी थ्यंच (जख्मी हो) गई हैं... लेकिन कल की बात याद कर अब इनमें दर्द नहीं है माँ...। कितना अच्छा होता माँ... जब मैं चौके या छक्के लगा रहा होऊं या फिर मुख्य अतिथि से ईनाम पा रहा होऊं... और अचानक पिताजी भी वहाँ आ पहुँचें... कितना अच्छा हो न माँ?.. लेकिन माँ इतने काम के चलते आप कैसे देखने आ सकोगी वहां?'

'बेटा जो जीवन में सायास (प्रयत्न करने पर) होता है वह मानवीय (मानवकृत) होता है और जो अनायास होता है, वह दैवीय होता है... यानी ईश्वर की इच्छा से होता है... ईश्वर कोई भी कार्य हलके से नहीं करते... उसका सुपरिणाम पहले सोच वे उस कार्य को जन्म देते हैं। बजरी कूटते हुए तुम्हें या मुझे कुछ भी पता नहीं था न... उसका मतलब फिर यह सब ईश्वर ने तैयार किया है... उसका फल अच्छे से भी अच्छा होगा... यह निश्चित जान लो...। रही पिताजी के आने की बात, ऊपर वाले ने वह भी चाहा तो... क्या, देर लगती है आने में... वे भी चलने की तैयारी में जुटने लगे होंगे।'

'लेकिन भैया तुम तो अभी बहुत छोटे हो...। कप्तान बनने के लिए तो बहुत अभ्यास करना पड़ता है... आप तो उम्र व ताकत में भी छोटे हो।... कल एक दिन के लिए मेरी उम्र और ताकत दोनों ले लो न भैया... लेकिन मैच जीत कर आना होगा... ताकि मैं भी गर्व से कह सकूं... मेरे भैया की टीम ने लखनपुर को हराया है।'

'तेरी ताकत और उम्र मैंने ले ली तो तू कैसे आएगी फिर वहाँ किशनी?'

'भैया! यहीं से अपनी नन्हीं-नन्हीं आँखों से देखती रहूँगी सब कुछ।'

'जब भगवान की कृपा होती है न किशनी... तो लंगड़ा भी पहाड़ लांघ जाता है... भगवान कृष्ण कितने छोटे थे तब जब खेलते-खेलते, गेंद लेने के लिए उन्होंने कालिया नाग को पकड़ लिया था... मैं छोटा थोड़े ही हूँ किशनी... टीम

का कप्तान हूँ न...।' कहकर कार्तिक ने पहलवानों की तरह अपने मस्सल दिखा दिए।

'फिर तो मैं रातभर अपनी टीम की जीत के लिए ईश्वर से प्रार्थना करती रहूँगी, और कार्तिक ने जोर से उसे अपनी बाहों में भर दिया। उस दिन सोमवार था। माँ वर्षों से भोले शंकर का व्रत रखती थी। कार्तिक ने भी नहा-धोकर शिवजी के मंडले (छोटा मंदिर) में पानी चढ़ाया था। छोटी किशनी ने सब पर चंदन लगाई थी। गऊशाला से लौटने पर जब चूल्हे पर बैठे चाय पी रहे थे तो भोलेपन से गंभीर हो किशनी ने माँ से कहा – 'माँ, व्रत क्यों लेते हैं?'

'इससे सुख व शांति मिलती है बेटी। भगवान मनोकामनाएं पूर्ण करते हैं अपने व्रत लेने वाले भक्तों की।' माँ ने कहा- 'तो माँ आज मैं भी व्रत लूंगी... आज कार्तिक भैया की कप्तानी में हमारे गाँव का क्रिकेट मैच है न... मैं बाबा भोले नाथ व स्वामीनाथ (कार्तिक स्वामी) (सामने की ओर इशारा कर) से अपने गाँव की जीत की भीख माँगती हूँ...।

भगवान, मेरी मनोकामना पूर्ण करेंगे न?'

'बच्चों को व्रत की आवश्यकता नहीं होती है भुलि। उनका हृदय गंगा के निर्मल जल की भांति परम पवित्र होता है... जो मन से पवित्र होते हैं... वे सीधे ही ईश्वर से जुड़े होते हैं, माँ बताती है। इसलिए तुम्हारी हर बात हृदय से निकलते ही सीधे ईश्वर के पास उनके दरबार में पहुँचती है... तुम चिंता मत करो... बिना व्रत लिए ही बाबा ने तुम्हें 'तथास्तु' कह दिया है।' कार्तिक ने कहा...।

माँ पास में सुई-धागा लेकर बैठी थी। कार्तिक के पास ठीक-ठाक स्थिति में एक ही पेंट बची थी। वह भी पीछे से फट गई थी... बल्कि एक छोटा सा गोल टुकड़ा निकल गया था उसका। वह स्कूल की खाकी पेंट थी। माँ ने पिछली पुरानी पेंट का जेब फाड़ उल्टा कर उसे अंदर से सिल दिया था। इतनी बारीकी से सिला था माँ ने गोया रफू किया गया हो। माँ को बुरा लग रहा था। आज उसका बेटा पहली बार बड़ा मैच खेलने जा रहा था... इस अवसर पर, यदि पैसे होते तो, उसके पास नए कपड़े होने चाहिए थे... वैसे भी टीम का कैप्टेन है... माँ भीतर ही भीतर बहुत दुखी थी। लेकिन बाहर से बनावटी हँसी हँस रही थी। माँ के कुछ कहने से पहले कार्तिक ने कहा था – 'मैं समझ रहा हूँ माँ... आप क्या सोच रहे हो इस वक्त। लेकिन हमारे गुरुजी कहते हैं माँ... सच्चे व अच्छे मनुष्यों की पहचान आभूषणों व कपड़ों से नहीं, गुणों से होती है... गुणों से। यदि इस फटी हुई पेंट में भी मैं अपनी टीम को जितवा कर अपने गाँव का नाम रोशन कर सका... तो वह बड़ी बात होगी... और यदि सूट-बूट पहनकर भी मैं कुछ

न कर सका तो वह नए सूट-बूट किस अर्थ के? तुम जरा भी चिंता मत करो माँ।' उसके हृदय की बात कैसे जान लेता है कार्तिक, यह सोच माँ की आँखों की झीलें आँसुओं के पानी से लबालब हो जातीं।

'अच्छे माहौल में अच्छा करना बड़ी बात नहीं है माँ... बुरी स्थिति में अच्छा करना ही कर्मवीरों की पहचान होती है माँ...।' कार्तिक फिर कहता।

माँ ईश्वर की विचित्र लीला से मन ही मन आनंदित भी होती। जब कभी कार्तिक, किशनी या उनके पिता मानसिक रूप से टूटने लगते तो बात-बात में उसके मुख से ईश्वर ऊर्जावान शब्दों की सामर्थ्य दे उन्हें प्राण व ऊर्जा प्रदान करते और जब वह टूटने को होती तो कार्तिक के मुख से शब्दों व वाक्यों के ताकतवर इन्जेक्शन जीवन में नया साहस, विश्वास व उत्साह भर देते ईश्वर। मन की शक्ति सब शक्तियों से ऊपर है, यह माँ को बार-बार लगता।

माँ ने जो घर में उपलब्ध था, वह ताश-पोष कर खिलाया कार्तिक को। किशनी ने भी आज छुट्टी कर ली थी स्कूल की... आज अपने गाँव का मैच जो है उसके भैया की कप्तानी में। माँ ने दिनभर के लिए मवेशियों का घास काटकर रख दिया। दो-एक घंटे के लिए ही सही, वह भी जरूर जाएगी अपने कार्तिक का मैच देखने के लिए। घर में डब्बू तो रहेगा ही।

[8]

सुहावनी सुबह हुई। रात के जो इक्के-दुक्के बादल आसमान पर मटरगस्ती कर रहे थे वे भी न जाने कहाँ खो गए थे। आसमान बिल्कुल साफ था, निर्मल स्वच्छ... कहीं एक भी छींट नहीं... बादल या कोहरे का। चौखंभा पर्वत पर सूर्य की रश्मियां पड़ते ही धवल हिमालय खिलखिला कर हँस रहा था। उसके प्रतिबिंब से पहाड़ी के शिखर पर बसे गांव, जिनमें कार्तिक का गाँव भी था, उसकी खिलखिलाहट का अंग बनने लगे थे।'

गऊशालाओं, पनघटों से आकर लोग या तो अपने छज्जों या ओबरों (रसोइयों) में बैठकर चाय पी रहे थे या फिर सुबह के नाश्ते की जुगत में घटजोड़ करने लगे थे जिनके बच्चों को एक पहिए (सुबह नौ से सांय के चार बजे तक) का स्कूल जाना था, उनके चूल्हों में चाय के साथ-साथ दाल या भात का अधण (पात्र में चावल के साथ उपयुक्त मात्रा में मिला हुआ पानी) चढ़ गया था। बच्चों के स्कूल जाने पर फिर दोपहर का भोजन नहीं बनता इसलिए सुबह के नाश्ते में रोटी की जगह भात ही बन जाता है सबके लिए।

बच्चों के स्कूल जाते ही माता-पिता भी स्वतंत्र हो जाते हैं सात-आठ घंटे के लिए। पहाड़ के गाँवों की रसोई की भोज्य तालिका व सारिणी स्कूल जाते बच्चों के स्कूलों की सारिणी के अनुरूप बदलती रहती है। दो पहिए (पहर) के स्कूल में माता-पिता का अधिकांश समय रसोई व बच्चों के पकवानों में ही व्यतीत हो जाता है। फिर मवेशियों व खेती किसानी के लिए कम समय बचता है। खेती-किसानी के हिसाब से बच्चों के एक पहिए का स्कूल माता-पिता को अधिक रास आता है। उनके स्कूल जाते ही वे गऊशाला व मवेशियों से निबट बस, फिर खेतों के ही होकर रहते हैं। तब उन्हें न भूख लगती है, न प्यास... बस एक-दूसरे को देख अपने खेत की गुड़ाई-निराई सकने (पूरा करने) की होड़ लगी रहती है... बस।

मवेशियों में कुछ पशु जंगल के होते हैं जिन्हें सुबह-सुबह दूर जंगलों में हांक दिया जाता है। वे देर सांझ चर-चराकर ढोल से अपने पेट बना स्वयं ही अपने-अपने घरों को आ जाते हैं। साय को खेती-किसानी से थके हारे मालिक न्यार या घास (सूखा व हरा घास) की भारी के साथ गऊशाला पहुँचते हैं तो जगल गए ईमानदार गाय व बैल अपने-अपने किलों (खूटियों) पर जुगाली करते मिलते हैं। कुछ पशु जिनमें बड़े बैल, दुधारू गाय-भैंस खर्क (चौक) में ही बँधे रहते हैं उनके ऊपर पिल्टे (चीड़ की पत्तियों) का टान (छप्पर) बना दिया जाता है। उनके लिए घास-पानी का प्रबंध घर (गऊशाला) में ही करना होता है।

बच्चों की टोली एकत्रित हो कार्तिक के घर के आगे खड़ी थी। माँ ने सबको घी का एक-एक परांठा व छोटी कटोरी में दही देते कहा- 'बेटो! खाओ... दही शुभ होता है... आज बड़ा दिन है तुम्हारे,... हमारे गाँव के लिए... जाते-जाते जाख देवता के मंडले में भी मत्था टेकना... निश्चित विजय होगी।' माँ ने गहरे विश्वास से मानो गारंटी ही दी थी। विजय व शुभ होने के संकेत की बात जान, न चाहते हुए भी, सभी बच्चों ने कार्तिक के घर के आगे बनी छोटी ऊबड़-खाबड़' दीवाल पर बैठ वह परांठा और दही खाया। फिर वे अपनी बैट-बॉल व दस्ताने आदि सामान को लेकर चहकते-महकते ऊपर सड़क में आ गए।

चीड़ के जंगल से ठीक नीचे व गाँव के बिल्कुल माथे पर है जाख देवता का मंडला। वे सभी वहाँ गए। उन्होंने मंडले से कुछ दूर दूब के तप्पड़ पर जूते-चप्पल उतारे। एक साथ सभी न मंडले के द्वार पर झूल रहे घंटाल बजाए तो उनकी टंकार से पूरा वातावरण गूँज गया। फिर वे सब साष्टांग लेट गए...। 'लाज रखना जाख देवता... हम तुम्हारे बच्चे मैच जीत जाएं आज।'

वातावरण की गंभीरता को तोड़ते हुए रीतू ने कहा- 'अरे भाई! इतने घंटाल मत बजाओ... कहीं सब पर जाख देवता का रूप न आ जाए... इतना ही काफी है... चलो चलें...।' वहाँ ग्राउंड की व्यवस्था भी देखनी है...। और... यदि देवता आ गया तो फिर उन्हें तुषाएगा (संतुष्ट करेगा)भी कौन...? सब तो हम थर-थर कांप कर तांडव नृत्य ही कर रहे होंगे...। यह सुन सब खिलखिलाकर हँस पड़े।

लोग कंधे में हल लिए बैलों को हांकते खेतों को बोने जा रहे थे। बुवाई की (ऋतु) तिथि जो आ गई थी। चिड़ियों से चहचहाते बच्चों को देखते तो गाँव के बड़े-बुजुर्ग पूछ बैठते- इतनी सुबह-सुबह बच्चों की चंडाल चौकड़ी का सिद्धांत?' समझदार लोग किसी के शुभकार्य पर जाते हुए कभी क्या.. यथा कहाँ जा रहे हो?' 'क्यों जा रहे हो' जैसे प्रश्न करना अपशकुन मानते। इसलिए वे यही पूछते।' आज सिद्धांत?

आज अपने गाँव के साथ मैच है दादा जी लखनपुर का' मनीष ने कहा। गाँव का नाम रखना बाबू... ये नामी गिरामियों का गाँव है... कभी हम भी कुश्ती लड़ने ऐसे ही जाया करते थे... रोज जीत कर आते थे... कभी हारा नहीं हमारा गाँव... याद रखना प्यारो।' कंधे में हल रखे-रखे दादा मूछों पर ताव दे देते।

दादा जी की यह चुनौती भरी दहाड़ उनके बाल मनों के रौंगटे खड़ी कर देतीं। कुछ ही पलों में हँसते-बतियाते वे खेल के मैदान में पहुँच गए थे। खेल का मैदान कोई ग्राम पंचायत या जिला प्रशासन ने बनवाया हो, ऐसा नहीं था। जब भी बड़ी परियोजनाओं का पैसा आता था उसे प्रधान जी व संबंधित विभाग के आला अफसर मिल बैठकर हजम कर जाते थे।

तीन ग्राम पंचायतों का खेल का मैदान आज से पाँच साल पहले फाइलों व कागजों में भव्य तरीके से निर्मित हो गया था... लेकिन वास्तविकता एकदम विपरीत थी...। सड़क कटाई के दौरान संयोग से सड़क के चारों ओर से घिरे एक बड़े खेत इन खेलों के लिए गाँव के बच्चों का साथ निभाने लगा था... फसल ही दृष्टि से भी खेत खाली था... खुला होने के कारण फसल की बुआई तक वहाँ इस प्रकार के आयोजन खेत मालिक की दया-अनुकंपा से संभव हो जाते थे।

दूसरी टीम के कुछ सदस्य आ गए थे... कुछ आने वाले थे। सभी सदस्यों में परिचय के बाद ग्राउंड से कांटे, बाजरे (झंगोरे) के ठूंठ, बजरी व पत्थरों के टुकड़े एकत्रित कर पास के गदेरे में गिराए। बीच की ऊबड़-खाबड़ पिच फावड़े से समतल बौणा बौडा (ताऊ) ने की। फिर सभी ने उस पर भारत-इंग्लैण्ड की टीम की तरह पीटी (शारीरिक अभ्यास) किया।

उससे उठी हुई मिट्टी बैठ गई व आस-पास खड़े लोगों को यह एहसास हो

गया कि हर उछलने वाला बच्चा ही खिलाड़ी है। बच्चों की ही तरह सुबह का बाल अरुण (सूर्य) अपने बालपनी प्रकाश से उनके खेल को रोचक बना रहा था। पेड़ों पर से पंछियों का टोला एक लंबी उड़ारी मार फिर से पेड़ पर मैच देखने के लिए बैठ गया था।

दर्शक-दीर्घा या स्टेडियम बन गए थे आर-पार के सीढ़ीनुमा खेत, उनकी मुंडेरों पर खड़े बच्चों व आते हुए लोगों से उसकी रौनक बढ़ने लगी थी। गुप्तकाशी से अंपायर आए थे कैप्टेन राजन। उनकी सीटी बज गई थी। दोनों टीमों के कप्तान रोहित व कार्तिक मैदान पर आ गए थे। कैप्टन ने टॉस उछाला कार्तिक ने टॉस जीता था व पहले स्वयं खेलने की इच्छा व्यक्त की। फील्डिंग वाली टीम चारों तरफ फैल गई भी व बैटिंग टीम खेतों की मुंडेरों में एक तरफ बैठकर खेल का आनंद लेने लगी थी।

हर बार की तरह ओपनिंग बैट्समैन के रूप में कार्तिक व वीरू गए। कार्तिक ने पिच पर बल्ला लगाते हुए कुश्ती के खिलाड़ी की तरह मिट्टी का तिलक लगाया। फिर सचिन की तरह बल्ले को दो-तीन बार ठोका। उधर से अंपायर ने सावधान होने का इशारा किया। पीछे से तेज दौड़कर आते हुए बॉलर ने तेज गेंद फेंकी कार्तिक ने हल्का कट लगाया और बॉल विकट कीपर के हाथों से बाल-बाल बचती हुई जा पहुँची सीधे चार रन के लिए। तब तक वीरू व कार्तिक दौड़कर दो रन पूरे कर चुके थे।

अंपायर ने चार रन का इशारा दोनों हाथ हिलाकर किया। दर्शकों की भीड़ से सीटियों व जोर की आवाजों में 'बक्क... बप... कार्तिक... बहुत खूब...' के स्वरों में तालियों की गड़गड़ाहट से कार्तिक के चार रन से खाते खोलने का स्वागत हुआ। तालियों की गड़गड़ाहट व कार्तिक के दूसरे रन के लिए दौड़ते ही माँ भी वहाँ पर पहुँच गई थी। उसने अपनी पीठ की स्वाल्टी खेत के ऊपर किनारे पर रखी व स्वयं खड़ीक के पेड़ की ओट में खड़ी हो गई ऊपर। दूसरी बॉल पर दो रन तीसरी पर एक व छटी बॉल पर फिर चौका यानी पहले ओवर में ग्यारह रन बनाए कार्तिक ने। ओवर पूरा हुआ तो तालियां रुकने का नाम न ले रहीं थीं। ये तालियां जहाँ कार्तिक व उसकी टीम के लिए प्रोत्साहन व हौसला अफजाई का काम कर रही थीं, वहीं दूसरी टीम को बराबर हतोत्साहित भी कर रहीं थीं।

दूसरी टीम को छोटे से कार्तिक की कप्तानी पर जितनी अब तक निर्भयता लग रही थी... अपने बॉलरों की पिटाई पर... अब उससे खतरा लगने लगा था। दूसरे टीम के कप्तान को अपनी सोची हुई भूमिका में फेरबदल करना पड़ गया

था। यानी कि बॉलरों का चयन पहले कैप्टेन ने उनकी गुणवत्ता के क्रम में की थी लेकिन अब खिलाड़ियों के हिसाब से उसमें परिवर्तन जरूरी था। एकाएक निर्णय लेते हुए उसने अपने स्पिनर को गेंद थमा दी थी व इधर वीरू उसके सामने था। पहली बॉल पर वीरू चकमा खा गया।... लेकिन दूसरी पर उसने भी चौका ठोक दिया... तीसरी बॉल पर एक रन... चौथी पर चौका कार्तिक का... पाँचवी बॉल पर नो बॉल और छटी पर आधे तक दौड़े दोनों... और बॉल विकिटों पर लगने से पूर्व ही वीरू पहुँच गया था पिच में। दूसरे ओवर में भी नो रन एक चुनौती बन गई थी दूसरी टीम के लिए। उनके बॉलर पिटते जा रहे थे।

खेल चलता रहा। पाँच विकेट गिर गए थे, स्कोर पहुँच गया था एक सौ सात। कार्तिक अभी भी खेल रहा था बासठ रन पर कार्तिक के चौके-छक्कों पर जितनी बार तालियां बजतीं, उतनी बार माँ के हाथ जुड़ जाते। माँ को ऐसा खड़े होने का समय कहाँ, तब भी मन हो रहा था... मवेशियां भूखी-प्यासी होंगी... अब तक गुड़ाई के दो खेत और हो जाते... लेकिन अपने कार्तिक का खेल कब देख पाती वह?

जब-जब वह खेलता रहा... तब-तब उसे देखने का मौका कहाँ मिला उसे उल्टा घर में आकर डांटती ही रही उसे, क्यों टैम खराब कर रहा है इस पर... कुछ पढ़ाई व काम पर मन लगा... इससे क्या मिलेगा? यह तो अमीरों के टैम पास का साधन है, गरीबों को क्या लेना इससे? यह बातें सोच माँ को बहुत बुरे लगते अपने बोल। वह सोच में डूब जाती। पीछे से आए ठेकेदार जी की आवाज से माँ की विचार तंद्रा टूटी।

'बहन जी। यह आपका लड़का है न? जो मेरी बजरी कूटता है, वही है न।... बहुत हुनर है बहन जी उसके हाथों में... कब सिखाया आपने यह सब?... यह लो उसके ईनाम के लिए पाँच सौ रुपये मेरी ओर से... यह उसकी पगार से अलग हैं बहन जी।'

'इसकी क्या जरूरत है भाई साहब। मैं कौन होती हूँ सिखाने वाली। वे भगवान हैं जाख देवता।' कहकर माँ की आँखें सजल हो उठतीं।

मन में आई सच्चाई की बात और दान के लिए हृदय में उठी प्रेरणा को तुरंत अमल में लाना चाहिए बहन जी... फिर हमारा कलुषित मन जाने क्या चाल चल दे। यह प्रेरणा आदमी की नहीं, ईश्वर की होती है बहन जी।'

'बहुत बड़ी बात कही है भाई साहब आपने। सब कुछ अच्छा ईश्वर की ही कृपा से होता है... बुरा केवल मनुष्य करता है...।' कहकर माँ ने दोनों हाथों से प्रणाम कर झुकते हुए धन्यवाद किया ठेकेदार जी का।

खेल चल ही रहा था। वक्त बहुत हो गया था। धूप की तपन बढ़ने लगी थी। माँ को अपने खर्क में बँधी मवेशियों की याद हो आई। वे भूख, प्यास व गर्मी के मारे रंभाने लग गए होंगे। उनके भीतर बंधने या खाने-पीने में थोड़ी सी भी देर हुई नहीं कि वे रंभा-रंभाकर पूरा वातावरण सिर पर उठा लेते हैं। माँ ने पीठ पर स्वाल्टी रखी। उधर से किशनी भी आ गई। उसके डब्बू को भी भूख लग गई होगी... उनकी बाट देख रहा होगा। हो सकता है उन्हें खोजते-खोजते गऊशाला, जो घर से डेढ़-दो किलोमीटर दूर है, ही न आ गया हो।

जब भी माँ खेत गऊशाला से आने में देरी कर देती है या फिर स्कूल से कार्तिक व किशनी लेट हो जाते हैं अपने निर्धरित समय से, तो डब्बू चल देता है उनकी खोज में... आधे रास्ते तक। बैठा रहता है घर में उनके आने तक... फिर पूंछ व कान नीचे कर कई करतब दिखाता है दौड़कर... उछल कूदकर... मानो पूछता हो...। 'इतनी देर कहाँ लगाई मेरे मालिको! मैं बेचैन हो गया था।'

कार्तिक अभी भी रनों की बौछार किए जा रहा था। अभी तीन विकेट और बचे हुए थे। रोमांचक खेल को देख किसी का भी उठने को मन नहीं हो रहा था। लेकिन उठना ही पड़ा... कितने तो काम पड़े हैं करने को बिना काम के माँ को कहीं दस-पाँच मिनट तक खड़ा होना पड़ता है तो मन उराम-सुराम (अत्यधिक बेचैन) हो उठता है माँ का। इतनी देर तक बिना काम माँ के लिए निष्क्रिय हो बैठकर देखना काम की श्रेणी में नहीं आता, बैठना माँ के लिए जीवन के प्रति अन्याय लगता है। किशनी ने दोनों हाथों से 'टाटा' की मुद्रा में हाथ हिलाते मानो ये कहा हो... 'दिदा (बड़े भाई) हम जा रहे हैं... तुम ही जीतोगे... अभी और बनाना रन... शाम को दूध-घी का आटा खिलाऊंगी... सारी थकान उड़ जाएगी पल में।' कहकर वे चल दिए।

[9]

गाँव के क्रिकेट में इतनी देर तक कहाँ खेलता था कार्तिक। खेले तो तब, जब उसके पास समय हो... फुर्सत हो... वह तो दिन-रात परिवार व अपनी तथा किशनी की पढ़ाई के जुगाड़ में मजूरी पाने व करने के लिए जूझता रहता है।

कुल एक सौ चौसठ रन पर आउट हुए सब। दूसरी टीम की बारी थी। हल्के चाय नाश्ते के बाद कुछ पल का विश्राम हुआ व फिर हो गया खेल शुरू। नैनी डांडा व नागनाथ-पोखरी के आकाश में छुट-पुट काले बादलों के बच्चे अपना

खेल रचाने लगे थे। पहाड़ के मौसम में घंटे दो घंटे में ही मौसम के मिजाज के बिकराल होने में देरी नहीं लगती। इसलिए अंपायर ने फिर से खेल शुरू होने की सीटी बजा दी थी। अब कार्तिक की टीम विपक्ष के बल्लेबाजों को घेरकर फैल गई थी मैदाननुमा खेत में। पहली विकेट वीरू ने ली सात रन पर, दूसरी कार्तिक ने चौबीस पर। बासठ पर पहुँचते-पहुँचते पाँच विकेट गिर गई थीं जबकि पाँच विकेट के नुकसान पर अकेला कार्तिक बासठ पर खेल रहा था। यह मनोवैज्ञानिक डर भी दूसरी टीम पर हारने व कम बल्लेबाजी करने के लिए बराबर सवार रहता है अंत तक। तब भी दोनों टीमों में जीतने के मंसूबे बुलंद थे।

खेल देर तक चला, परंतु उतनी देर तक नहीं, जितनी देर तक कार्तिक की टीम खेली। पूरे एक सौ दो रन पर पूरी टीम फुस्स। जीत गई कार्तिक की टीम। 'बक अप कार्तिक' हुर्रे... हुर्रे' कहकर दर्शक व खिलाड़ियों के नाचने का दृश्य रोमांच पैदा कर रहा था। कार्तिक को अपनी टीम के खिलाड़ियों ने बाहों में उठा लिया था। लखनपुर की टीम हैरान थी कि वे मुस्टंडे (हट्टे-कट्टे) खिलाड़ी कार्तिक जैसे दाणियों (बौनों) से कैसे पिट गए थे। पूरे बासठ रनों से मात दी थी उन्हें आज कार्तिक की टीम ने।

विजय से पूरा गाँव गौरवान्वित था। मौके पर आए क्षेत्रीय विधायक ने पुरस्कार व ट्रॉफी वितरित की थी। एक ट्रॉफी व ढाई हजार नगद मिले थे कार्तिक की टीम को। बेस्ट कप्तान व खिलाड़ी के रूप में ग्यारह सौ रुपये का नकद ईनाम विधायक जी ने अकेले कार्तिक को दिया था। मैन ऑफ द मैच के खिताब में छोटी ट्रॉफी व दो सौ इक्यावन रुपये वीरू ने प्राप्त किए थे। हारी हुई टीम को भी उत्साहवर्धन के लिए प्रतिभागिता पुरस्कार दिए गए थे।

दोनों कप्तान व टीमें (खिलाड़ी) हाथ मिलाकर अपने-अपने घरों की ओर चल दिए थे। ग्राम प्रधान शिवसिंह जी की मौजूदगी में क्षेत्रीय विधायक जी को स्थानीय गाँवों में खेलों को प्रोत्साहित करने के लिए स्थायी खेल के मैदान की सुविधा उपलब्ध कराने हेतु एक प्रार्थनापत्र सभी उपस्थितों के हस्ताक्षर से दे दिया गया था। विधायक जी ने अगले चुनावों से पूर्व इस पर कार्रवाई करने का आश्वासन दिया था। विधायक जी के जाते पास खड़ी भीड़ तीतर-बीतर होने को थी। पास के बाजार से, जो वहाँ से लगभग आधा किलोमीटर दूर था, पाँच किलो भुने चने व लैचीदाना मंगाया गया था। सभी को जीत की खुशी में एक-एक मुट्ठी दे दिए गए थे। बच्चे सबसे अधिक खुश थे।

बैट बॉल व स्टैंप सब कुछ अपने गाँव के बड़े लड़कों के थे... व कुछ

दूसरे पड़ोसी गाँव के। सभी व्यवस्थित तरीके से पकड़ वे अब इधर लौट रहे थे नाचते-नाचते व सीटियां बजाते-बजाते

''जीत गए भइ जीत गए।''

पास से आते ढोली सोभन दास ने पूछ लिया-

''ठाकुरो! यह नाच गान किस खुशी में?''

'तुम्हें नहीं पता ताऊ... आज हमारा गाँव लखनपुर से क्रिकेट मैच में जीता है... यह देख रहे हो ट्रॉफी व पुरस्कार।'

''फिर तो मजा नहीं आया ठाकुरो। यह खुशी केवल हमारे बच्चों की ही थोड़ा है... हम सबकी है न। ठहरो मैं अभी ढोल-दमाऊं लेकर आया... इतनी बड़ी खुशी और इतनी ठंडी... ठाकुरो! यह कैसे हो सकता है?'' गाँव तक नाचते-नाचते, गाते गाते जाएंगे... यह किसी त्योहार से कम छोटी बात है भला? बस, आप यहीं पर रहना... मैं यूं गया और यूं आया।' कहकर सोभनदास ने अपना झोला दीवाल में बिसाया व चल दिया पूरी तेजी के साथ।

कुछ देर नारे लगते रहे कि ढोली सोभन ताऊ ढोल-दमाऊं, भंक्वरी व दस-पाँच अपने सदस्यों के साथ वहाँ पहुँचे। ताऊ शोभनदास का ढोल वादन इलाके भर में प्रसिद्ध है। जब बजा तो बड़े-बूढ़ों के भी पांव थिरक उठे... कंधे फड़कने लगे व स्वयं ही स्वयं कूल्हे मटकने लगे। आगे-आगे शोभन ताऊ, पीछे-पीछे गाँव वालों का हुजूम... क्या मजा आया... पूछो मत। सब लोग अपनी-अपनी गऊशालाओं की छतों, मकान के छज्जों पर खड़े हो गए। कार्तिक को कंधे पर रख नाचती हुई भीड़ गाँव की ओर बढ़ती। बच्चों का उत्साह व कार्तिक को देख दिन भर के पत्थर-बजरी से थके बिहारी मजदूर भी पूरी मस्ती में कूद पड़े। एक गजब का उत्सव आ मना नई सड़क पर।

गाँव में प्रवेश करने से पहले वे फिर जाख देवता के मंडले के पास पहुँचे। माना इस जीत में उनका भी हाथ हो। यह बिल्कुल सत्य है कि बड़ी-बड़ी उपलब्धियां या विजय पताकाएं बिना ईश्वर की कृपा के बिना हाथ नहीं लगतीं। योग्य तो प्राय: सभी होते हैं, पर श्रेष्ठतम वही होता है घोषित सार्वजनिक रूप से, जिसके सिर पर परम सत्ता यानी ईश्वर की दया का हाथ रहता है।

जाख देवता को धन्यवाद कर वे नीचे गाँव की ओर मुड़े। सांझ गहराने लगी थी व रात्रि का अंधकार धीरे-धीरे गाँव को अपनी चादर में लपेटने लगा था। गाँव के मध्य स्थित है पंचायत भवन जिसका लंबा-चौड़ा चौक है। जब भी गाँव का सामूहिक कोई कार्य हो... चाहे पनौंऊ (पांडव नृत्य) नाचने की बात हो,

बग्ड़वाल नाचने की बात, गाँव के बच्चों की राम-लीला-ड्रामा का आयोजन हो या गाँव के कल्याण की दूसरी चीजें, सभी का आयोजन यहीं होता है।

नृत्य करती हुई भीड़ जब मल्लि खोली (ऊपर के मोहल्ले) पहुँची तो प्रधान जी ने चौक में गैस बलवा (जलवा) दिया। उनके पहुँचते ही खेतों व गऊशाला से लौटी माताएं-बहनें भी वहाँ पहुँच गईं। जीत की खबर सुनते ही प्रधान जी ने पहली बार ग्राम्य विकास निधि से पूरे गाँव के लिए चार-चार लड्डुओं का पैणा (प्रसाद) सभी के लिए मंगवाया।... अन्यथा तो ज्यादातर गाँव की निधियां उनके घर-परिवार की साज-सज्जा से लेकर रिश्तेदारों के कार्य-व्यापार व आवभगत में ही व्यतीत व खर्च होती थीं।

सभी बच्चों को गुड़ व तिल बाँटे गए। ढोली शोभनदास को-इक्यावन रुपये व सभी साथियों को प्रसाद दिया गया। पहली बार बच्चों के आयोजन पर समस्त ग्रामवासियों को गर्व व आनंद की अनुभूति हुई।

दिन भर के थके-थकाए बच्चे अपने-अपने घरों को चल दिए। ट्रॉफी पंचायत घर के हॉल के मध्य में रखी गई। यह गाँव के इतिहास में इस तरह की पहली जीत थी। कार्तिक घर पहुँचा तो चौक से पहले ही किशनी व डब्बू उससे लिपट-लिपट गए... जीत की खुशी में किशनी ने दोनों हाथ, उठा-उठाकर खेल के मैदान की भीड़ के नारों की तरह 'बैकअप कार्तिक भैया' कहकर-स्वागत किया। कार्तिक ने किशनी को अपनी छाती से लगा दिया। किशनी ने कहा- 'तुममें इतनी ताकत कहाँ से आ गई थी भैया?'

'जाख देवता की कृपा व माँ के घी-दूध से... तुमने तो देखा था न खेल?'

'तुम्हारे छियासठ रन बनने तक तो माँ और मैं वहीं थे... आज तुम्हें वहाँ भी पुरस्कार मिला भैया... और घर में भी मिलेगा...। आज सचमुच पुरस्कार का ही दिन है भैया... जब-जब तुम्हें मिलता रहा... माँ और मेरा सीना भी कई बिस्त चौड़ा होता रहा। चलो अंदर..।'' किशनी ने कहा।

वैसे तो चूल्हे पर माँ अकेली होती थी... उदास होती तो चुपचाप... खुश होती तो आटा गूंथते-गूंथते गुनगुनाती रहती... जाने क्या... और किशनी होती तो बातें करने में मशगूल... लेकिन आज पुरुष की आवाज सुन कार्तिक ठिठक गया। बाहर से दिख रही माँ से उसने आँखों व अंगुलियों के इशारों से कुछ पूछा। गर्व व आनंद में डूबी माँ कार्तिक को देख उछल पड़ी स्वागत के लिए। उसने उसे अपने आंचल में भर दिया... पीठ ठोकी और ठेकेदार जी द्वारा दिए गए पाँच सौ रुपये का पुरस्कार पिताजी से दिलवाया। एकाएक पिताजी को देख कार्तिक सकपका गया।

उसने उनके चरण स्पर्श किए व अपनी पहली जीत के पुरस्कार में मिले ग्यारह सौ रुपये पिताजी की हथेली में रख दिए। कुछ क्षण भावुक खामोशी रही... अनकहे-ही सबकी आँखों की कोरें गीली हो गई थीं। चाय-पानी के बाद पहले पिताजी के लाए मिठाई व सामान का दौर चला फिर मैच की बातों का सिलसिला... व उसके बाद पास-पड़ोस व गाँव के हितैषियों का कार्तिक को बधाई देने का तांता लगा रहा देर रात तक।

उस रात घोड़े बेच कर सोया कार्तिक। कई दिनों से तो स्कूल के काम-काज के बोझ के बाद बजरी कूटता रहा गर्मी में सड़क पर। मैच वाले दिन तो सुबह से शाम तक दो घड़ी सुस्ताने की भी न मिली फुर्सत। आज जब जिस होड़ (तरु) पड़ा तो बस चूं भी नहीं की। करवट तक नहीं बदली। सोया तो बस तभी आँख खुली जब सूरज की किरणें सीधे पतली खिड़की से प्रवेश कर उसके सिरहाने आ धमकीं।

कार्तिक अंगड़ाइयां लेकर उठ बैठा। पूरा शरीर अभी भी दुख रहा था। बिना बराबर अभ्यास के जो खेलना पड़ा था... अन्यथा अब तक गाँव के दूसरे बच्चों के उठने तक कई प्रकार के कार्य निपटा देता था कार्तिक। जब वह उठा तो किशनी बड़ी थाली में छ: कटोरियों पर भुने चने मिले लाइचीदाना तथा दो-दो पीस मिठाई के चुन्नी से ढ़क खुशी में बाँटने जा रही थी।

पिताजी जब भी परदेस से आते हैं, यह पैणा बाँटना माँ का सबसे पहला कर्तव्य है। इसके बाद ही कुट्यारी (थोली) गाँव के दूसरे मिलने आने वालों के लिए होती है... और बाकी जो बच गया ओड, ओजी व ल्वार के बाद वह अपने बच्चों के लिए होता है।

माँ गऊशाला से लौटी तो चाय-नाश्ते के बाद पिताजी की लाई गठरी खोली। इस बार काम के मंदे रहने के कारण आमदनी भी फीकी ही रही थी। इसलिए अच्छा व ज्यादा सामान न ला सकना उनकी विवशता थी, यह बात माँ ने उन्हें बता दी थी। पिताजी के चेहरे पर विवशता के भाव दूर से ही पढ़े जा सकते थे, अन्यथा इतने दिनों के बाद मिले बच्चों के लिए कौन पिता नहीं चाहते अच्छा-अच्छा सामान लाना। पिताजी की चिंतातुर सूरत को देख हिम्मत देने के स्वर में कार्तिक ने कहा था- 'अब आप चिंता न करें पिताजी... कंधे से कंध मिलाकर मैं भी आपके साथ खड़ा हूँ... अपनी मेहनत की कमाई से ही कराया मैंने किशनी का एडमिशन... कल ही कल सोलह सौ रुपये कमाए पूरे... अभी पाँच-चार सौ रुपये की पगार सड़क के ठेकेदार जी की तरफ भी है बाकी..।.. कुछ न कुछ खर्चा चलता रहेगा... आप अपना ध्यान रखें, बस..।'

बुलंद हौसले / 39

'हाँ... पर यदि मेरी स्थिति मजबूत होती... तो तुम्हारी भला मेहनत-मजदूरी करने की उम्र है?... वह लाचारी नहीं है मेरी... तो क्या है बेटा? मैं भी चाहता हूँ कि मेरा बेटा केवल पढ़ाई करे पढ़ाई... लेकिन केवल मेरे सोचने भर से क्या होता है... होता तो वह है जो... जो नसीब लिखवा कर लाए हैं हम वहाँ से।' पिताजी ने दुःखपूर्ण गहरी श्वास छोड़ते कहा था।

''मिले हुए प्रारब्ध पर चिंता करने का वक्त नहीं है यह पिताजी-बल्कि ईश्वर की कृपा से मिले हुए वर्तमान से सुनहरा भविष्य बनाने की जरूरत है। अच्छा पाने के लिए एक बार बुराई के दौर से जरूर गुजरना पड़ता है लेकिन धैर्य, साहस व ईमानदारी का मार्ग जरूर हमें गंतव्य की ओर ले जाता है। यदि हमारी मेहनत व शिक्षा कल के भविष्य के लिए अच्छे स्वप्न पिरोती है तो हमें निराश नहीं होना चाहिए, बल्कि जी-जान से अपने लक्ष्य तक पहुँचते रहने के प्रयत्न तीव्र कर देने चाहिए। जीवन में प्रकाश, निराशा से नहीं बल्कि आशा से ही फैलता है पिताजी। अपने लिए संघर्ष व मेहनत करना दया का पाठ नहीं है। बल्कि आत्मविश्वास की सीढ़ियां चढ़ते जाना है।'

कार्तिक की बातचीत से पिताजी को लगा था कि जिम्मेदारियों के बोझ तथा कठोर संघर्ष ने उसे अनुभव में अपनी उम्र से दस वर्ष बड़ा बना दिया है। उन्हें अभी घर में आए एक रात भी नहीं बीती थी कि कर्ज लेने या वसूलने वाले एक-एक कर आने लगे थे। दो-तीन का भी कर्जा नहीं चुक पाया था। माँ ने कुछ रुपये कार्तिक व किशनी की परीक्षा के लिए, कुछ कार्तिक के पिताजी के परदेस जाने के लिए रख दिए थे शेष भी कार्तिक की सहमति पर कर्ज चुकाने वाले रुपयों में ही रख दिए थे।

इसके बावजूद भी गाँव के नौ लोगों का छोटा-मोटा कर्जा बाकी था। कर्जा तो कर्जा होता है चाहे दो रुपये का हो; दो सौ का हो या फिर नौ सौ का। जब तक दिया नहीं पैर में चुभे कांटे की तरह टीसता रहता है दिल पर। पिताजी छुट्टियां तो ज्यादा लेकर आए थे लेकिन अपनी गरीबी के कारण जल्द ही परदेस जाने की बात माँ से करने लगे थे।

कर्ज वाले दिन-रात घर के चक्कर काटते हों कार्तिक के पिताजी घर आए हों और उनके पास देने के लिए कुछ न हो... यह परिवार के सभी सदस्यों के लिए शर्म व चिंता की बात थी। इस बात का एहसास केवल पिताजी को ही नहीं, बल्कि कार्तिक की माँ को भी मन ही मन होता था। लेकिन मजबूरी में सिवा इसके और भी चारा क्या था।

संसार में कौन ऐसा है जो दुख व परेशानियों को वरण करना चाहता हो... लेकिन जब ये विवशता का हार बनकर गले में आ पड़ती हों... तो सिवाय उन्हें धारण कर लेने के चारा ही क्या बचा रह जाता है?

आज के समय में चहल-पहल व्यक्ति या व्यक्तित्व से नहीं बल्कि मुद्राओं से होती है, यह बात कार्तिक की माँ बार-बार सोचती। धनहीन व्यक्तियों से भरा घर मुर्दा सदृश लगने लगता है जबकि मुर्दा हुए घर में भी इसके होने पर खुशियों की बौछारें सी खिली मिलती हैं। एक दिन कार्तिक के माँ-पिताजी ने यही निर्णय लिया कि परदेस जाना घर में परेशान व सोच में डूबे रहने से, कई गुना बेहतर है। जिससे कर्जा लिया है वह तो दिन, माह व वर्षों की गिनती करता रहता है। उसको क्या मतलब कि आपने कितने औरो से कितना अधिक और कर्जा लिया है।

परदेस गए रहेंगे कार्तिक के पिता तो कर्ज देने वालों को यह तो कहा जा सकता है कि बस अब अगले या उससे अगले माह आपका चुकता हो जाएगा पूरा कर्ज। मजबूरियां व गरीबी ही इन्सान को झूठ बोलने व जीवन में गलत कदम उठाने के लिए प्रेरित करती हैं, यह बात माँ सोचा ही करती। गरीबी के दिनों में बुद्धि व मस्तिष्क की प्रखरता भी किसी काम नहीं आती, लेकिन समृद्धि में भौंदू मस्तिष्क में भी चार-चाँद लगे रहते हैं।

इस बार, पूरी पिछली पगार न मिलने पर हल लगाने वाले वैशाखू ने भी हाथ खड़े कर दिए थे यह कह कर कि...' ठाकुर, घर आए... न माल मिला न मिठाई, न कपड़े लत्ते... पिछला हिसाब अभी अचुकता ही पड़ा है... मुझे भी बच्चे पालने हैं अपने...। अब आगे काम तभी होगा जब पिछला हिसाब-किताब हो जाएगा... जब मुझे रोज की खरी दिहाड़ी मिल रही है, तो मैं पगाल्या (उधार में) काम क्यों करूं? कर लो आप अपना प्रबंध।' कहकर अल्टीमेटम दे दिया था वैशाखू ने।

माँ को उसके व्यवहार से तनिक भी गुस्सा नहीं आया था। आखिर इन्सान अतिरिक्त मेहनत कुछ पाने व अपने बाल-बच्चों के पेट पालने के लिए ही तो करता है... उसका मेहनताना उसे समय से न मिले... तो फिर क्यों करे वह उस काम को? सौ फीसदी सच कहता है वैशाखू,... यह सोच माँ कुछ भी प्रतिक्रिया न करती उसके साथ।

[10]

सायं को चूल्हे पर माँ उदास बैठी थी। कार्तिक के पिताजी आज ही परदेस गए थे। मन भरा-भरा सा था। कितने दिनों के बाद आए थे घर अपने बच्चों के पास... लेकिन यह दुष्ट गरीबी... कहाँ बैठने देती है चैन से... अपनों के साथ? जिसके भाग्य में दुख व परेशानियां लिखी हों... उसके घर व घरवालों को स्नेह कहाँ सुलभ होता है?

खेतों में बुताई से पहले हल लगाने के दिन थे... व वैशाखू ने हरिहट मना कर दिया हल लगाने के लिए, यह भी माँ की चिंता का एक प्रमुख बिंदु है। खेती व धरती के साथ अपनी फुर्सत व जिद्द नहीं चलती... बीज बोने में एक भी दिन ऊपर हुआ नहीं कि निगोड़ी धरती फिर कितनी बार बीज बोआ... उसमें बीज उगाती ही नहीं।

पिछली बार दो दिन की देरी हुई थी बीज वाले दिन से... पाँच बार बीज बोने पर भी बीज अंकुरित नहीं हो सके... तब माँ को दूसरे खेतों से पौधे उखाड़-उखाड़ कर सारी (रोपने) लगाने पड़े-तब कहीं बंजर खेत कुछ हरा-भरा दिख सका।

गाँव में लोगों के हल लग गए थे-बुवाई हो गई थी... लेकिन कार्तिक के खेत वैसे के वैसे पड़े थे। माँ ने बीज ढक्वोल्यूं (पतले बांस से बुने बंद टोकरीनुमा पात्र) से निकालकर सुखाकर तैयार कर दिया था। अब वैशाखू न उनकी खोली की तरफ आता था, न कहीं मिलने पर उनसे आँख ही मिलाता था।

हौली (हल के) के भर बगत पर दूसरा हल्द्या (हल लगाने वाला) मिलना नितांत असंभव था। यदि कोई मिलता भी तो तब, जब दूसरों के हल लगाने का काम समाप्त हो जाए। तब तक बीज बोने की मियाद निकल जाएगी। लोगों के खेतों में अनाज (बीज) की हर्याली (हरीतिमा) उग आएगी। माँ इसी चिंता में थी। कइयों को हाथ-पांव भी जोड़े थे। यह भी शर्त लगाई थी कि पहले मेरे बैलों से अपने खेत बो लो, फिर मेरी बुवाई करना... लेकिन बुरे वक्त व गरीबी-परेशानी में कौन काम आता है... शायद ईश्वर भी नहीं... यह माँ बार-बार महसूस कर चुकी थी। माँ को परेशान देख कार्तिक ने कहा था- 'माँ, क्या मैं नहीं लगा सकता हूँ हल?'

'नहीं बेटा! तू अभी छोटा है... फिर तेरे इन नाजुक कंधों पर क्या पहले ही

42 / बुलंद हौसले

कम बोझ है? ऊपर से तेरा इस साल बोर्ड है... यह सब करता रहेगा तो पढ़ेगा कब?... मैं तो समझती हूँ यहाँ का पुरुष प्रधान समाज न होता तो मैं स्वयं ही चला लेती हल। काम करने में क्या है?'

'माँ वैशाखू ताऊ को हमें हल के पैसे न देने पड़ते... वही यदि मैं लगा दूं तो पैसे बच जाएंगें न... जब इतना बड़ा मैच जीत लिया माँ... तो हल लगाना तो छोटी बात हैं न माँ। माँ यह मत भूलो, जब ईश्वर कहीं से तुम पर परेशानियों की वर्षा (बरसात) करता है... इसका मतलब है वह तुम्हें उस क्षेत्र में भी आगे बढ़ने के लिए तैयार करना चाहता है... ईश्वर के दिए कार्य को दुख से नहीं प्रसन्न होकर स्वीकार करना चाहिए।

आप ही तो कहती थीं कि माँ... जो अनायास होता है वह ईश्वरीय या दैवीय होता है...। जब वह (ईश्वर) परेशानियां देता है तो साथ ही साथ उनसे उबरने का समाधान भी देता है माँ... आप जरा भी चिंता मत करो। संसार के सारे काम संसार में ही तो सीखे जाते हैं...।

जीवन को बोझ नहीं... बस, एक खेल की तरह समझो व माँ... बस खेलते जाओ... जैसा खिलता है... हारने व जीतने की चिंता उसे हो... हमें क्या मतलब? आज तो इतवार है ही... आज हल चलाऊंगा... पाँच-चार दिन बजरी नहीं कूटूंगा... तो हल स्वत: ही हो जाएगा समाप्त।'

बहुत बार ऐसी-ऐसी बातें बोल देता है कार्तिक... कि माँ के अंदर की परेशानियां का गुब्बार उससे फुस्स हो जाता है... माँ फिर दूसरे ही क्षण प्रसन्न, चौकन्नी व कर्मठ लगने लगती है। खाना खाकर ओबरा (निचला कमरा) से रखा हल निकाला, जुआ व नाड़ा (हल व जुए को अटकाने वाली रस्सी) भी। देखा हल पिछली बार का नया नसूड़ा (लकड़ी का फल लगा हल जो धरती को फाड़ती है) तैयार कर रखा है वैशाखू ताऊ ने। वह सब चौक में निकाला।

माँ को आज पहले दिन एक पुंगड़े (खेत) को जोतने के लिए बीज रखने को कहाँ किशनी गऊशाला से बैलों को खोल लाई। कार्तिक ने नसूड़ा (हल) कंधे पर रखा व जुआ हाथ पर...। दोनों को व्यवस्थित रूप से नाड़े से बाँधने का गणित नहीं समझ आया उसे। माँ ने उसके हाथ का ज्यू (जुआ) स्वयं पकड़ा व कंडी में बीज रख उसे पीठ में तथा जुआ दोनों कंधों की तरफ रख लिया।

कार्तिक ने कभी हल नहीं चलाया था। उसका काम बैशाखू ताऊ के साथ खेत तक बीज ले जाना होता था या फिर गऊशाला से खोलकर बैलों को पानी पिलाकर खेत तक ले जाना, बस....। वैशाखू ताऊ के हल छोड़ने की बात का

संकेत पहले होता तो वह भी उनके निर्देशन में हल चलाना सीख जाता। लेकिन कोई भी विपत्ति जीवन को पूर्व सूचना देकर कहाँ आती है, यह माँ बार-बार कहती।

माँ की परेशानियों से सचेत हो कार्तिक ने हल चलाना भी सीखा। गाँव वालों से देर ही सही, लेकिन खेती का सारा काम पूरा किया। माँ को डर था कि कार्तिक का बोया हुआ देरी वाला बीज उगेगा या नहीं। लकिन बात माँ की अपेक्षाओं के विपरीत हुई। खेतों में ऐसा अनाज उगा कि... सब चकित रह गए। आज तक परिश्रम के बावजूद भी ऐसा अनाज कभी न उगा था। संभवत: प्रकृति माँ को कार्तिक के भोलेपन व मासूमियत तथा माँ की निष्ठा पर दया आई हो। कार्तिक हर नई परेशानी से परेशान नहीं होता, बल्कि मन ही मन उसका स्वागत करता कि यह उसके व्यक्तित्व को निरंतर बड़ा बनाने में सहायक सिद्ध हो रही है।

[11]

जीवन, धीरे-धीरे पहाड़ में नई बन रही सड़क पर चल रहे, वाहन की तरह आगे खिसक रहा थी। जीवन में एकाध सुख व खुशी के अवसर आते ही दस-बीस परेशानियों का बुल्डोजर उन्हें रौंध कर रख देता। कार्तिक-पाँचवीं की परीक्षा में पूरे जिले में प्रथम आया था। उधर असमर्थता व गरीबी से तंग आ पिताजी बीमार रहने लगे थे। माँ ने कार्तिक से उन्हें घर आने के लिए पत्र लिखवाया था।

लेकिन पिताजी ने घर आकर अपनी परेशानियों से उन्हें परेशान न कर फिलहाल परदेस में ही अपने इलाज की बात लिखी थी... घर में परिवार का तो दूर, उनकी दवा-दारू का पैसा भी कहाँ से जुटेगा?... उतने में घर के छोटे-मोटे खर्चे चल निकलेंगे। माँ ने पिताजी के वाक्यों को समय व ईश्वर का आदेश मान सब कुछ प्रारब्ध पर छोड़ दिया था। कार्तिक का अगले तीन वर्षों की पढ़ाई के लिए वजीफा लग गया था।

सरला दीदी को देखे वर्षों बीत गए थे। पिताजी जब भी गाँव आते तो कर्जदारों का हिसाब-किताब कर बिल्कुल खाली हो जाते। इतने समय बाद बेटी के ससुराल जाने के लिए लत्ते-कपड़े से लेकर माल-मिठाई का गणित अगली बार के आने पर टल जाता... अगली बार पिताजी के आने से पूर्व ही नई-नई परेशानियां मुँह बाए पिताजी का स्वागत करने के लिए तैयार रहतीं।

पैसों के अभाव में मन के उत्साह के गुब्बारे की हवा स्वत: ही निकल जाती। सरला दीदी के ससुराल वाले इतने दुष्ट कि... बुलाने... जाने पर... काट खाने को दौड़ते। माँ को तो लगता ही... कार्तिक भी... दूसरे भाइयों व अपने मित्रों को अपनी बहनों के ससुराल बुलाने जाते देखता तो उसका मन रो उठता। वह जीवन की परेशानियों व दुखों में नहीं रोता... रोता है कभी एकांत में तो बस अपनी सरला दीदी की याद में रोता है। दीदी को याद कर फिर रुलाई थमने का नाम नहीं लेती। एक दिन चूल्हे की आग भबराई तो भरी आँखों में कहा माँ ने- 'बेटा' मेरी सरला याद कर रही होगी... दुष्टो! कितने निर्दयी हो गए हो तुम... कभी तो संत-खबर करते... जीवित है या मर गई... लेकिन क्या करूं बेटी... न पैसे हैं... न कोई बड़ा-बुजुर्ग ही घर में... अब तेरा भाई कभी बड़ा होगा... जरूर आएगा तुझे बेदने (बुलाने)।, कह माँ फफक ही पड़ी माँ के कहते आग की भरभराहट तत्काल बंद हो गई गोया फैक्स ही तरह माँ का भावात्मक संदेश सरला दी के हृदय पर छप गया हो।

माँ के एक-एक शब्द तीर की तरह चुभे कार्तिक के कलेजे पर। कर क्या सकता था? अपने बस्ते में देखे सत्तर रुपये पड़े थे। कल उसके दो साथी और... अपने ननिहाल व दीदी के ससुराल जा रहे थे। कार्तिक ने स्वयं जाने का प्रस्ताव रखा। माँ ने कहा- ''बेटा! वे तो अमीर लोग हैं... उन्हें खर्चे की क्या परवाह? तुम्हें तो सबसे पहले खर्चा चाहिए... इतने दिनों बाद जाना है तो सरला के लिए धोती-ब्लाउज तो मेरा लाया हुआ... लेकिन मिठाई और गाड़ी का खर्चा पूरे डेढ़ दो सौ रुपये चाहिए बेटा। फिर इतना दूर है, ऊपर से पैदल का, रास्ता... डर लगता है, बेटा।''

'माँ मैं इस बार जरूर जाऊंगा... दीदी के ससुराल... एक आश्चर्य दूंगा। सरला दी को कि... उसका भैया कार्तिक कितना बड़ा हो गया है... अकेले ही उसे बेदने चला आगा है। मेरे पास सत्तर रुपये हैं।

कार्तिक ने भी अपना मन बना लिया था दीदी के ससुराल जाने का। लेकिन दिक्कतें दो-तीन थीं। एक तो उसके पास पेंट नहीं थी नई। स्कूल का बूट भी आगे से टूट गया था... व तीसरा पूरे पैसे नहीं थे दीदी के ससुराल जाने व वापस आने... तथा कुछ माल-मिठाई ले जाने के लिए। इस बात से माँ भी परेशान थी। गाँव में कर्ज लेने के लिए बिल्कुल मना किया था कार्तिक ने। फिर पुराना कर्ज न चुकाए जाने पर भला नया माँग भी कैसे सकते थे।

फिर भी माँ ने कहा था- ''बेटा! दीदी के यहाँ ले जाने के लिए कुछ न हो

तो दो बिस्कुट के पैकेट रख लेना... इस बार वहाँ तक का लंबा साथ था। तुम्हें देखते ही फूले न समाएगी सरला... तुमसे बड़ी मिठाई क्या होगी भला उसके लिए?... घर की हालत उससे व उसके सास-ससुर से कोई छिपी थोड़ी ही है। बेटा! जीवन में बुरे काम के लिए आगे नहीं आना चाहिए लेकिन अच्छे काम के लिए किसी भी रूप में पीछे नहीं रहना चाहिए-फिर आगे ईश्वर ही सहायता करते हैं। बीस रुपये मेरे पास भी हैं तुम्हारे मामा के दिए दक्षिणा के...। फिर तो तुम्हारे जाने से लेकर सरला के आने तक किराया पूरा हो जाएगा। कहीं भी कुछ मत ले जाना... बस, राजी-खुशी लौट आना।''

कार्तिक ने अंगुलियों पर हिसाब लगाया। गणित उसकी अपेक्षाओं के आस-पास था। वह फटक से तैयार हो गया। कल सुबह जाना था। माँ ने धोती-ब्लाउज रख... दो माणी घी, कुछ तोर की दाल, स्वांली-पकौड़ी (पूरी-पकौड़ी) बनाई। सेर च्यूडे कूटे (सरला को तिल मिले च्यूड़े भले लगते थे।) व छोटा पिठ्वा पूरा भर गया...। माँ ने यह तैयारी मोटर लैन की ओर से जाने के लिए की थी कि न कुछ मिठाई आदि के लिए पैसा हुआ तो सरला पिठ्वा खोलते निराश नहीं होगी। लेकिन छोटे कार्तिक के माँसल कंधे इतने लंबे सफर में इतना भार कैसे उठाएंगे, यह चिंता भी माँ को भीतर-भीतर कचोट रही थी।

कल सुबह अँधेरे में ही चले तीनों दोस्त। सबसे भारी सामान था कार्तिक के पास। रात को दो-तीन किलो अर्से और बनवाए माँ से... न मिठाई व दूसरे सामान के लिए पैसे हुए तो गाँव में कम से कम मैत (माइके) का पैणा तो बाँट पाएगी सरला दी। जाते हुए फिर माँ ने निर्देशों की झड़ी लगा दी थी-'बेटा' पांजापर (सुरक्षा/होशियारी) से जाना। बस के ही रास्ते जाना। जंगल का पैदल रास्ता बहुत खतरनाक है। जंगली जानवर, साँप, शेर, रीछ का भी खतरा रहता है। पूरे अट्ठारह मील है चंद्रापुरी से मौण... हालांकि बस देर में पहुँचती है... पैदल वाला आदमी पहले...। लेकिन जब बड़ों का साथ हो तब न... फिर इतना लंबा तुम चले कब हो...। बिल्कुल बस से ही जाना बेटे... सिर-हाथ खिड़की से बाहर मत निकालना... रास्ते में शरारत मत करना। हर बगत ईश्वर की याद रखना।'

आज पहली बार घर से बाहर अकेले जा रहा है कार्तिक। चार-पाँच बार माँ के साथ ममाकोट (ननिहाल) गया है बस... दो बार छोटे में माँ की घूगी (पीठ) में और तीन बार पैदल चलकर माँ के साथ पैदल। माँ जब भी मायके गई है तो पैदल ही गई है... शुरू-शुरू में सड़क ही न थी... लेकिन सड़क बनने पर भी पैसों के अभाव में कभी बस से मायके नहीं जा सकी माँ। मौण

(मोहन खाल) तक तो वही रास्ता है ननिहाल व सरला के ससुराल का। इसलिए उस रास्ते जाने का थोड़ा-थोड़ा एहसास है कार्तिक को।

वे रास्ते भर बातें कर रहे थे, लेकिन कार्तिक का मन इसी उधेड़बुन में लगा हुआ था कि सांप भी मर जाए और लाठी भी न टूटे अर्थात् नब्बे रुपये में वह सकुशल दीदी के ससुराल भी पहुँचे; मिठाई-सामान भी ले जाए व ठीक-ठाक वापस भी आ जाए। गाँव से लगभग चार किलोमीटर की उतराई पार कर नीचे चंद्रापुरी बाजार पहुँचकर बसें मिलती हैं। एक-डेढ़ किलोमीटर पर जंगल में (म्वलधर) घनी छाया वाला पीपल का पेड़ है, जहाँ चढ़ाई व उतराई वाले लोग आकर विश्राम करते हैं, वे वहाँ पहुँचे तो दोनों मित्र पेशाब करने चले गए व कार्तिक वहाँ पर बीड़ी फूँक रहे बौड़ा जी के समीप जाकर बैठ गया।

बौड़ा (ताऊ) ने बीड़ी की ठूंठ पत्थर पर रगड़ी और कोट की जेब से एक बटुवानुमा थैली निकाली। कटोरी के गले में कॉकनुमा गोल पत्थर फंसाया उसमें तंबाकू भरा... थैली के किनारे रखी कबास (कपास) निकाली... फटींग (स्फटिक) को दो अंगुलियों के बीच दबाया। उधर के हाथ से अगेला झाड़ा और धुआ छोड़ती आग की कपास को कटोरी के ऊपर रख पोपले मुँह को कभी फुलाकर कभी पिचाकर जोर से सोड़ा (श्वास भरा)। तंबाकू जलने लगा। थोड़ी सी खांसी कर धुएँ के गुब्बार को आसमान की ओर छोड़ते पूछा- 'लाटा! तेरू सिद्धांत आज?' (बेटा! आज कहाँ तक तुम...?)

'दादा जी मौण तक जाना है... लेकिन मेरे पास पैसे कम हैं... मैं सोच रहा था कोई पैदल का दगड़्या (साथी) मिल जाता तो मेरे बस किराये के पैसे बच जाते... फिर मैं उनमें दीदी के ससुराल मिठाई, दक्षिणा आदि देकर दीदी को बेद कर घर तक ला सकता था... मैं चल लेता पैदल... हाथ-पांव तो अपने हैं...। इतने पैसों में यदि मैं दीदी के ससुराल से होकर घर तक पहुँच जाता... तो माँ बहुत खुश होती बौडा। मैंने पैदल का रास्ता अकेले में नहीं देखा है... वैसे माँ के साथ दो बार गया हूँ ममकोट...।' निर्दोषता से उसने कहा।

'कहाँ है तेरा ममकोट? कौन हैं तेरे मामा लोग? सलना है बौडा जी। मेरे मामा जीप गिरिजा दत्त किमोठी तो अब नहीं रहे। पर माँ जी बताती हैं कि भरा-पूरा परिवार है मामा लोगों का। 'अरे घबरा मत... मैं भी पोखरी जा रहा हूँ... पैदल के रास्ते... मुझे भी साथ चाहिए था और तुझे भी, भगवान का धन्यवाद।'

उसने हाथ जोड़कर बौड़ा के पैर पकड़ लिए- 'बौडा जी, ये जो मेरे दो साथी हैं, अमीर हैं... ये बस के रास्ते जाएंगे... लेकिन मैं ठहरा गरीब... बस, गिनती के पैसे हैं मेरे पास...। इसलिए आप ये कहना... कि इसकी माँ ने भेजा

है मुझे इसके साथ पैदल जाने के लिए... फिर मेरा गणित सब ठीक हो जाएगा बौडा जी... आपकी कृपा से...। इनका क्या है... इनके पास तो पोधे (प्रचुर) पैसे हैं... मैंने इस गरीबी के कारण छः साल से अपनी दीदी को नहीं देखा है बौडा जी... पिताजी बीमार हैं परदेस में... माँ जी किसी को दीदी बेदने की बात करती तो वे तीन-चार-सौ रुपये माँगते... ऊपर से अपना खर्च-पानी अलग...। फिर मैंने जिद्द की माँ जी से... अब मैं बड़ा हो गया हूँ... मैं बुला लाऊंगा दीदी को... यदि पैसे पूरे न हुए तो... संत-खबर कर ही लौट आऊंगा... दीदी की। न चाहते हुए भी कठोर मन से भेजा है माँ जी ने मुझे...। बस, बौडा जी... वे आ गए हैं... आप यही कहना उनसे।'

कार्तिक को वृद्ध व्यक्ति से बतियाते देख वे भी आकर चबूतरे में बैठ गए। कुछ-कुछ परिचय व अपरिचय के संदेह में दोनों साथियों ने भी उन्हें नमस्ते की। सीधे अपने वार्तालाप को बदलकर वृद्ध व्यक्ति ने कहा- 'अरे बच्चो! तुम भी चलो हमारे साथ पैदल... मौण-पोखरी तक। मैंने तुम्हें पीछे से आवाज दी तुमने सुना नहीं-इसकी माँ जी ने मुझे भेजा इसके साथ जाने के लिए... कि यह अकेला कैसे जाएगा... चलोगे क्या?'

'बाप रे बाप... बीस मील पैदल। सपने में भी नहीं। यहाँ चंद्रापुरी पहुँचने तक आफत है... फिर वहाँ से बस में बैठो रुद्रप्रयाग... चोपता, घिमतोली और कनक चौंरी होते हुए... आराम से पहुँचो मोहन खाल...। पैदल में तो कचूमर निकल जाएगा हमारा... फिर तो हम मरे-मराए समझो..। कौन आएंगा फिर वापस गाँव?' आश्चर्य से असमर्थता में कान पकड़ते दोनों ने कहा।

कार्तिक की उलझन स्वतः ही सुलझ गई थी। ईश्वर ने सब कुछ सहज में ही उसके हिसाब से कर दिया था। ठीक सवा घंटे में वे चंद्रापुरी पहुँचे। पुलवार के चंद्रापुरी गाँव के सेरों (खेतों) में लोग रोपणी कर रहे थे। उस रास्ते माँ जी जब भी गुजरती थी दो पल मंदिर के द्वार पर खड़े-खड़े माथा जरूर नवाती थी हाथ जोड़कर। वही कार्तिक ने किया था। पुल से गुजरती हुए मटमैले जल को देख कार्तिक डर गया था। तब उसे और डर लगा था यह सोचकर जब माँ बताती थी कि वे लकड़ी के पुल से होकर गुजरते थे।

मंदाकिनी का मटमैला जल इस बात का प्रमाण था कि ऊपर केदारनाथ घाटी में जोरदार वर्षा हुई है। जल की तरंगें मानो अपने-पन से उन्हें 'टा टा' कर रही थीं।... नदी के प्रवाह के मोहने सिमस्यात (पानी के बहने की तीव्र आवाज)

में बस अब बौडा व कार्तिक के होंठ हिलते से लग रहे थे व सुनाई कुछ भी नहीं दे रहा था।

अभी पुल के बीच में थे कि उत्तर की ओर से सामने के मोड़ से ऊखीमठ -हरिद्वार वाली रोड़वेज की बस आती दिखी। बौडा ने कहा- 'अरे बाबू! अगर तुम्हें हमारे साथ नहीं चलना है पैदल... तो जल्दी भागो... रुद्रप्रयाग तक तुम्हें यह पहुँचा देगी... आगे तुम्हारा टैम बच जाएगा। आज-कल उंदू (परदेस) जाने वाले लोग बहुत हैं... फिर फौजी बुहत आते हैं घर इस सीजन में... सब सुबह-सुबह ही चलते हैं घर से। चंद्रापुरी कोई हमारा ही बाजार थोड़े ही है... चारों ओर की पहाड़ियों के लोग यहीं आते हैं उंद जाने के लिए।

जब हम लोग जाते थे तुम्हारी उमर में तो रुद्रप्रयाग तक पैदल ही जाते थे। भीड़ ज्यादा हुई तो कई बार घंटों तक बस नहीं मिलती यहाँ पर। यात्रा सीजन में तो और दिक्कत आती है। सुबह-सुबह लाला लोग भी अपने सौदे-पत्ते के लिए जाते हैं रुद्रप्रयाग, श्रीनगर व ऋषिकेश-हरिद्वार तक...। जब जहाँ भी जाना हो तो घर से टैम से निकलो और ठिकाणे पर टैम से पहुँचो। फिर किसी को टेन्शन नहीं रहती।'

[12]

बौडाजी की अपनत्वभरी बातें भली लगी थीं सबको। फटाफट सभी ऊपर रोड में आकर बाईं ओर खड़े हो गए थे। दोनों ने बस से... व कार्तिक ने बौडा के साथ जाने का निश्चिय कर लिया था। उन्होंने बस रोकी व दोस्त बस में बैठ 'टाटा-बाय' कर हाथ हिलाते खिड़की से मुँह बाहर निकाल तेजी से आगे को चल दिए थे। पुल के उस पार से दो बिस्तरा बंदधरी फौजी वर्दी में सीटी बजाते हुए रोडवेज की बस को हाथों से रुकने का संकेत कर रहे थे।

उंद जाने वाले लोगों की पहली च्वॉइस रोड़वेज की बसें ही होती हैं बयोंकि वे खास-खास जगहों पर रुक तेज चलते हुए समय से ऋषिकेश-हरिद्वार पहुँचती हैं। दूसरी प्राइवेट बसें पैसेंजर गाड़ियों की तरह जगह-जगह रुकती हैं व यात्रियों को ठूस-ठूस कर भरती हैं... जिससे दूर जाने वालों का अपना कार्यक्रम गड़बड़ा जाता है। इन दिक्कतों के चलते सभी लोग रोडवेज की बसों के सफर को ही चुनना पसंद करते हैं।

बस के चल देने पर सड़क पर इक्का-दुक्का लोग ही जा रहे थे। ये वे लोग

थे जिनको चंद्रापुरी बाजार से या तो कुछ सामान लेना था... या फिर अपने आ रहे साथियों की प्रतीक्षा करनी थी... या फिर बाजार से होकर फिर पैदल रास्तों से होकर अपने गंतव्य की ओर बढ़ना था। कार्तिक पाँच मिनट पहले जिस बड़ी उलझन में था अब उसको इससे निजात मिल गई थी।

बाजार से पहले रोपाई वाले खेतों में किसान अपने-अपने कार्यों में लगे हुए थे। बाजार की प्राय: दुकानें बंद थीं। एकाध दुकानें... चाय-मिठाई वाली खुलने लगी थीं व उनके सामने खड़ी भीड़ उनके व्यापार की शुरुआत में रुचि लेने लगी थी। पहाड़ियों की उतराई से आते हुए शरीर के सारे अंग हिले-हिलाए से अव्यवस्थित हो जाते हैं। बस के वहाँ पहुँचने तक या तो देखा देखी या फिर इच्छानुसार या मजबूरीवश आगंतुकों को चाय पीनी ही पड़ती है। अन्यथा बस की इंतजार करते-करते आदमी बोर हो जाता है।

हालांकि कार्तिक का पिठ्वा उकाल (चढ़ाई) चढ़ने के लिए उसकी उम्र से अधिक भारी था। बौडा ने चाय की दुकान पर अपने पीठ का थैला बिसाते हुए कहा- 'बेटा। यहाँ पर पी लो एक गिलास चाय... फिर दूसरी बिसौण (रुकने का स्थान)' पिंगलापाणी में होती हैं... तीसरी कन्नि-बड़ब व फिर चौथी सीधे मौण खाल...। इतनी हिम्मत तो होगी न तुझमें चलने की?'

'हाँ-हाँ बिल्कुल... जब मन में उमंग व अच्छा साथ हो... तो भारी से भारी काम भी... खुश-खुशी किए जा सकते हैं बौडा जी... तथापि बस में जाकर शरीर को सुख मिलता... लेकिन मन बहुत दुखी हो गया था। अब तो आपने मुझे चिंतामुक्त कर दिया है... आपके साथ मैं अब कितने ही मील चल सकता हूँ।... आपके बताए सारे नाम मुझे सुने हुए परिचित लग रहे हैं... माँ जी के साथ ममाकोट जाते हुए हम भी उन्हीं-उन्हीं स्थानों पर रुकते थे।'

एक-एक कप चाय पीकर बौडा ने अपनी पैंट नीचे से कुछ-कुछ फोल्ड की। पीठ पर बड़ा पिठ्वा रखा। छाता पीछे से अपने कॉलर में गोल (खूंटीनुमा) दिया... हाथ पर जांठी (टेक वाली कुंडीदार लट्ठी) रखी व चल पड़े आगे। पीछे-पीछे कार्तिक ने भी अपनी पैंट फील्ड की व चल दिया साथ।

दूर तक क्यूंजा गदेरा के समानांतर सेरों (सिंचाई वाले खेतों) के साथ-साथ वे चलते रहे। कार्तिक इस गदेरे के आंचल में खिल-खिलाती लहलहाती फसलों के अतीत के बारे में अपने नन्हें मस्तिष्क में कल्पना कर रहा था कि किस प्रकार इनका पहले-पहले निर्माण हुआ होगा, सेरों का अनाज अपनी घनी हरियाली के कारण अपने उपजाऊ होने का परिचय दे रहा था। इसके पीछे खेतों में तल्लीनता से कार्य कर रहे किसानों का परिश्रम व समर्पण साफ-साफ झलक रहा था।

जैसे-जैसे वे अपनी मंजिल का रास्ता काटते जा रहे थे, वैसे-वैसे धूप भी उनका पीछा करती-करती घाटियों को उजला करती जा रही थी। अब वहाँ से उनके गाँव वाली पहाड़ी पर खिलखिला कर धूप छिटक आई थी। गहरी घाटियों में धूप तब पहुँचती है जब ऊपरी पहाड़ियों पर लगभग दोपहर ही हो जाती है। लेकिन प्रकृति के हिसाब से ढली जीवन शैली वाले लोगों को फिर अपना जीवन क्रम वैसे ही अच्छा लगने लगता है।

अपने मार्ग में उन्हें या तो ऊधम मचाते स्कूली बच्चे मिल रहे थे... या खेतों में काम करने या घास लेने जा रही घसेरियां या गाय-बैलों को हांक जंगल ले जाते ग्वाल-बाल... या छोटी-छोटी धार वाली पहाड़ियों पर बकरियों चराते, ऊन कातते गडेरिये। गदेरे में बड़े-बड़े तालों (तालाबों) पर खड़े होकर मछलियां पकड़ते बच्चे भी मन को भले लग रहे थे।

जीवन में हर प्रकार के मनुष्यों की अपनी-अपनी दिनचर्या होती है... हो सकता है सुबह के नाश्ते या दोपहर के भोजन के लिए मछलियां पकड़ना इन बच्चों के लिए बाजार से सब्जी लाना जैसा हो, कार्तिक सोचता। बौडा बीच-बीच में उससे चर्चा करना न भूलते। वह जानते थे कि सफर में अच्छा साथ हो तो बातें करते-करते सफर लगभग आधा हो जाता है... उसकी दूरी सिमट जाती है... रास्ता कटते पता नहीं चलता।

''तुम्हारा ममाकोट कहाँ है बेटा?''

'बौडा जी, सलना... मेरे मामा जी, भी गिरिजा प्रसाद शास्त्री थे...।'

'थे क्यों?' हैं बोलो'

'नहीं बौडा जी... अब वे नहीं है... माँ जी बताती हैं कि वे उसी साल खतम हुए... जब माँ जी की शादी हुई थी... अमृतसर में पढ़ते थे...।'

''तो फिर वहाँ अब नाना-नानी होंगे।''

'नहीं... वे भी अब नहीं है... बल्कि वे तब भी नहीं थे जब माँ जी व मामा जी छोटे थे...।'

'तो वहाँ किसके पास जाते हो फिर?'

'मेरे दूसरे मामा-मामी व नाना-नानी हैं... उन्होंने ही पाला था माँ जी को... माँ जी उन्हीं को माँ-पिताजी व हम उन्हीं को नाना-नानी समझते क्या, मानते हैं।

बौडा ने यह प्रसंग भी आगे बढ़ाना अच्छा नहीं समझा। कार्तिक के जीवन के जिस भी अध्याय को वे खोलकर पलटना चाहते.. वहाँ पीड़ा, दुख व संघर्ष के सिवा उन्हें कुछ भी न मिलता। वे इस बात से मन ही मन प्रसन्न होते कि इतनी परेशानी के बावजूद भी बालक के चेहरे पर किसी प्रकार के दुख की

छाया तक नहीं थी। वह बड़ी प्रसन्नता व जिज्ञासा के साथ कदमताल करता हुआ उनकी तरह ही बढ़ रहा था।

बौडा थोड़ा चलने पर उसके लिए पल-दो पल सुस्ता लेते। वह भी पीठ के पिठ्वा को कमर के बल दूसरे खेत की मुंडेर पर टिकाता। कुछ पल विश्राम करता... व माथे पर उभर आई पसीने की बूंदों को जेब में रखे माँ के फटे साफे के टुकड़े से साफ कर आगे बढ़ जाता... बौडा के कदमों से कदम मिलाते हुए। घंटे दो घंटे में वे पिंगला पाणी पहुँच गए थे। पीपल के पेड़ की बगल में बनी दो दुकानें चाय व छुटपुट सामान की थीं। कुछ लोग वहाँ पहले से बैठे हुए थे। अपना सामान बिछाकर उन्होंने पहले बहते पानी की कूल से आँखों पर छींटे मारे।

बौडा जी और कार्तिक ने अपने-अपने थैलों में से रखा भोजन निकाला व उसका आधा-आधा नाश्ते के रूप में चाय के साथ खाया। रास्ता अभी लंबा था। अत: दोपहर का पूरा भोजन तो वे मोहनखाल या उसके आस-पास के जंगल में खाएंगे जब कि नई यात्रा, होने वाली से बहुत कम रह जाएगी।

नाश्ता कर उन्होंने फिर कूल के पानी से हाथ धोए, कुल्ला किया व फिर एक-एक गिलास चाय का आर्डर दिया। पिगंलापाणी में शरादू दा की चाय आने-जाने वालों लिए विशेष महत्त्व रखती थी। स्वाद के साथ-साथ पूरी थकान उतर जाती थी एक गिलास चाय के साथ ही। इसलिए हर आने-जाने वाला यात्री (राहगीर) चाय पीकर जाएगा ही, यह शरादू दा अक्सर सोचते।

रास्ते भर बौडा जी जीवन के कई-कई रोचक व प्रेरक प्रसंग सुनाते रहे। कार्तिक के माध्यम से उसके संपूर्ण परिजनों के जीवन की किताब कुछ ही घंटों में पढ़ डाली। उन्हें कार्तिक साधारण नहीं, बल्कि असाधारण बालक ही लगा। जितना सामान कार्तिक पीठ में उठाकर चढ़ाई चढ़ता जा रहा था उनसे कदम से कदम मिलाते हुए... इतना कोई बड़ा आदमी भी आसानी से उठा पाने में सक्षम नहीं हो पाता।

चढ़ाई का पाँच किलो का भार पच्चीस किलो में अधिक की टूटन व थकावट पैदा करता है। उसके दोनों कोमल कंधे छिलकर लाल हो गए थे लेकिन उसमें किसी भी प्रकार का निरुत्साह या थकान दूर-दूर तक नज़र नहीं आ रही थी। बौडा बीच-बीच में उसका उत्साहवर्धन करते तो साहस से रीत रहा उसके मन का सिलिंडर फिर से ताकत व नई ऊर्जा से भर उठता व उसकी प्रतिक्रिया उसके हाथ-पांवों में दिखाई देने लगती... वह तीव्रता से चलने लगता।

सूरज ठीक सिर के ऊपर आया तो वे मौन पहुँच गए थे। वहाँ उन्होंने भोजन

किया व बौडा जी ने उसे अपने साथ चलने के लिए कहा अकेले उत्साही व छोटे बच्चे को देख बौडा ने अपने रास्ते में थोड़ा फेर-बदल कर पोखरी तक उसका साथ देने की बात कही तो मासूम भावनाओं से कृतज्ञता झापित करने की बात उसके चेहरे पर उभर आई। बौडा जी ने फिर उसकी पीठ ठोकी और वे आगे चलने लगे। अब तीखी चढ़ाई लगभग समाप्त हो गई थी तो कदमों की चाल समतल में बढ़ गई थी। आखिर पोखरी में विदा होने का समय आ गया। बौडा जी ने दस रुपये दक्षिणा के रूप में उसे देते हुए कहा- 'बेटा तुम्हारे साथ रास्ते का पता ही नहीं चला। कब हम यहाँ पहुँच गए... अन्यथा मैं भी पाँच-चार घंटे बाद यहाँ पहुँचता... अब सावधानी और साहस से जाना... अधिक यात्र तो पूरी हो गई है... थोड़ी शेष रह गई है... बेटा।'

'अपने दोनों हाथ पीछे करते हुए कार्तिक ने कहा- 'बौडा जी! यह क्या कम दक्षिणा है कि आपने मुझ गरीब के पचास रुपये बचा दिए... अब मेरी दीदी भी उन पैसों में मेरे साथ घर आ सकेगी... आपका बहुत-बहुत धन्यावाद बौडा जी... अन्यथा मैं कैसे पहुँचता इतनी दूर... अब तो मैं शाम तक दीदी के ससुराल पहुँच ही जाऊँगा बौडा जी... माँ जी कहती हैं जो संकट में काम आता है... कलियुग में वही भगवान होता है बौडा जी...।' कहकर उसने उनके चरण स्पर्श कर लिए।

यह देख बौडा बहुत गदगद हो गए उन्होंने कार्तिक को अपनी छाती से लगाते हुए कहा- 'बहुत बड़ा बनोगे बेटा, मैं कभी आऊँगा तुम्हारे गाँव।'

अब बौडा ऊपर के रास्ते चले गए व कार्तिक नीचे की ओर आ गया। वह मन ही मन ईश्वर व बौडा का धन्यवाद करता रहा। एक बार उसका मन हुआ वह सड़क-सड़क दैवखाल तक चला जाए... लेकिन बीहड़ जंगल में कहीं रास्ता न हुआ या टूटा हुआ तो फिर वह कहीं का न रहेगा... न वापस आ सकेगा... व न आगे ही जा सकेगा... इधर सांझ घिर आई तो उसके लिए दीदी के ससुराल पहुँचना संकट हो जाएगा। उसने नीचे बाजार में मिठाई वाले दुकानदार से मिठाई लेने के बाद पूछा- 'भाई साहब! देवखाल के लिए कोई शार्टकट रास्ता है क्या?... लेकिन वहाँ कोई खतरा तो नहीं है... रास्ते में लोग आते-जाते तो रहते होंगे न...।'

'तुम्हारे साथ कौन है और?'

'कोई नहीं... अकेला हूँ मैं... या फिर भगवान तो हैं ही न।'

'किसके साथ आए हो यहां तक... अकेले इस दोपहर में जाना ठीक नहीं है.... जंगली जानवरों का भी रहता है खतरा... और दूसरी चीजों का भी। वैसे मैं

तुम्हें रास्ता बता देता हूँ। अभी तीन-चार बजे कई घोड़े वाले सामान लेकर जाते हैं... उनके साथ चले जाना... लेकिन वे थोड़ा इधर-उधर हुए तो तुम्हें देर हो जाएगी आगे जाने के लिए...।' अपनी पिछवाड़ी छत से दूर तक रास्ता दिखाते दुकानदार ने कहा।

[13]

कार्तिक अजीब संकट में फँस गया था। उत्तर के आकाश में काले बादलो के टुकड़े एकत्रित होने लगे थे। माँ ने बताया था कि रास्ते में कई तेज पानी वाले गदेरे बरसात के पानी से और खतरनाक हो जाते हैं। इधर समय धीरे-धीरे खिसक रहा था। अभी घोड़ीतों के आने, सामान भरने से जाने तक बहुत समय लग सकता था। आधे घंटे बाजार के चक्कर लगाने व कई लोगों को पूछने पर जब कोई सहारा हाथ न लगा तो उसने निश्चय कर लिया कि वह अब अकेले ही भगवान का नाम लेकर चल पड़ेगा। उसने बांज के सुनसान जंगल की सड़क पर जाते हुए हाथ जोड़ते कहा-' 'हे मेरे घंडियाल, जाख, सिंहलास, बगड़्वाल, नगरजा व ध री देवी!... तुम्हारा कार्तिक अकेले है यहाँ;' मेरी रक्षा करना... साथ रहना, मिट्टी का तिलक किया... 'समय निकल रहा है... आपके रहते मुझे किसका डर है...। पीठ का पिठ्वा ठीक से बांध और दौड़ पड़ा।

माँ ने कभी रात को कहानी सुनाते कहा था कि संकट के समय यदि 'हनुमान चालीसा' का पाठ करो तो डर गायब हो जाता है व शरीर में स्फूर्ति व ताकत का संचार होता है। बस, वही बात मन में बिठा दी कार्तिक ने। सामने की धार तक रास्ता लगभग वी (वी) के आकार में था पहले नीचे व फिर उतनी ही दूर ऊपर... सुनसान जंगल बाज व बुरांश का।

'श्री गुरु चरण सरोज रज... निज मन मुकुर सुधार' कहकर कार्तिक पूरी जोर से उतराई में भागने लगा। हनुमान चालीसा की पंक्तियां जहाँ मन में शक्ति का संचार कर रही थीं, वहीं बाल मन में उनके बीच दूसरे भावों के बवंडर भी पैदा होते जा रहे थे। कार्तिक को डर भूत-प्रेतों से नहीं था बल्कि डर था सांप व शेर जैसे हिंसक जीवों से... यदि वे टकर गए तो दूर-दूर तक उसकी आवाज व चीत्कार सुनने वाला कोई न था। 'भूत-पिचाश निकट नहीं आवे... महावीर जब नाम सुनावे' की पंक्तियों को गा-गाकर कार्तिक के हाथों में भी जोश आ रहा था मानो उसके हाथों में हनुमान जी ने गदा दे दिया हो।

लेकिन फिर मन से आवाज आती है कि यदि सांप दिख गया तो...। कार्तिक यह सोच ही रहा था कि अचानक तीव्र चलती गति पर एकाएक ब्रेक लग गया... 'अरे--अरे--' कह कार्तिक रुका। उसे सामने के बांज के पेड़ पर एक बहुत बड़ा अजगर दिखा आर-पार। भला हो ईश्वर का... लेकिन वह मरा हुआ था।'

यह देख एकाएक कार्तिक के रोंगटे खड़े हो गए। वास्तव में उसे सबसे ज्यादा डर यदि किसी जीव से लगता था तो वह सांप से ही लगता था। गरम दुपहरियों में जब तपन बढ़ने लगती तो हरी घास की लहलहाट में कहीं से भी सांपों का आना-जाना शुरू हो जाता। आखिर वास्तव में उनका ही तो घर है यह पृथ्वी... मनुष्य तो व्यर्थ में ही पूरी धरती को हथियाने अथवा उस पर नाहक अपना अधिपत्य जतलाने की ज़िद् किए रहता है। किंतु वास्तव में प्रकृति, जीव-जंतुओं की ही, असली शरण स्थली है। मनुष्य अतिक्रमण कर उस भूभाग पर समर्थ होने के नाते स्वयं का स्वामित्व सिद्ध करने की होड़ में लगा रहता है... और जीव प्रकृति में नहीं रहेंगे तो कहाँ रहेंगे? उनका घर कहाँ है अन्यथा?

वास्तव में वही, धरती के असली पुत्र हैं, वंशज हैं, आत्मीय जीव हैं... मनुष्य तो बिना कुछ किए ही उन्हें बेघर कर उनका हँसता-खेलता संसार मिटा देना चाहता है। उन्हें ही इस धरती पर रहने का पूरा अधिकार आखिर क्यों नहीं है? वे ही सुख-दुख में पल-पल धरती के साथ मिलकर सुरुचिपूर्ण जीवन जीते हैं। जब वे उसके आनंद व दुख में समान भूमिका का निर्वहन करते हैं तो उस पर सर्वप्रथम नैसर्गिक अधिकार भी तो उन्हीं का बनता है। वही इनके सौंदर्य व भावनाओं के आकाश के सेतु सहायी हैं। किंतु वे न धरती के उस असीमित सौंदर्य का आनंद ले सकते हैं फिर वे रहें तो रहें कहाँ? इस क्षण अनायास कार्तिक के मन में ये बातें क्यों घर करती चली जा रहीं थीं, यह वह स्वयं नहीं सोच पा रहा था। यह समय उसके लिए व्यर्थ की बातों में उलझने का नहीं है बल्कि किसी भी रूप में बच-बचाकर दीदी के ससुराल पहुँच जाने का है। बांज के गाढ़े छेल में पल दो पल सुस्ताने के बाद फिर अपना गठड़ीनुमा थैला कंधे में रखा, उसमें से, गला सूखने पर माँ की रखी हुई खट्टी-मीठी एक गोली अपने मुँह में रखी और अपने गंतव्य की ओर तेज कदमों से चलने लगा।

लेकिन चलते हुए फिर विचारों के सर्प उसके कोमल मस्तिष्क को घेरने लगे... कि अच्छा हुआ कि वह सांप जीवित न होकर मृतक दिखा... अन्यथा अब तक उसकी घिग्गी बँधा गई होती। कोई बात नहीं, इससे भी ईश्वर ने निराशा में उसके भीतर आशा का ही संचार किया, यह सोच वह फिर धीरे-धीरे आगे

बढ़ने लगा। बांज की पत्तियों की सरसराहट से पत्तियां आपस में लिपटकर अब कुछ सीटीनुमा भय-मिश्रित आवाजें भी करने लगी थीं। हवा का वेग तीव्र होता है तो बांज की नई-नवेली पत्तियां उल्टी होकर अपना श्वेत रूप दिखाने लगती हैं... जो दूर से किसी कलाकार की सुंदर कलाकृति की तरह भली लगती हैं।

प्रारंभ में बांज की कोमल-कोमल पत्तियां बहुत आकर्षक लगती हैं... माँ इन्हें पल्या कहती थीं... बताती थीं कि यदि मवेशियां बांज तथा अंयार (विषालु पौधा)की सुकोमल नई पतियों को खाने का प्रयास करती हैं तो इनसे उनकी मृत्यु तक हो जाती है। यद्यपि बांज का पेड़ स्वभाव से खुरदरा होता है लेकिन जलाऊ व इमारती लकड़ी में एकदम उत्तम। वह अपने अच्छे मित्रों की मित्रता के कारण हमेशा ही चर्चा में रहता। उसकी जड़ों का ठंडा पानी महानगरों के फ्रिजों व आर.ओ. के पानी से सैकड़ों गुणा स्वादिष्ट एवं औषधीय गुणों से युक्त होता। जहाँ भी कहीं दिखाई देते ऊँची-ऊँची पहाड़ियों में बांज, बुरांश और काफल का त्रिदेवों-ब्रह्मा, विष्णु व महेश सा साथ सदैव एक साथ में ही दिखाई देता। अपने अच्छे मित्रों के साथ हमेशा वे जीव-जंतु; पशु-पक्षियों एवं मानव-समुदाय की सेवा करने के लिए तत्पर दिखाई देते... काफल का पेड़ अपने रसीले फलों के लिए; तथा बांज का पेड़, पानी की शीतलता तथा सर्दी में अपनी करारी आग के लिए व बुरांश का पेड़ सुंदर, आकर्षक और रसदार फूलों के लिए ।

वासंती ऋतु में खिले बुरांश के फूलों से तो मानों प्रकृति सुंदरी मोहिनी लाल चूनर ही ओढ़ लेती। कार्तिक समझ नहीं पा रहा था कि उसके विचारों की तंद्रा उसे कहाँ से कहाँ तक भटका कर ले जा रही है, जबकि वह यह भी जानता है यह समय न भटकने का है और न अटकने का ही... क्योंकि क्या मालूम कि यह नीला आकाश कब काले बादलों का घूंघट ओढ़ ले और मूसलाधर वर्षा प्रारंभ हो जाए जिससे गॉड-गदेरे पार करना ही असंभव हो जाए। उसके लिए। फिर कौन बचाएगा उसे इस संकट से? उसके नन्हे पांव रपटीले रास्तों के उबड़-खाबड़ पत्थरों के बीच कभी लुढ़कने की मुद्रा में होते; कभी तेज गति से चलते हुए गहरी घाटी में नीचे गिर जाने का भी भय सताता। बड़े सांप के अनायास ही दिख जाने से सघन वन के दूसरे जीवों का भय भी मानस पटल पर अलग-अलग रूपों में उसके कोमल मन को डराने-धमकाने का प्रयास कर रहा था... जिससे मन व आँखों के सामने उनका भयावह काल्पनिक सा चित्र डर की हलचल पैदा करने लग जाता।

आखिर ऐसी समस्याओं से कैसे निपटा जाए, यह सोचते-सोचते कार्तिक

ने काफी दूरी तय कर ली थी। बांज-बुरांश का जंगल समाप्त हो रहा था व टेढ़ी-मेढ़ी पगडंडियां दिखाई देने लगीं थीं जो निरंतर आगे की ओर बढ़ती चली जा रही थीं लेकिन कहीं भी ग्राम में प्रवेश मानव-बस्ती अथवा लोगों के होने का अंदेशा नहीं लग रहा था। दूर-दूर तक हनुमान चालीसा का पाठ विचारों के उतार-चढ़ाव के साथ साथ कुछ-कुछ विराम के बाद फिर से प्रारंभ हो जाता था कि एकाएक नीचे के गदेरे (घाटी) में एक तालाबनुमा जल-भराव वाली जगह पर मोल के पेड़ की गाढ़ी छाया में एक बाघ पानी पीता हुआ दिखा। कार्तिक की स्थिति, काटो तो खून नहीं, वाली हो गई। पूरे शरीर में मारे डर के करंट दौड़ गया था लेकिन अब क्या हो सकता था? कार्तिक के मुँह से 'त्रहिमाम देवी दुष्प्रेक्ष्ये...।' नामक मंत्र स्वयं ही आ उचरा था। लेकिन मन ने हिम्मत नहीं हारी थी और वह हाथ जोड़ आँखें बंद कर अपने में ही कुछ बड़बड़ाने सा लगा था कि- 'सिंह देव! आप माँ भवानी के शक्तिशाली वाहन हो...मेरी माँ, जगत जननी माँ भवानी की अनन्य उपासिका है और मैं उनका शक्तिहीन मासूम बच्चा। मुझ पर दया करना...मुझे मत खाना सिंहदेव!... अन्यथा यह सुन मेरी माँ और बहन मर जाएंगी।'

किसी तरह साहस कर, हाथ जोड़ कार्तिक आगे बढ़ गया था। प्रभु की कृपा ही हुई कि बाघ पानी पीता रहा... उसने उसकी ओर कोई ध्यान ही नहीं दिया। कार्तिक आगे निकल गया और वह अभी भी उस तालाब के पानी के किनारे बैठ और अपने पंजों को चाटने में व्यस्त था। जाने इस बीच थके होने के बावजूद भी कार्तिक में इतनी स्फूर्ति, इतनी शक्ति कैसे आ गई थी। उसके पैर तेज रफ्तार से उठने लगे थे। यह शक्ति दैव-कृपा से थी अथवा डर की पराकाष्ठा से, इसे कार्तिक समझ नहीं पा रहा था। कलेजा धौंकनी से तेज धक-धक कर रहा था। डर के मारे पैर लड़खड़ाते हुए आँखों में अँधेरा छा जाने जैसा प्रतीत हो रहा था। किंतु फिर भी उकाल (चढ़ाई) के रास्ते पर वह तीव्र गति से चलता जा रहा था।

डर के मारे बीच-बीच में हाँफता वह देखता कि कहीं शेर उसे निपटाने के लिए बिल्कुल उसके पीछे तो नहीं आ गया है। किंतु यह देख धैर्य बंधता कि माँ भवानी की कृपा व माँ की मौन साधना ने शेर के हिंसक पैरों को उस अबोध व असहाय कार्तिक के शिकार करने से उसके उसकी शक्ति और पांव को मानों कीलित कर दिया हो।

कार्तिक कुछ आगे बढ़ा तो देखा पास के गाँव में बहुत से लोगों की भीड़ एकत्रित थी जो बाघ द्वारा हाल में ही की गई हत्या के प्रति जोर-जोर से लोगों को सचेत करने के लिए चिल्ला रही थी।

थकान से उसका शरीर जिस कदर टूट चुका था अब उसे कुछ नई स्फूर्ति सी शरीर में लगी। बाघ के दिख जाने मात्र से मारे भय के शरीर की माँस-पेशियां मानों एक जगह इकट्ठी हो जाती हैं... चाहने पर भी टूटी सड़क के आखिरी बिंदु पर पहुँचे जानवर की तरह बिल्कुल भी आगे जाने को तैयार नहीं होता मन... उस पर चाहे जितना मारो लेकिन कार्तिक के साथ ऐसा न हुआ। उसे ऐसा लगा कि गोया थकान के बाद स्नान के पश्चात् की ताज़गी उसके शरीर में आ गई हो। यद्यपि चढ़ाई चढ़ते-चढ़ते शरीर व शरीर की गति दोनों ही चीजें जवाब दे जाती हैं लेकिन कार्तिक को वैसे ही ताज़गी भरी अनुभूति हुई जैसे अपने गाँव से ब्रह्ममुहूर्त में निकलते हुई थी। वह तेज कदमों से चलता जा रहा था।

अभी तक जो नकारात्मक भाव उसके मस्तिष्क की कोमल पर्णकुटी के द्वार खटखटाकर उसके साहस व संघर्ष को चूर-चूर कर रहे थे... वे अब दूर-दूर तक उसका साथ छोड़ चुके थे। जब सिंहदेव ने रास्ता छोड़ उसे चलते रहने की अनुमति दे दी है तो वह फिर पीछे क्यों देखे। अभी तक के सांप, भालू, बंदर या लंगूर के दूसरे डर अब मन की देहरी छोड़ चुके थे। सिंहराज के दर्शनों के बाद यह सब तो उसी तरह के मड़ियल बंदर लगने लगे थे... जो हनुमान जी के दर्शनों के बाद उनकी फौज या वानर सेना के आखिरी बंदर लगते हैं।

साहस से मन की भूख व शरीर की थकान दूर सी हो गई थी। अब वह वहाँ से लगभग एक-डेढ़ किलो मीटर ऊपर आ गया था। अब एकदम नजदीक न सही, दूर-दूर से गाँव व खेत दिखाई देने लगे थे। इनके दिखते ही मनुष्यों के लोक से मन का संपर्क (कनैक्शन) जुड़ने का सा अहसास स्वत: हो जाता है।

अब उसे लगने लगा था कि वह जंगली संस्कृति से मानव संस्कृति की गोद में आ गया है। अब राह की कंटीली व घनी झाड़ियों के बीच से कुछ ही दूरी पर सीढ़ीनुमा खेत दिखाई देने लगे थे, जो अब कुछ देर में आस-पास किसी गाँव के होने या आने का बोध करा रहे थे।

कार्तिक के छोटे मन में यह बात आ रही थी कि यदि खेत दिखाई दे गए हैं तो निश्चिय ही एक-डेढ़ किलोमीटर के भीतर गाँव आ जाने वाला है और यदि मानव जनित मल इत्यादि की दुर्गंध शुरू हो गई है तो दो सौ मीटर के भीतर ही गाँव की सीमा या स्वयं गाँव प्रारंभ होने वाला है।

एक बात जो उसे अभी तक सोचने को विवश कर रही थी, वह यह थी कि इतने लंबे रास्ते भर उसे न कोई आदमी उस रास्ते में आता दिखाई दिया और न ही जाता। आखिर क्या कारण है? रास्ता भी उजाड़ या दिनों से न चला होने

का परिचय नहीं दे रहा था। बीच-बीच में गाय, बैल, भैंस का गोबर या खच्चरों की लीद से पता चल रहा था कि अभी या एक-आधा दिन पहले जरूर यहाँ से कुछ लोग जानवरों-घोड़ों समेत इधर से आए-गए हैं।

घोड़ों व मवेशियों के उल्टे-सीधे खुरों के मिट्टी में उभर आए निशान उनके आने व उस रास्ते से जाने की कहानी बता रहे थे। कहीं किन्हीं कारणों से स्थानीय गाँव वालों ने इस रास्ते पर चलना छोड़ दिया हो, यह बात उसके मन में बार-बार आने लगी थी... या फिर उतराई व चढ़ाई की इस कठिन यात्रा को छोड़ लोग नई बनी सड़क से ज्यादा चलना पसंद कर रहे हों। यह बात सोचते-सोचते पगडंडी के मोड़ से दूर गदेरे के उस पार से कुत्तों के भौंकने की आवाज़ उसे सुनाई दी तब उसे लगा कि वह जरूर अब गाँव की सीमा में पहुँचने वाला है।

उसे परेशानी तब होती जब एकाएक किसी मोड़ पर तिराहा या चौराहा पड़ जाता। वह जल्दी-जल्दी यह निर्णय न कर पाता कि उसके जाने की सही दिशा कौन सी है अथवा रास्ता कौन सा है। ज्यादातर तो वह तुक्के से अपनी यात्रा की दिशा तय करता व जहाँ ज्यादा उलझ जाता तो वह अपने जंगल में खोई हुई मवेशियों को ढूँढने के लिए प्रयोग की जा रही युक्ति का इस्तेमाल करता यानी वह ग्वाली (एक छोटा सा जीव जो खोई हुई मवेशियों की दिशा का संकेत करता है)... ग्वाली करता अर्थात बाईं हथेली में अपने थूक का ढेर इकट्ठा कर दाएं हाथ के अंगूठे के बगल की दो बड़ी अंगुलियों से उस पर मारता... थूक की अधिकाधिक मात्रा जिस ओर जाने का संकेत करती... यानी गिर जाती, वह उस दिशा में आगे बढ़ जाता। उसकी पुष्टि आधा-एक किलोमीटर चलने के बाद किसी गाँव के पहुँचने या दिखने के बाद होती।

मानव मल-मूत्र की गंध के चलते ही उसके गाँव के अति निकट होने का बोध हो गया था। इससे पहले कि ऊपर की घर से गाँव को देखने का प्रयास करता, गाँव आ ही गया था। आम गाँवों की तुलना में इस गाँव में बच्चों व आदमियों का शोर अधिक था। जब वह मकान के नीचे बनी पगडंडी में पहुँचा तो उसने चौक के किनारे खड़ी बुजुर्ग महिला से कहा- 'दादी जी, पानी मिलेगा पीने के लिए?'

'पानी तो मिलेगा... लेकिन इतना छोटा तू... कहाँ से आ रहा है रे अकेला? तू बच कैसे गया?... यहाँ तो बाघ लगा हुआ है.. देख नहीं रहा नीचे... खेत में एक बैल के साथ जंगल गए तुम्हारे बराबर के बच्चे को मारा था... कौन है तेरे साथ... कहाँ से आ रहा है तू? कितना अच्छा बच्चा है तू... तेरी माँ को भला नहीं लगता तू?'

'बहुत दूर से आया हूँ दादी... कालीपार से... दीदी के ससुराल जा रहा हूँ बेदने (बुलाने) पहली बार। मैत का मैना लगने वाला है न... नहीं आता तो दीदी खुदा जाती। गरीब हूँ तो... गरीब के साथ ईश्वर के अलावा कौन होता है दादी?' चौक की दीवाल पर पिठ्वा बिसाकर माँ के साफे के फटे टुकड़े से मुँह का पसीना साफ कर उसने कहाँ

'कोई नीचे लुक रखा होगा... बड़ा आदमी... नहीं तो इतने बड़े जंगल के रास्ते तू कैसे आया अकेले बचकर... तुझे बाघ कच्चा चबा देता अब तक।' आश्चर्य से कहा दादी ने।

जिसके ऊपर ईश्वर की कृपा का कवच होता है दादी... उसे दुनिया में कोई भी नहीं मार सकता है... प्रहलाद को आग में जला पाए थे उसके क्रूर पिता हिरण्यकश्यप?... और जिस बाघ से आप इतने आतंकित हैं उसी की दहाड़ से आया हूँ... मैं बचकर। नीचे पानी के गंदेरे में वह पानी पीकर अपने हाथ-पांव चाट रहा था बैठकर... और मैं उसके आगे से चला आया... अकेला... क्यों? अपने इष्ट के साथ।'

'हरे राम... हरे राम'... तू बचा कैसे? दादी ने पसीने से लतपत उसका सिर सहलाते हुए कहाँ दादी की चर्चा सुन गाँव के प्रधान जी के मकान में इकट्ठी भीड़ वहाँ पहुँच गई। शेर को देखने व उससे हुए साक्षात्कार की बात सुनकर वहाँ खड़े अलग-अलग लोग अलग-अलग तरीके से उससे प्रश्न पूछने लगे।

'किस रंग का व कितना मोटा-बड़ा था वह... उसके दांतों पर खून लगा था... उसने तुम्हें छोड़ा कैसे? अभी गाँव की सीमा तक खदेड़ कर तो हम आए हैं उसे।'

'एक बार मुझे पानी दो... मुझे बहुत प्यास लगी है... गला सूख गया है... डर मुझे तब नहीं आपकी बातें सुनकर अब लग रहा है।' कह वह हाटी से लेकर लोटे से पानी पीने लगा।

बहुतों ने बहुत तरह के प्रश्न पूछे। उसने सबके उत्तर दिए। कार्तिक को सभी गाँव वाले ऐसे देख रहे थे मानों वह दूसरे ग्रह का प्राणी हो... एलियन। अब सभी ने मिलकर यही राय बनाई कि वह वही बाघ था जो आज सुबह ही उनके गाँव की गऊशाला से एक बैल व एक गाय को मार गया था। अब उनके कहने पर कार्तिक को उस बाघ के हिंसक होने की पुष्टि होने लगी थी।

उसने चलते-चलते नीचे गऊशाला के बाहर अधखाए पड़े गाय और बैल भी देखे थे। अब वहाँ अधिक रुकना उसके अगले मार्ग के लिए बाधा थी। उसने

पिठ्वा फिर पीठ पर लगाया और आगे की ओर बढ़ चला, वे सभी विस्मयभरी दृष्टि के कार्तिक की उम्र व साहस को देख हैरान हो रहे थे।

उसको गऊशाला के आगे अधखाए गाय-बैलों को देख रमला दी की गऊशाला पर पिछली दीपावली को की गई बाघ की वारदात याद आ गई थी। पहले बाघ ने धुरपली (ढलानू छत का मध्य भाग) उजाड़ने का प्रयास किया था। फिर दोनों ओर से संगाड़ (चौखट) गिराई थी हाथ से। एक दरवाज़े से गाय व उसके बछड़े को मार कर खींचा था बाहर...। व दूसरे दरवाज़े से दूसरे बड़े बैल के कंधों पर झूल गया था वह...।

वह तो अच्छा हो दूसरे बड़े बैल मत्तू का, जो वहाँ खड़ा था, वह बहुत मरखना था... उसने बाघ को अपने व अपने निकट खड़ी गाय पर हाथ रखने नहीं दिया था... उसके उग्र स्वाभाव व तीखे-लंबे सींगों के डर से बाघ को वहाँ से कूच कर देना पड़ा था। यदि मत्तू मोटे संगल से बंधा न होता तो वह उसे फाड़ कर ही रख देता। अंदर उसके भयावह फुफकारों को देखकर उसे बाहर हो जाना पड़ा था। गाय को उसने पेट से फाड़कर सीधे चार खेत नीचे फेंक दिया था जबकि बछड़ा व बैल दूसरे खेत में डाल अधखाया छोड़ दिया था।

सुबह रमला दी के परिवार के साथ अपनी माँ सहित कार्तिक व पूरा गाँव ही एकत्रित हो गया था वहां। कारुण दृश्य देख सभी के रौंगटे खड़े हो गए थे। गऊशाला के अंदर बचे एक गाय व बैल रात के भयावह दहशत के मारे अभी भी बौखलाए पड़े थे। मृत्यु का वह नंगा नाच अभी भी उनके सामने दृश्य पट की तरह घूम रहा था। उस खौफनाक दहशत का एक दृश्य कार्तिक ने अभी-अभी इस गाँव में भी देखा था।

[14]

शाम का सूरज डूबने को अब कुछ रस्सी ही रह गया था। दिन के डूबते-डूबते कार्तिक को अपनी यात्रा के शीघ्र समाप्त होने की प्रतीक्षा भी थी। वह देवखाल की धार में आ गया था। 'जहाँ से वह आया था व जहाँ वह आया है, के बीच महज एक पहाड़ी का फासला था... लेकिन इसके बीच का संघर्ष कई पहाड़ियों की दूरी से भी बढ़कर था, यह कार्तिक अपने मन ही मन गुन रहा था।

जब वह ऊपर सड़क में पहुँचा तो चूले के पेड़, पीले पके चूलों से लदे हुए थे। उसका मन हुआ कि वह भी दो चार पत्थर मार, सेर सवा सेर चूले तोड़

डाले...लेकिन दूसरे गाँव में पिटने व अपमानित होने के भय से अपना यह विचार उसे त्याग देना पड़ा। हालांकि उसे पूरा विश्वास था कि गाँव के आम के पेड़ पर लगे गुच्छेदार आमों की तरह वह जल्दी ही निशाने से चूलों से झोला भर सकता है। इतने संघर्षों व मुसीबतों के बाद बचाए गए पैसों में से भी वह कुछ खर्च कर देना चाहता था। ऊपर सड़क में आकर चूले एकत्रित किए बालक ने उससे पूछा- 'ये चूले बेचने के लिए हैं भाई?'

'हां... हां कितने किलो....।' पक्का दूकानदार बनते हुए उसने पूछा। 'किलो-विलो कुछ नहीं भाई... दो-चार रुपये के बस... चखने के लिए... नये सीजन का फल है... इसलिए...।'

'दो... चार... नहीं कम से कम पाँच रुपये के मिलेंगे... लो फटाफट...। फिर और ग्राहक भी आएंगे...। जल्दी करो, एक अनुभवी दुकानदार का सा नाटक करते उसने कहा था।

कार्तिक को उसकी कारिस्तानी समझते देर न लगी थी, लेकिन बिना किसी फल की दुकान के राह चलते उसके ताजा चूले मिल गये थे उसे क्या, बिना आगे बहश किए उसने उसके हाथ में पाँच रुपये का नोट थमाया और उसने भी अपने छोटे-छोटे हाथों की मुट्ठियों से पाँच बार उठाए चूले उसके बैग की खाली जगह पर उड़ेल दिए थे। ग्वीर छोरों के दोनों हाथ घी-शक्कर में थे... चोरी के चूले के बदले पाँच रुपये भी मिल गए थे जेब खर्च के।

जैसे ही कार्तिक सामने दुकान में कुछ टॉफी बिस्कुट के लिए गया... पीछे-पीछे उन बच्चों का टोला भी दुकान में घुस गया टॉफी लेने के लिए इन पाँच रुपयों की, उन्होंने सारी टॉफियां दो मुट्ठियों में भरीं व उछलते-कूदते चले गये उन्हें बाँटने उसी चूले के पेड़ की छाया में।

कार्तिक के मोड़ से ओझल होते हुए मानों उन्होंने कृतज्ञता में धन्यवाद देते हुए उसे 'बाई-बाई' की मुद्रा में हाथ हिलाया मानो कहा हो... बड़े दिनों के बाद तुम्हारे दिए पैसों से खाई हैं अपनी मन-पसंद टॉफियां।

उसने दुकान वाले से दीदी के ससुराल का गाँव पूछा व उतर गया नीचे उडामाँडा बाजार की तरफ। वह सोचता रहा कि बहुत निकट व हरी-भरी लगने वाली इन पहाड़ियों का जीवन कितना विकट, दूर व संघर्षों की भयावहता लिए हुए है। कहने को वह अपनी पीठ पीछे छोड़ आई पहाड़ी से आया है लेकिन वहाँ से यहाँ आने तक के बीच में कितनी-कितनी परेशानियां व स्वयं मौत कैसे-कैसे मुँह छिपाए खड़ी थीं... उस पर घात लगाने के लिए।

इन पहाड़ियों पर रहने वालों का जीवन व दुख भी पहाड़ियों जैसा विशाल व अनंत है जो कभी भी, कहीं भी खत्म होने का नाम नहीं लेता...। जब वहाँ से वह चला था ऐसी ही फैली हुई पहाड़ियां थीं चारों ओर... और अब इतना चलने के बाद वह जहाँ पहुँचा है... वहाँ भी वह आगे पीछे पूरब-पश्चिम, उत्तर-दक्षिण उसी तरह फैली हैं... दूर-दूर तक कभी न समाप्त होने वाली यात्रा की दूरी की तरह।

घिर-घिर कर आते कोहरे से पहाड़ियों ने मुकुट धारण कर लिया था। बादलों का समूह उसी गति से आकाश पर मँडराता रहा तो वर्षा के बरसने के आसार बनने लगेंगे। ईश्वर की कृपा से अभी वह इन सबसे बच निकला था। बस मील, सवा मील का जंगल और पार करना था कार्तिक को... फिर दीदी का ससुराल आया ही समझो। सूर्य बादलों की गोद में डुबकी लगाकर खो गया।

नीचे पहाड़ियों के झुरमुट में अँधेरा अपनी दुकान का पर्दा तानने लगा था। अब कई रास्तों में भटकने का भय नहीं था... बस, एक मात्र यही रास्ता था जो नीचे की धार तक छ: फुटी सड़क के रूप में वहाँ तक जाता था, यह दुकानदार ने कार्तिक को समझा दिया था। जंगली तीतर व मुर्गे रात पड़ने के संकेत में बांग देने लगे थे।

कार्तिक के कंधे दर्द करने लगे थे। उसने दुकान की दीवाल में पिट्ठवा बिसाया व कालर ऊपर कर अपने दोनों कंधे देखने चाहे। अब यह उसकी आखिरी बिसौण होगी, यह सोच उसने माँ के लिए साफे के टुकड़े से कंधे के दर्दीले हिस्सों पर हाथ लगाया। कंधे कई दिनों से भारी बैलगाड़ी से जुते बैलों व भैंसों के कंधों की तरह बुरी तरह छिल चुके थे। फफोलों से खून तक बहने लगा था। कंधों की वास्तविक स्थिति को देख अब दर्द लगभग दुगुना हो गया था।

फिर से एक साहसी सैनिक की तरह उसने अपने पिट्ठवा उठाया और जोर से नीचे उतरने के लिए जंगल की सीमा में घुस गया। चल-चल कर अब शरीर के अंग, नट खुले वाहन के स्पेयर पार्टस की तरह कहीं भी जवाब देने के लिए तैयार थे। नीचे उतरने में अब घुटने दुखने लगे थे। एक अबाध दौड़ में लगभग बीस मिनट में वह नीचे धार में पहुँच गया था।

सांझ होने को थी। उत्तर के पहाड़ पर डूबते सूरज की किरणें पड़ने से उसका रंग रक्ताभ यानी गहरा लाल होने लगा था। छोटे-छोटे बादल के टुकड़ों से मिलकर अँधियारा होने लगा... इसलिए चारों ओर की पहाड़ियां अब धुंधलाने लगीं थीं। समय की मार से, सुंदर युवा पर्वतीय ललना की तरह सांझ के चेहरे पर समय से पहले झुरियां आकर जमने लगीं थीं। ऊपर के दुकानदार के बताए

निर्देश के अनुसार दीदी के ससुराल वालों का मकान, घर की दाईं ओर अर्थात् यही होना चाहिए, ऐसा कार्तिक ने अंदाज लगाया।

छ: सात साल कम नहीं होते... तब से नहीं देखा सरला दी को... अब तो पिंकी भी तीसरा पार कर चौथे वर्ष में पहुँच गई होगी... इतने वर्षों बाद... मुझे भी कितना अच्छा लगेगा... दीदी को मिलना... पिंकी के लिए माँ की लाई फ्रॉक छोटी हुई तो...?... कितना अच्छा हो सबसे पहले मुझे दीदी ही मिल जाए... फिर मुझे बताए कि मुझे किस-किस को कैसी सेवा (चरणस्पर्श करना) लगानी है।... मैं तो किसी को भी नही पहचानता यहां... फिर टॉफी व चॉकलेट तो गोद में बैठाकर खिलाऊंगा पिंकी को... कल पिंकी व दीदी को लेकर घर लौटूंगा तो कितनी खुश होगी माँ... व किशनी तो नाच-नाचकर बुरे हाल ही कर देगी, जाने कितनी बातें सोचता रहा कार्तिक। फिर जाने में शरमाता भी रहा।

धर के अखरोट के पेड़ पर घुघूती घूर रही थी 'सौतेला पुत्त... पूर... पूर... पूर... पूर... पूर, नीचे बाई ओर के गदेरे में जहाँ का रास्ता गाँव की ओर जाता है, पंदेरियां हँसने-बतियाने में मस्त थीं। आकाश के गहराते काले बादलों व घुघूती के घूर-घूर की ध्वनि से उसे अपनी माँ की याद हो आई थी... जब वह घास काटते खेतों में जाने किसकी याद में बहुत रोती-सिसकती है... उसने पिठ्वे को थोड़ा कसा, घर के नीचे की ओर देखा... पास ही खेत में घुघूती के संगीत पर किसी के गाने की आवाज आ रही थी... बोल थे 'ना बा... बास घुघूती चैत की... खुद लगी च मैं मैत की (हे घुघूती! इस तरह चैत के महीने की तरह मत कूजो...मुझे अपने मायके की याद आ रही है)

'खुदाओ (याद में रोओ) मत दीदी... तुम्हारा भाई तुम्हें बेदने (बुलाने) आ गया है।' मन ही मन कही हुई कार्तिक की बात जाने कैसे बाहर आ गई। कार्तिक ने किरमोड़ के बोट (झाड़ी) की ओर देखा। वह रोती हुई खेत की मुंडेर पर खड़ी हो भरी आँखों से उसे देख रही थी। कार्तिक ने पूछा- 'दीदी... सरला दीदी के ससुराल वालों का मकान कहाँ पर होगा' सरला दीदी? कहकर वह तुरंत आश्चर्य से ऊपर रास्ते में चढ़ आई। हां... दीदी... मैने बड़े में अपनी दीदी को नहीं देखा हैं... मेरी भांजी का नाम पिंकी है... माँ ने कहा था... धार में उनका मकान है... खेतों में घास काटते हुए जो रो रही होगी... वही सरला दी होगी... दीदी।' आगे न बोल पाया था कार्तिक...।

'मेरा भुला (छोटा भाई) कार्तिक... इतना बड़ा हो गया तू!... वह रुंदेड़ कोई और नहीं... मैं हूँ सरला... पिंकी तीन दिन से कह रही थी... माँ... मामा आ रहे हैं

मेरे... कैसे आएगा मेरा भुला... इतनी दूर... सात समुन्दर पार जैसे... मैं कहती... वह अभी छोटा है... पिताजी बाहर हैं... हे जाख देवता!... पांजा पर कुशल रखना... किसके साथ आया भुला तू! मैंने कैसे देखा भुला तुझे... मैं तो समझ रही थी... मर जाऊंगी अब यहीं उन्हीं खेतों में घास काटते-काटते... मैतियों के दर्शन नहीं होंगे... भुला...।' कहकर फफक-फफक कर रोई सरला दी... कार्तिक भी...।

तब तक वहाँ पिंकी भी पहुँच गई... सकुचाई शरमाई-दोनों को भावविह्वल हो एक दूसरे की भेंटते (गले लगाते)। घास का भारा (गट्ठड़) वहीं छोड़, वह कार्तिक के पिठ्वे को पकड़ घर ले आई। चार साल की पिंकी अपनी दांई तर्जनी को दांतों में दबाए बाएं हाथ की कोमल अंगुलियों से सकुचाए हुए अपने मामा का हाथ पकड़ कर चली आ रही थी।

कार्तिक ने अपने जूते, जो लंबी यात्रा में पत्थरों की ठोकरों खा-खाकर आगे से कई जगह से फट गए थे, बाहर नींबू-माल्टे के पेड़ की बगल में छज्जे के पास उतारे। साबुन से हाथ-मुँह धोया व भीतर हाटि (कमरे का बाहरी कमरा) में चला गया, जहाँ चूल्हे में दीदी ने सब्जी बनाने के लिए कड़ाही व परात में गूंथने के लिए आटा निकाल दिया था।

घर व माँ-गाँव की कुशल-क्षेम पूछने से पहले बौन (छत का कमरा) बैठे सास-ससुर जी को सेवा लगाने के लिए कहा। पहले सरला गई फिर उसके बाद में कार्तिक। सरला ने कहा- 'जी... मेरा भुला आया है कार्तिक... इतनी दूर से अकेला आया है... अभी पूछा भी नहीं घर का हाल-समाचार... बस, हाथ मुँह धोकर अभी बस यहीं आया है..। थक गया होगा बेचारा... पहली बार इतना चला है। पैरों में छाले हो गए हैं चल-चलकर।'

सासू जी व ससुर को दीदी के कहे अनुसार पैर बांधकर (चरणस्पर्श कर) सेवा लगाई कार्तिक ने...। छोटे जंवाई को आया देख प्रसन्न हो ससुर जी ने सास जी से कहा- 'पिठांई (तिलक) लगाओ भई... हमारे छोटे जवांई जी पहली बार हमारे घर आए हैं... कैसे आए व किसके साथ?'

'चंद्रापुरी तक हम तीन दोस्त थे... वहाँ से दोस्त बस में चले गये व मैं एक बौडा जी के साथ पोखरी तक आया हूँ... उनके साथ चलते हुए न थकान लगी न कुछ... लंबे रास्ते का कुछ पता ही न चला। वहाँ से फिर पूछते-पूछते चला आया... व समय रहते पहुँच गया।

'अरे इतना पढ़ने का समय तुम्हारा... और इतनी दूर तक पैदल चले आए... बस में क्यों नहीं गए अपने दोस्तों के साथ।'

'पहली यात्रा मैंने पैदल ही करने का निश्चिय किया था... इसलिए किसी को नहीं कहा कुछ। संयोग से घर के रास्ते में ही चिलम फूँकते एक ताऊजी मिल गए थे... बहुत भले... फिर वहाँ से पूछते-पूछते ही चला आया मैं।' चलो खुशी हुई कि अब हमारे जंवाई भी रिश्तेदारी में जाने लायक हो गए हैं... धीरे-धीरे जिंदगी का साहस ऐसे ही खुलता है। 'समधी जी की चिट्ठी-पत्री आ रही है...? समधिन ठीक हैं?'

'हां सब ईश्वर की कृपा है... माँ बहुत महीनों से परेशान थी दीदी के लिए...।'

'क्यों हम खाना नहीं देते तुम्हारी दीदी को? अब तुम्हारी दीदी से अधिक यह हमारी बहू है'... लाओ पिठांई दो तो...।' कहकर ससुर जी ने सास जी के हाथ से तांबे की थाली उठाई। पहले पीली चंदन लगाई... फिर कुछ अक्षत (चावल के दाने) लगाए... और फिर लपेटकर सासू जी ने दस रुपये की दक्षिणा दी हाथ में।

'जवैं जी के लिए खाना बनाओ... रास्ते भर कुछ खाया नहीं होगा। साल (गऊशाला) मैं चली जाऊंगी...।'

[15]

दीदी ने कार्तिक को उठने का इशारा किया। कार्तिक का लाया पिठ्वा दीदी ने खोलने के लिए उनके सामने रखा व कार्तिक को लेकर वोबरा आ गई। पिंकी अंदर से मामा के लिए बैठने के लिए चोकला (लकड़ी की छोटी चौकी) ले आई। दीदी ने चूल्हे में झौल (आग) तेज की व घर-परिवार की बातें पूछने लगीं। दीदी की बातों के तार में ही बीच में कार्तिक ने कहा- 'दीदी, पुंगड़े (खेत) का घास वहीं है क्या अभी? पहले उसे गऊशाला तक रख आओ न... अब गेर-बगत पर क्या खाना, खाना है... रात तो पड़ ही गई है... अब रात का ही खाना खाएंगे, मैं भूल ही गई थी... चलो अभी वह रख कर आई मैं...।' कहकर एक गिलास दूध व कुछ नमकीन-बिस्कुट वहाँ रख दिए... थोड़ा पिंकी को दिया व तब तक दूध पीने के लिए कहा।

उस रात कार्तिक व सरला आधी रात तक सोये नहीं। सरला दी मल्लि खोली (ऊपर के मोहल्ले) से निचली खोली तक एक-एक परिवार के हाल-चाल पूछती रही। किन-किन लड़कियों का विवाह हो गया; किन-किन के बच्चे हो गए; कौन-कौन बग्वाली-बिखोती (दीवाली-बैशाखी) पर मायके आती हैं;

कौन-कौन ऐत्वार्या व्रत (पूस के महीने गाँव की बेटियों द्वारा इतवार का व्रत बड़े धूम धाम से मनाया जाता है।) मनाने आती हैं... किस-किस के घर; कौन-कौन गाँव के बुजुर्ग व बुढ़िया ताऊ-ताई, दादा-दादी स्वर्ग सिधार गए हैं; किन-किन ने कब-कब घंड्याल, जाख, सिंघलास, बगड़्वाल, नगरजा व धारी देवी के मंडलों में पूजाएं कीं; व्रत लिए; कौन-कौन बिखोती पर अगस्तमुनि के मेले गये थे; कौन-कौन सावन के महीनों के सोमवारों को बसुकेदार के शिव मंदिर में जल चढ़ाकर बेलपत्री चढ़ाने गए।

गाँव में अब कौन-कौन कुत्ते कितनों के म्वौर (द्वार) पर खड़े रहते हैं व कितनों को बाघ ने मारा है; इस बार न्यार (पुआल) वाले खड़ीक के पेड़ व अपनी छांति (ढलानू मकान का आगे का हिस्सा) पर किन-किन पक्षियों के घोल (घौसले) बनाए हैं; क्या पंदेरा की डिग्गियों पर अब भी पहले सा तुप-तुप पानी बहता है? किन-किन पड़ोसी गाँवों में इन सालों में कहाँ-कहाँ बगड़्वाल, पनौं (पांडव), नाग व नर्सिंग नाचे...किन-किन गाँवों में 'राम लीलाएं' व ड्रामा हुई?...

क्या हमारे गाँव के छोटे-छोटे बच्चों ने अब भी धोती-साड़ियों का टेंट बना पदान जी के खौले (चौक) में रामलीला खेलीं; बग्वाली पर गाँव की किन-किन धियाणियों (माइके आई विवाहित बेटियों) ने देर-देर तक झुमैले लगाए; किन-किन के बैलों ने लड़ाई करके सींघ तोड़े? व किन-किन के बैल सावन में बीठा फरके (पहाड़ियों से गिरे); आर-पार के गाँवों में कौन-कौन धियाणियां या बहुवें घास काटती-काटती पहाड़ियों को प्यारी हो गईं... और इस बीच किस-किस ने जीवन के कष्टों-क्लेशों से दुखी हो फाँस खाई व गाड फाल (गंगा में कूद) मारी; खोली-गाँव में घोर दुखों में किन-किन काकरों में उचाणे (कष्टों में ईश्वर के समक्ष मन्नत कि दुख दूर होने पर मन वांछित पूजा दी जाएगी) रखे; किन-किन की चिट्ठी व मन्यौडर पोस्टमैन ने गुम किए;

सोबन दादा ने किन-किन को बहला-फुसलाकर किन-किन की जमीन अपने नाम लगाई... माँ अपनी गरीबी के चलते कितनी बार जा सकी ननिहाल..? परदेस से आकर भारी कर्जें से दबे पिताजी कितनी-कितनी बार काट सके अपनी पूरी-पूरी छुट्टियां... पूनी गोड़ी (गाय) के बौड़ कितने बड़े हुए; घर गृहस्थी को चलाने के लिए? माँ ने कितनी बार छांस छोली (दही बिलोया) घी बनाकर, स्वयं न खाकर कितना खर्चा चलाया घर का, तुम्हें घर व पढ़ाई का खर्चा चलाने के लिए बेलने पड़े इस बाली (कच्चे बचपन) उमर में कितने-कितने पापड़... जैसे अनेक प्रश्न व जिज्ञासाएं थीं सरला दी की... जिन्हें वह एक के ऊपर एक कर पूछती रही...।

सरला को लगता पाँच साल नहीं... पचास साल बीत गए हैं... अपने मायके का देश देखे। माइके की एक-एक धार, एक-एक पेड़, एक-एक मनुष्य का हाल पूछते-पूछते वह भूल ही गई कि उसका छोटा भाई कितनी दूर से दिन-भर पैदल चलकर आया है। दीदी के अपनत्व व जिज्ञासा भरे प्रश्नों को सुनकर उसकी थकान भी मानों उड़न-छू ही हो गई थी... वह एक बड़े अनुभवी बुजुर्ग की तरह उसकी जिज्ञासा शांत करता रहा। पिंकी कब की ऊंघकर वहीं पर ओंधे मुँह सो गई थी।

दिन भर की लंबी थकान से थके कार्तिक को अब लगातार जमाणियां (उबासियां) आने लगीं थीं। दीदी समझ गई थी कि उसने अपने थके हुए भाई को कितना परेशान किया है। एक और मलाई वाले दूध का गिलास देते हुए अपने भाई को सिर पलासने (सहलाते) हुए कहा सरला दी ने- 'भुला माफ करना मुझे... क्या करूं... यह पाँच साल की खुद का उमाल (उबाल) है... तुम्हारी परेशानी को समझते हुए भी मैं पूछती रही... अब मन को चैन मिला है भुला... क्या करूं मेरी जैसी धियाणियों का शरीर ससुराल में, लेकिन मन तो सदैव माइके के खेत-खलिहानों व बचपन की स्मृतियों में ही खोया रहता है न... अब दूध पी के तेरे पांव पर राडे (पीली सरसों) का तेल लगाऊंगी... फिर कल देर तक सोए रहना... भुला...।'

'दीदी पैरों पर तो न सही, लेकिन कंधों पर दर्द हो रहा है... इतने लंबे रास्ते पिठ्वा उठाकर छिल गए हैं कंधे...।' कहते ही उसने कॉलर के बटन खोले, कंधें से बुशर्ट नीचे करते हुए घाव दिखाए।

'ओ हो हो... मेरे भुला ने कितने कष्ट झेले... मेरे पास आने के लिए... जरूर माँ ने तुझे बस के रास्ते आने के लिए पैसे दिये होंगे... और तू जिद्द करके आया होगा पैदल... भगवान... कैसे लाया होगा इतने लंबे रास्ते इतना सामान...? यह तो बहुत गहरा घाव हो गया भुला... इतना भारी सामान क्या जरूरत थी भुला...? तू आ गया था... क्या मेरे लिए यही बड़ी बात नहीं थी? अकेले भूख व थकान से चक्कर आ कहीं गिर-गिरा जाता... मेरे माइके के देवता ही साथ रहे होंगे... मेरे भुला के..।' कहकर माँ सी भर आई सरला दी की आँखें।

'बिल्कुल ठीक कहा दीदी तुमने... सारे घंडियाल, सिंहलास, बगड़वाल नागरजा व धारी देवी जैसे देवता ही रहे साथ जंगल में। पहले बांज के पेड़ पर मारकर गिराया अजगर देखा... फिर पानी की गाड में बहुत नजदीक के पानी पीते बाघ देखा... हाथ जोड़ दिए बस आँखें बंद कर... 'हे सिंहदेव मेरी माँ जी कुल भवानी

की पूजा करती हैं रोज... तुम उसी के वाहन हो.... मुझे मत खाना... मैं अपनी दीदी को बेदने जा रहा हूँ पहली बार...।' और सच दीदी यह कह मेरी थकान छूट गई... डर... फुर्र हो गया था और मैं निर्भय हो सीधे चला आया उसके मुँह से... आगे आकर देखा तो पूरा का पूरा गाँव खड़ा था। जहाँ उसने भारी नुकसान किया था...। वे सभी मुझे बड़े विस्मय से देख रहे थे। मैं बच कैसे गया... डर तब नहीं दीदी अब लग रहा है... मैं अकेले कैसे आ गया... हमारे देवों की कृपा नहीं है क्या यह...? माँ जी ने बस में आने के ही पैसे दिए थे... लेकिन बस में आता तो तुम्हें कैसे ले जाता बेदकर पैदल? पिंकी कहाँ चल पायेगी इतनी दूर पैदल?'

सरला दी सन्न सी खड़ी... रही आँखों में आँसुओं की अविरल धर बहती रही... शरीर में रोंगटे खड़े हो गए।... आज उसने अपना इकलौता भाई कैसे खो दिया था। बाघ की डर से इलाके में जंगलों में लोग गुट बनाकर जाते हैं। माँ सोचती कि सरला के ससुराल गया है कार्तिक... और वह सोचती की भैया माँ के साथ सुख पूर्वक होगा... मेरे जाख देवता,... कैसे आभार करूं तेरा! मेरी कुल भवानी इष्ट देवी... बचा दिया तुमने मेरा भाई।' कहकर फिर सिसक पड़ी सरला दी।

थककर चूर कार्तिक पास के कोठार में पसरकर पल में ही खराटे लेने लगा था भरे नयनों से सरला दी कंधे पर मल्लम लगा अब उसके पैरों पर तेल लगा रही थी।

दूसरी सुबह जब सरला ने अपने भाई के आने का मंतव्य सास-ससुर को बताया तो उन्होंने नथुने फुलाते हुए कहा- 'जवाई बाबू! मेल-मुलाकात हो गई.. भोत है... बहू चले जाएगी तो यहाँ बुड्ढे-बुढ़िया को कौन देखेगा? संत खबर मिल गई... राजी खुशी हो गई... अब क्या रखा है मायका... बे बात में माता-पिता का खर्चा कराओगे... पहले ही परेशानी में हैं। लड़की ससुराल चली गई तो फिर ससुराल ही है उसका घर। बहू जाएगी तो यहाँ हमारी गाजी-पाती (मवेशियां) बिना घास-पानी के मर नहीं जाएंगी? फिर हमसे तो कुछ होने से ठहरा... कौन देखेगा इतना झाल माल?... इन्हीं परिस्थितियों के कारण तो परदेस नहीं भेजा बहू को गुड्डू के साथ।

बेचारा कार्तिक क्या कहता, सिर झुकाए खड़ा रहा चुपचाप। बात में दोनों ओर से सच्चाई थी। इसके पहले कि वह कुछ सोचने कहने का विचार बनाता सरला दी ने कहा- 'जी... यहाँ की स्थितियां मुझे पता हैं... लेकिन पाँच साल हो गए मैत (मायके) गए... पिताजी बीमार हुए... तब भी नहीं गई... गाँव-पेड़े

(बिरादरी) में कई शादी-ब्याह व माँगलिक कार्य हुए... तब न जा सकी... और आज तो मेरा भाई इतनी दूर से पैदल आया है चलकर... कतने खतरे मोल ले... बाघ मार देता उसको। अब मैं चार-पाँच दिन के लिए जाऊंगी ही... मुझे भी खुद (याद सताती) लगी है मैत की।' सरला दी कहते रो पड़ी।

'रो मत... आज लवाई का काम पूरा कर... दस-पन्द्रह दिन का घास काट के रख जा... व चली जा... लेकिन खुद ही आना पड़ेगा वापस... यहाँ कौन आएगा बुलाने... अब इनमें कहाँ हिम्मत कि वे आ सके इतने लंक पैदल... जवाई छोरे को ही आना पड़ेगा दुबारा।

'मैं आ जाऊंगा सासू जी... अब तो रास्ता देख लिया है... फिर माँ जी पहली बार मेरे साथ दीदी व पिंकी को देखकर बहुत खुश होगी... व किशनी तो पूछो मत। आज दीदी के साथ सारा काम मैं कर लूंगा पूरा...। ... जब मैं कुछ बड़ा हो जाऊंगा तो आपके छोटे-मोटे सारे काम कर दूंगा... आपको कोई दिक्कत नहीं होगी...।'

यह सुन मंद-मंद मुस्करायी सासू जी, ससुर जी को उस पर गुस्सा आ रहा था...। शुरु-शुरु में पिताजी बुलाने आते सरला को... तो ससुर जी की त्योरियां चढ़ जातीं... वे बोलना छोड़ जाते... लेकिन जब यह पता होता कि वे केवल राजी-खुशी जानने आए हैं तो फिर अपने पर आ बोलने भी लग जाते।

सासू जी से हरी झंडी मिला दो दिन में कार्तिक ने जमकर दीदी के साथ काम किया... कंधों के घावों पर पपड़ी जमने लगी थी...। रोज दो-तीन बार दीदी उस पर कड़ुवे के पत्ते सरसों के तेल में पकाकर लगाती परसों शुक्रवार को जाने की अलग खुशी थी। सारे कपड़े अपने व पिंकी के... दादा-दादी के धो सुका कर रख दिए। कल सुबह ही तैयार हो चल पड़े। पोखरी तक सामान के लिए पिंकी के दादा भी साथ आए। पिंकी मामा के साथ परी सी दौड़ती-उछलती जाती। कार्तिक का पिठ्वा सरला दी ने अपनी पीठ पर लगा दिया।

रास्ते में जहाँ जो हुआ सब कुछ उन्हें बताता रहा कार्तिक, आज वह रास्ता सुनसान नहीं था। उनके आगे पीछे लोग चल रहे थे... कुछ परदेस जा रहे थे..घरों व बाटों पर रोई आँखों से उनके परदेस जाने वालों के परिजन उन्हें दूर तक जाते देख रहे थे। कुछ आस-पास के गाँवों के लोग व छोटे दूकानदार घर व दूकान का सौदा-पत्ता लेने कट्टों व रस्सों के साथ जा रहे थे। शाम को लौटते हुए वे सामान स्वयं अपनी पीठ पर ले आएंगे या फिर कुछ संपन्न हुए तो खच्चरों की बुकिंग कर उनकी पीठ पर ले आएंगे लादकर।

रास्ता वही रहता है सदा... कभी भयावह...कभी खौफनाक...व कभी भीड़ व चहल-पहल भरा... कहीं कोई डर नहीं... डर की छाया तक नहीं और कभी पग-पग पर काट खाने को दौड़ता... रास्ते का एकांत, यह बात कार्तिक आज सोच रहा था।

[16]

पोखरी तक पिंकी के दादाजी भी साथ आए...फिर वे सामान लेने बाजार जाने लगे। सभी ने उनके चरण स्पर्श किए। मौण तक चलते-चलते वे यही निश्चय करते रहे कि वे पैदल जाएं या फिर बस में। सरला दी ने कहा- 'भुला पैदल ही चलते हैं... जितने पैसे हमारे बस में खर्च हो जाएंगे किराए के... वे तुम्हारी व किशनी के कई-कई महीनों की फीस के काम आ जाएंगे... उतराई (वींद्यार) का रास्ता है... ज्यादा दिक्कत नहीं होगी। पिंकी थक जाएगी तो मैं घूघू (पीठ) में रख लूंगी... पिठ्वा भी... तुमसे कंधे में कुछ ले जाया नहीं जाएगा... अभी भी घाव वैसे हैं... दस-पंद्रह दिन लगेंगे उन्हें भरने में।'

'दीदी... वैसे तो कोई दिक्कत नहीं, लेकिन जमाना खराब है... ऊपर से हम छोटे ही छोटे... फिर भी चिंता मत करो... इन्सान तो राहगीर है केवल... रास्ते का साथ तो ईश्वर जुटाते हैं दीदी... अभी मौण पहुँचने तक क्या पता जाख देवता किसी न किसी को हमारी देख-रेख के लिए भेजते हैं... उस दिन मैं कैसे पहुँचता यहाँ तक, यदि मोलधार में मुझे वे क्यार्क वाले बौडा न मिलते तो... वर्तमान हमारी मुट्ठी में हैं दीदी व आगे के भविष्य का एक-एक पल ईश्वर की मुट्ठी में... यदि मौण में कोई न मिला तो तब हम सोचेंगे कि अब हमें क्या करना है।

वे चलते गए, दीदी व कार्तिक कम चलते पिंकी हिरण की बच्ची की तरह फुदकती। रास्ते में दूसरे लोग भी अपनी धियाणियों को बेद कर मायके ले जा रहे थे। कार्तिक देखता कि बुजुर्ग वेद्वाल (बुलाने वाले) अपनी बेटियों से दस-पाँच मीटर की दूरी पर चल रहे हैं, उसे यह देख अपने गाँव की लाटी बुआ की याद हो आई। उसने कहा- 'दीदी कई-कई लोग तो अजीब सी लटबाण (एक डगर) वाले होते हैं... चल पड़े तो चल पड़े... फिर पीछे मुड़ने का नाम नहीं लेते...। उन्हें यह खबर नहीं रहती कि उनके पीछे चलने वाले उनके ठीक पीछे हैं या आधा मील पीछे। लाटी पूफू(बुआ) का अपहरण इसी रास्ते में हुआ था कंडारा से बड़ब के बीच... फूफा जी एक मील आगे चले गए... व लाटी पूफू रास्ता

बुलंद हौसले / 71

बिरड़ (भटक) गई। आज तक वापस नहीं लौटी गांव... लेकिन मरी नहीं... किसी दूसरे गाँव बस गई है जाकर...।

'छि; भुला ये बातें क्या करनी हैं...कुछ अच्छी बात करो। बुरी बातें भी असावधानी व अपनी कमजोरियों के कारण अच्छी बातों में ही से पैदा होती हैं दीदी...। बुरा संसार में कुछ भी नहीं होता दीदी...केवल हमारे विचारों, सोच व दृष्टि का खोट होता है बस...। जिसे जब होना होता है उसे तब तो होना ही होना है लेकिन कुछ अनहोनियों को कम करने के लिए ईश्वर ने मनुष्य को ज्ञान व विवेक की कूंजी भी दी है दीदी!

कार्तिक बचपन से ही कई-कई बार इतनी दार्शनिक व मंजी बातें करता है कि बड़े-बड़े लोगों के सिर के ऊपर से वे निकल जाती हैं, दीदी यह बात भली-भाँति जानती थी। इस विषय को बदलने के लिए दीदी ने पिठ्वा में दो-दो, चार-चार चूले निकालकर उनके हाथ पर दिए। रास्ते के लिए पराठे व सब्जी बनाकर रख ली थी दीदी ने। अभी धूप पहाड़ी पर पूरी तरह से उतरी नहीं थी नीचे। ठीक समय से निकले थे ये घर से। काफी चलने के बाद वे मौण पहुँचे थे।

पास की दुकान में बैठकर उन्होंने चाय पी, एक-एक पराठा खाया। लोग रुद्रप्रयाग की बस की इंतजार में थे। कार्तिक ने दीदी व पिंकी को वहीं पर बिठाकर स्वयं एक चक्कर मौण से नीचे उतरने वाले रास्ते की ओर मारने की सोची। उसने इधर-उधर नज़र दौड़ाई रास्ता खाली था लेकिन पीपल के चबूतरे के पास से एक आदमी खाँसते-खाँसते उसे अपनी ओर आने का इशारा कर रहा था।

'अरे बौडा जी आप?' कार्तिक ने विस्मय से पूछा।,

'हां बेटा! जाना तो दो-तीन दिन रुककर था, लेकिन कल रात ही मन बन गया अचानक... इसलिए चल पड़ा। एक बार सीधे नीचे उतरने को हुआ... फिर सोचा कि एक चिलम तंबाकू फूँक लूं... क्या पता तुम्हारी तरह का और कोई साथी मिल जाए... सफर में बोलने-बतियाने वाला साथी मिल जाए तो रास्ता आसान लगने लगता है... दूरी छोटी हो जाती है। लेकिन तुम कैसे इस वक्त?' खींची हुई कस का धुँआ आकाश की ओर छोड़ते हुए बौडा जी ने पूछा।

'मैं आज दीदी को लाया हूँ बेदकर... साथ में मेरी भानजी भी है पिंकी, डर रहा था कि इतने लंबे रास्ते कैसे जाएंगे... इसलिए यही देखने आया था कि कहीं कोई आप जैसे ईमानदार बड़े बुजुर्ग मिल जाएं...। न मिलते तो... फिर मजबूरी में रुद्रप्रयाग होकर ही जाना पड़ता बस से... फिर क्या चारा बचता?'

'मैं परसों यही बात सोचता रह गया कि तुमने लौटने की सलाह क्यों नहीं

की... नहीं तो निश्चित समय पर यहीं मिल जाते... तुम्हें कोई चिंता न होती फिर...। उस दिन बातों-बातों में यह मुख्य बात छूट ही गई थी।'

'जब हृदय पवित्र होता है बौडा जी फिर ईश्वर छूटी हुई सभी कमियों को स्वयं पूरा कर लेते हैं, यह माँजी बताती हैं। चालाकी में ईश्वर साथ छोड़ देते हैं... अन्यथा तो वह अपनों के संग-संग रहते ही हैं... मैं आपके लिए चाय ले आऊं बौड़ा जी?'

'नही बेटा...अब चिलम पी ली है... अब चाय उछाढुंगी या पिगंलापाणी में ही पीएंगे जाकर उस दिन की तरह। बुला लाओ नानी (बेटी) को, आज उतराई में उतना समय तो नहीं लगता... लेकिन समय से निकलना अच्छा रहता है आगे के लिए...।'

'बस मैं अभी आया बौडा जी...।', कहकर कार्तिक खुशी से उछलता कूदता उस दुकान की ओर दौड़ा जहाँ दीदी व पिंकी बैठकर चाय पी रहे थे। कार्तिक को दौड़ता देख सरला दी ने समझा कि रुद्रप्रयाग की बस आ गई है... वह फटाफट करने लगी... पिंकी के चाय का गिलास मेज पर ही उलट गया...। दीदी ने चाय वाले को जैसे-तैसे पैंसे पकड़ाए... फटाफट पिठ्वा पीठ में उठाया व पिंकी का हाथ पकड़कर आ गई कार्तिक की ओर।

'घबराओ नहीं दीदी...बस नहीं...वे बौडा जी मिल गए हैं परसों वाले...वे भी जा रहे हैं... अब घर का साथ है उनका... बस अपने ही परिवार वालों की तरह हैं...अब काई चिंता नहीं है। मैं यही देखने गया था कि...कोई जा रहा हो तो पैदल चलेंगे।... अन्यथा फिर बस से तो जाना ही है...।'

'भला हो माराज (ईश्वर) आपका' कहकर दीदी ने हाथ जोड़ दिए। उन्हें आते देख बौडा जी खड़े हो गए। सरला दी व पिंकी ने सेवा लगाई, बौडा जी संस्कारी परिवार को देखकर गद-गद हो गए। सिर पर हाथ रखते बोले-

'बेटी अब निस्फिकर हो जाओ... अब तुम्हारी चिंता समाप्त...। कार्तिक परसों यह कहता तो मैं वहीं आ जाता...।'

'आपकी बहुत तारीफ कर रहा था बौडा जी कार्तिक! अभी छोटा है... इसलिए अकेले पैदल जाते थोड़ा डर लग रहा था... अब आप मिल गए तो अच्छा हो गया। वहाँ से नहीं आयी बौडा कोई दीदी-भुली मैत?'

'मेरी बेटी बंबई रहती है लाटी...,जंवाई के साथ कोई दोस्त आया था हमारे गाँव। सास-ससुर के लिए कुछ खर्चा-पाणी व लत्ता-कपड़ा भेज रखा था बेटी ने...। वह देने आया था.. फिर, संत-खबर किए भी महीनों हो गये थे... इसलिए चला आया था।'

'बहुत अच्छा बौडा जी... जो परिवारों में इस तरह का मेल-जोल बना रहे... नहीं तो आज अपने ही परिवार में एक का मुँह इधर है व दूसरे का उधर। समझदार बुजुर्गों से ही रहते हैं परिवार, परिवार की तरह।' सरला दी ने कहाँ।

अब वे चलने लगे। सरला के पास का बैग बौडा जी ने पकड़ लिया, बौडा जी का सरला ने। बौडा जी सबसे आगे चलने लगे। पिंकी का हाथ पकड़े कार्तिक पीछे... और सबसे पीछे सरला दी। कार्तिक सोचता रहा कि जीवन का सफर भी इन्हीं यात्राओं के उतार-चढ़ावों की तरह है... कल इस चढ़ाई को चढ़ते हुए उनके शरीर को कितना परिश्रम करना पड़ रहा था व आज कितना सहज है उतरना। जीवन की चढ़ाई यानी परेशानियों में बिना बोझे के भी मन व तन बोझिल ही रहते हैं जबकि इस सफर में अच्छा साथ मिलने पर भारी बोझे के होने पर भी जीवन सहज व बिना किसी दबाव व तनाव वाला लगने लगता है।

पिंकी छोटे-छोटे पांवों से लंबे डग भरती। उतराई में चलते उनका जीवन कितना सहज था... सामान के साथ चढ़ाई चढ़ते लोगों का जीवन उतना ही असहज भी। ऊपर चढ़ते लोगों के पसीने से लतपत लाल चेहरों पर संघर्ष व कष्ट की गहरी रेखाएं साफ देखी जा सकती थीं। इस भाव को समझते दूसरी धार में शव के साथ जा रहे लोगों की भीड़ को देखते बौडा जी कहते-

'जीवन सुख-दुख की ही रंगशाला है। कहीं नए घर बसाने की तैयारियां जोरों पर हैं...नई-नई दुल्हनें आ रही हैं... और कहीं बसे-बसाए घर तबाह हो रहे हैं। संसार का जीवन भी पेड़ के पत्तों की तरह है... पुराने झड़े तो नए आ गए... कल यही नए फिर पुराने हो गए... यही प्रक्रिया... जीवन है...। दोनों का जरूरी है तालमेल... जीवन क्रम के लिए... झड़ना भी... और आना भी। पत्ते झड़े नहीं तो नए आएं कैसे... नए आएं नहीं तो परंपरा आगे बढ़े कैसे?... लेकिन इस उठापटक में जीवित वही रहेगा... जिसने कुछ किया हो... ऐसे काम करना जिससे बाप-दादों का नाम हो... गाँव-घाटी का सीना गर्व से ऊंचा हो... मैंने नेताजी सुभाष चंद्र बोस का रौंगटे खड़े करने वाला भाषण सुना है बेटा... मैं उन्हीं की फौज में था। देश-सेवा से बड़ा कोई काम नहीं हैं... देश का सिपाही बन कर देश के काम आया बेटे।' कहते-कहते बौडा जी ने नेता जी के साथ के कई प्रेरक व देशभक्ति पूर्ण किस्से सुनाएं।

'मेरा भी बहुत मन करता है बौडा जी... कि मैं देश-सीमा का सिपाही बन अपने देश की सेवा करूं...। ईश्वर ने आज वह संकल्प आपके मुख से दोहराकर

मेरे संकल्प पर मुहर लगा दी है। कुछ भी हो... पहले तो मैं सेना का अधिकारी बनूंगा.। संकल्प के बीज ईश्वर मन की उसी धरती पर बोते हैं जहाँ भविष्य में उनके फलने-फूलने की संभावनाएं होती हैं। आपने मेरे मन की बात कह दी बौडा जी।'

''तुम अपने लक्ष्य में अवश्य सफल होओगे... मेरी शुभकामनाएं तुम्हारे साथ हैं। जिनके हौसले बुलंद होते हैं बेटे... उन्हें अपनी मंजिल तक पहुँचने में ईश्वर भी नहीं रोक सकते। वक्त के पानी के साथ बह जाना तो निर्जनता का प्रतीक है... लेकिन समय की नदी के प्रवाह को चीर अपने लक्ष्य की ओर बढ़ना पौरुष, शौर्य व पराक्रम का प्रतीक। समय का कोच ही साहस के सिपाही को प्रशिक्षित कर लक्ष्य के पोत प्रचालन का प्रशिक्षण देता है... तुम्हारे हृदय में अपनी माटी की सेवा की पवित्रता का संकल्प है„... तुम्हें लक्ष्य तक पहुँचने से कोई रोक नहीं सकता।''

[17]

कार्तिक की मिट्टी से लिपी पुती महत्वाकांक्षाओं की पर्णकुटी पर बौडा जी ने सीमेंट का पक्का लेप कर दिया था। कार्तिक सोचने लगा कि ईश्वर मन में पनपे विचार के पौधों को जीवित रखने के लिए किसी न किसी के माध्यम से इसी प्रकार प्रेरणा के शब्दों की खाद-पानी दिलवाते रहते हैं ताकि समय की प्रतिकूल हवाओं का भी उस पर कोई प्रभाव न पड़े।

अब फौज में जाने की बात पर मानो उनके मन के राजा ने मुहर लगा दी थी। फौज तक पहुँचने का रास्ता भी उतना ही लंबा लग रहा था जितना लंबा आज घर पहुँचने का रास्ता। मन ही मन सोचता कार्तिक... कि जीवन की राहों पर लक्ष्य, ईमानदारी व साहस के साथ चला जाए तो लक्ष्य या मंजिल को तो मिलना ही है देर सवेर। मंजिल उन्हें ही मिलती हैं जो सपनों का बिस्तर छोड़ साहसपूर्ण कदमों से उस मार्ग की दूरियां नापते हैं।

कुछ पल खामोशी रही मन के तालाब में। बौडा जी के विचारों का रसायन कुछ देर अपना प्रभाव दिखाता रहा। जब वे पूरी तरह से तालाब में समा गए तो फिर बातों का सिलसिला शुरू हुआ। बौडा जी नेता जी की फौज का एक और रोचक प्रसंग सुनाने को थे कि नीचे की घाटी की दूर से दिखती पंगडंडी से नारों की अनूगूंज 'कैप्टेन सुंदर अमर रहे... कैप्टेन सुंदर अमर रहे... भारत माता

की जय' के स्वर से पूरा वातावरण गूंज रहा था व पीछे-पीछे भारी जन समुदाय चलता आ रहा था। दूर होने के कारण अभी वे स्पष्ट दिखाई तो नहीं दे रहे थे लेकिन कुछ अनहोनी का अंदेशा लगाते बौडा जी ने कहा था-

'लगता है फिर हमारा कोई और जांबाज सैनिक, वतन पर कुर्बान हो गया है... तिरंगे में लिपटा उसी का शव उसके पैत्रिक गाँव लाया जा रहा है। इस घाटी में अधिकांश गाँव ऐसे हैं जिनके प्रत्येक परिवार के एक दो या तीन सदस्य तक फौज में हैं... यह घाटी निश्चित रूप से देश प्रेमियों की घाटी है... वीर सैनानियों की है। बेटा! पिंकी और सरला को नीचे दुकान के ऊपर के घर में बैठा देना... मैं भी अपने जांबाज बेटे को अपनी मिट्टी की ओर से श्रद्धांजलि देकर सलामी देना चाहूँगा... भारत माता के इन सिंह सपूतों... वीर पुत्रों का दर्शन बड़े पुण्य फल से होता है बेटे... यदि तुममें भी ये भाव हों तो इस वीर पुत्र को प्रणाम अवश्य करना बेटे।'

'बिल्कुल बौडा जी... आपके पीछे-पीछे सीना ताने गढ़भूमि के अपने वीर भाई को अपनी अबोध भावुक सलामी देने का मेरा भी बहुत मन है बौडा जी... उनके देश प्रेम की लहरों की सुगंध से मेरे कोमल भावों की बगिया भी महकती रहेगी व मुझे भी देश रक्षा के लिए भारतीय सेना में जाने की जीवनी शक्ति मिलेगी,

देश प्रेम के स्वरों की अनूगूंज के साथ ही बात-विचारों का विषय भी स्वत: ही बदल गया था। निचली घाटी में आ रहे वीर सैनानी के अंतिम संघर्ष के चित्र का स्मरण कर बौडा जी भावुक हो जाते व स्वतंत्रता दिवस की परेड के सिपाही की तरह तिरंगे में आ रहे अपने जवान को जोर का सैल्यूट ठोक देते। सरला दी बौडा जी के मन में उमड़ रहे देश-प्रेम के बांध के ऊफान को भांप रही थी।

अब उनके नजदीक आने से नारों का स्वर अधिक तेजी से सुनाई देकर पूरी घाटी में गूँजने लगा था। आस-पास के गाँवों में भारी संख्या में लोगों की भीड़ अपने लाडले शहीद सपूत के दर्शनों के लिए रास्तों के दोनों ओर व खेतों की मुंडेरों पर खड़ी होने लग गई थी। बौडा जी अब तेजी से चलने लगे थे ताकि सरला व पिंकी उनके नीचे दुकान पर पहुँचने से पहले ऊपर के घर के छज्जे पर बैठ जाएं। एकाएक इस भीड़ भरे माहौल व नारों की बौछार को देख पिंकी को डर भी लग सकता है, यह सोच बौडा जी ने उन्हें अपने एक परिचित के घर में बैठाया व स्वयं कार्तिक के साथ नीचे पगडंडी (सड़क) में आ गए।

कैप्टेन सुंदर के तिरंगे में लिप्टे शव के पीछे उसकी बटालियन के इक्कीस

जवानों की टुकड़ी राइफल के साथ उसे राजकीय सम्मान के साथ अंतिम सलामी देने के लिए साथ-साथ चल रही थी। साथ चल रही थी अश्रूपूरित भीड़ जो उसकी देश सेवा के साथ-साथ लोक-प्रियता को प्रदर्शित कर रही थी। जो देखता उसकी आँखें नम हो जातीं, लेकिन तिरंगे में लिपटे कैप्टेन सुंदर सिंह के चेहरे पर एक अलग ही नूर टपक रहा था मानों अपनी माँ व मातृभूमि से कह रहा हो-

'मैंने तुम्हारा स्वप्न पूरा कर दिया है माँ... अब दुख के आंसू नहीं... देश प्रेम व गर्व के दीपक जलाओ। माँ के लाल मातृभूमि के काम आ जाएं... इससे बड़ी देश सेवा भला और क्या हो सकती है माँ?'

शव पर श्रद्धाजंलि के रूप में फूल मालाएं व पुष्प अर्पित किए जा रहे थे। बौडा जी ने अपने कंधे का थैला उस ओर फेंक ऊँची आवाज में भाव विभर हो 'वंदे मातरम' कह दिवंगत शहीद को जबरदस्त सलामी दी, कार्तिक दोनों हाथ जोड़ आंखें बंद कर मानो कहने लगा-

'मुझे भी वरदान दो मेरे वीर भाई!... तुम्हारी तरह देश के काम आ सकूं... तुम्हारी इस शहीदगी ने हमारे जैसी कोमल मनों की क्यारियों में देश प्रेम के बीज बो दिए हैं... वे कभी विशाल वृक्ष बन तुम्हारे सपनों के दीप व ध्वज अवश्य लहराएंगे।' यह कह उसने पास की मिट्टी का तिलक किया।

भीड़ कैप्टेन सुंदर के पैतृक गाँव की ओर बढ़ी तो सरला व पिंकी को नीचे बुला वे अपने पड़ाव की ओर बढ़ चले। भावुक बौडा जी बहुत दूर तक कुछ बोले नहीं...लौट-लौट कर तब तक पीछे देखते रहे, जब तक वह भीड़ आँखों से ओझल नहीं हो गई। कुछ दूर चलने पर उन्होंने कहा-

'बेटा कार्तिक! आज ईश्वर की कृपा से मुझे ये दो उपलब्धियां हुई हैं... तुम्हारा मिलना व कैप्टेन सुंदर के दर्शन। देश के लिए सर्वस्व अर्पित करने वाले मनों के दर्शन दैव योग से ही संभव हैं। आज जाने क्यों मुझे गर्व व विजयश्री की अनुभूति हुई है।... ऐसी जैसे कभी लड़ाई से जीतने के बाद हुआ करती थी।'

कुछ नहीं कहा कार्तिक ने... व गन ही मन सोचने लगा... कि सबसे बड़ी उपलब्धि तो उसे हुई है... अब जीवन में देश की रक्षा के अलावा कोई दूसरा लक्ष्य नहीं रह गया बाकी... भला बौडा जी के साथ के बिना कहीं संभव हो पाता यह सब? कुछ दूर चलकर कहा उसने-

'यह सब आपकी कृपा से ही संभव हो सका बौडा जी... और मुझे आपसे व बड़े भाई कैप्टैन सुंदर जी से क्या मिला है... इसका उत्तर समय व प्रारब्ध देगा आगे चलकर।' बौडा जी ने, पीठ ठोकी कार्तिक की... गोया कहा हो... 'बेटा! तुम अवश्य सफल होओगे अपने लक्ष्य में।'

[18]

चलते-चलते फिर सूरज सिर के ऊपर आ गया था। गजब यह था कि पिंकी के थकने का नाम नहीं था... वह पूरी गति से उनसे तेज दौड़ने की सामर्थ्य रखती है, यह सोच वे सभी आश्चर्य में थे। फिर से वे उच्छादुंगी पहुँच गये थे। रास्ते में कुछ लोग बैलों से रोपणी (रोपाई) कर रहे थे जबकि कुछ गदेरे के तालाब में दबाकर रखी भ्यूंलकंड़े से स्योलू चोड़ (पानी के दिनों से रखी भेवंल की पतली डंडियों के छिलके को पछाड़-पछाड़ कर रेशे निकालना जो बाद में रस्सियां आदि बनाने के काम आती हैं।) रहे थे... कुछ पंक्ति में रोपे हुए खेत में एक-एक कर पौधे रोपते चले जा रहे थे।

उस दिन की तरह पास की पानी की कूल से उन्होंने हाथ-पांव धोये... फिर ऊपर की चाय की दुकान में आकर दोपहर का खाना खाया, चाय पी। नीचे पीपल के चबूतरे में बैठकर बौडा जी ने फिर से अपनी फतोई (बास्केट) की जेब से अगेला व कटोरी निकाली तंबाकू भरा व जमकर चार-पाँच सोड़ में ही सारा तंबाकू फूँक दिया। फिर सभी को सरला दी ने दो-दो, चार-चार चूले दिए।

बौडा जी की प्रेरक बातों में इतना लंबा रास्ता कब कट गया... पता ही न चला। वे चंद्रापुरी पहुँचे। थोड़ा बहुत खरीदारी करने-यानी माँजी तथा चाचियों के लिए चूड़ी-बिंदी, घर के लिए साक-सब्जी व कुछ खटाई-मिठाई खरीदने...। बौडा जी ने भी सामान लिया व चाय का गिलास पीकर व चल पड़े पुल की ओर। पुल को देश बौडा जी ने कहा-

'जब हम छोटे थे... तो यह सांगो (झूल पुल) कच्चा था... झूलता था ऊपर नीचे... इधर-उधर। डर लगता था कि अभी गए-तभी गए... फट्टों के बीच से सीधे नदी दिखती थी नीचे... पहले-पहले तो वहाँ दोनों किनारों पर ध्वनार (पुल पार कराने वाला) रहता था जो कुछ माल वस्तु लेकर यात्रियों को पार कराता था। लेकिन ऐसे में बड़ा व भारी सामान ले जाना कठिन था...। कभी कोई घोड़ा खच्चर या भैंस जैसा बड़ा पशु कराना हो नदी पार... तो रस्सी बांधकर कोई जानकार तैराक कराता था पार... बह भी जाते थे बहुत बार... बहुत खतरा था तब... अब तो पक्का सब कुछ है।

आज के लोग क्या जाने कि तब लोगों ने कितने संघर्ष के दिन देखे हैं...। बरसात में मंदाकिनी का पानी इतना चढ़ जाता कि नदी, किनारे बसे गाँवों पर

78 / बुलंद हौसले

संकट और मौत मंडराती रहती। आठों पहर लोग रात-रात भर जागरण करते। यह सुन मानो सामने पूरा दृश्य चित्र ही उभर जाता। सुनने वाला कोई भी उस पर सोचने के लिए विवश हो जाता।

पुल पार करते ही बाईं ओर सटे हुए चाय वाले की दुकान पर लगभग हर पल किसी न किसी प्रकार के स्थायी गपोड़ियों या चाय-तंबाकू पीने वालों का जमघट लगा ही रहता। किसी दिन नए पकौड़े बनते तो दुकान पर पास के बच्चों-लोगों सहित घोड़ीतों व मायके-ससुराल जाने वाली धियाणियों की भीड़ और बढ़ जाती। छोटे-मोटे सामान के लिए चंद्रापुरी वार (इस ओर) के लोगों के लिए यह दुकान बड़े काम की थी... अन्यथा हर छोटे-बड़े सामान के लिए वहाँ से लगभग पौणे किलोमीटर दूर मुख्य चंद्रापुरी बाजार में ही जाना पड़ता।

दांयी ओर वाला तप्पड़ था जो स्थानीय लोगों की बँधी मवेशियों से भरा होता या फिर पटवारी चौकी में इधर-उधर से आए ज़मीन जायदाद के कार्यों से आए ग्रामीणों की चहल-पहल से। पटवारी के क्षेत्र के मुआयने के दौरान गाँवों में अलग सी दहशत पसर जाती और तो और यदि गाहे ब गाहे पटवारी का अर्दली अथवा चपरासी तक बिना सूचना के किसी गाँव की सीमा में यदि दिख जाता तो मारे भय के लोगों की देह काँपने लग जाती....फिर पटवारी जी की तो बात ही कुछ और होती....उनके आ टपकने पर आवभगत का पूरा तौर-तरीका ही बदल जाता। गाँवों में कुछ तुनकमिजाजी अथवा बिगड़ैल बच्चे अथवा शैतान किस्म के युवाओं को जब-तब पटवारी चौकी में दे घसीटने की चेतावनी दी जाती थी।

पुल के थू पर की चाय की दूकान पर उन्होंने चाय पी। यहाँ के बाद फिर उकाल (चढ़ाई) में बसुकेदार के अलावा कहीं भी चाय आदि की दूकान नहीं है। चंद्रापुरी से आते हुए पुल पार कर दायां रास्ता यानी मंदाकिनी के तप्पड़ वाला रास्ता, जहाँ पटवारी चौकी, स्कूल व अन्य सरकारी कार्यालयों के साथ-साथ चंद्रापुरी निवासियों के घर हैं... पाली, बीरों, बष्ठी व बड़ेथ आदि जगहों के लिए जाता है जबकि पुल थू से सीधा मंदिर तक का रास्ता जो फिर आगे अर्थात् मंदिर के मुख्य द्वार से दो भागों में बंट जाता है... बाएं वाला रास्ता हाठ, नेलीकुंड व अरखुंड होते हुए दानकोट, किमाणा व कौशलपुर आदि गाँवों की ओर जाता है, जबकि दांई ओर वाला रास्ता डालसिंघी से बसुकेदार व क्यार्क-बसूड़ी आदि गावों तक जाता है।

मंदिर में पूजा की घंटियां जहाँ चंद्रापुरी गाँव के कुछ आध्यात्मिक प्रवृत्ति के लोगों की प्रवृत्ति की याद दिला रही थी। वहीं दूसरी ओर सेरों (पानी भरे खेतों)

में रोपणी कर रहे बच्चे, युवा व वृद्ध अपनी मेहनतकश जिंदगी का स्वयं ही परिचय दे रहे थे। शायद इन विशाल उपजाऊ खेतों की उर्वरता का ही कमाल था कि वे लोग चंद्रापुरी बाजार छोड़ इस सुंदर व उपजाऊ धरती पर किसानी करने लगे थे।

कुछ देर बाद वे म्वौलधार पहुँचे। कार्तिक ने सरला दी को बताया कि यहीं पर उस दिन उसकी मुलाकात बौडा जी से हुई थी। जीवन की यात्राओं में सच्चे मन से निकलने का साहस होना चाहिए... शेष का सारा प्रबंध ईश्वर स्वत: ही कर डालते हैं यह पाठ कार्तिक ने परसों की दीदी की ससुराल-यात्रा से सीखा था।

इस बात ने एक दृढ़ विश्वास कार्तिक के बाल मन में भर दिया था, कि नेक-नीयती से किए गए कार्य में मंजिल तक पहुँचने के लिए ईश्वर अलग-अलग पड़ावों पर कई प्रकार के प्रेरक-मददगारों की नियुक्ति कर देता है जो बिना कहे आपको अपनी अभीष्ट (मंजिल) तक पहुँचाने में पुरजोर भूमिका निभाकर भाग्य की रेखा को बदलते रहते हैं। इस छोटी सी यात्रा ने जीवन यात्रा के लिए विचार के कई-कई प्रेरक कैप्सूल कार्तिक के अभावग्रस्त मन की झोली में डाल दिए थे... जिनको वह ईश्वर के अनुपम उपहारों से भी अधिक समझने लगा था।

अब चलते-चलते एक पड़ाव यह आया था कि जहाँ से बौडा जी का अलग रास्ता था व कार्तिक एवं सरला दी का अलग। सफर में मिले क्षणिक परिचय कभी जीवन के स्थायी परिचयों व परिचितों से अधिक प्रभावी प्रेरक व अपनत्वपूर्ण सिद्ध हो जाते हैं, यह कार्तिक को भली-भाँति पता चला गया था। उन्होंने पुन: बौडा जी को सेवा लगाई। कार्तिक ने इस निर्भय व प्रेरक लंबी यात्रा को सहजता से संपन्न कराने के भी लिए बौडा जी का धन्यवाद किया था व जल्दी ही अपने गाँव आने का न्यौता भी दिया था।

अब बस मील-डेढ़ मील की दूरी पर रह गया था उनका गाँव। अब किसी प्रकार कोई डर नहीं था। यह तो उनके परिचय व परिचितों का गाँव था। इस गाँव के आधे से अधिक प्रध्यापक रहे थे सरला दी के... या फिर घट (पनचक्की) के बरसाती मौसम में कोदा या गेहूँ पिसवाने के लिए कितने-कितने साल तक वह अपनी सहेलियों के साथ इस गाँव के गदेरों व पगडंडियों की खाक छान चुकी थी।

कभी-कभी घट्वाल्यूं (आटा पिसवाने वालों) की अधिक संख्या होने के कारण घट्वाड़ी (पिसने वाला अनाज) वहीं छोड़कर शाम को या दूसरे दिन फिर

से आना होता था यहां, यही नहीं ड्रामा, रामलीला या बगडवाल-पनौ (पांडव नृत्य) के कौथी (त्योहार) के मौके पर भी वह कितनी बार आती थी यहाँ। उसकी कक्षा की पाँच सहेलियां भी इसी गाँव से थीं। इसलिए यहाँ पहुँचते ही यह भान हो जाता कि वे लगभग-लगभग अपने गाँव ही पहुँच गए हैं।

[19]

थोड़ी दूर चलने पर दोनों के रास्ते अलग हो गए। पिंकी व कार्तिक ने हाथ हिला कर बौडा जी को बाय-बाय की। कार्तिक को तो बौडा जी का साथ अच्छा लगा ही, लेकिन उन्हें भी उसका साथ कम अच्छा न लगा। उम्र का इतना अंतर (फासला) होने के बावजूद भी कार्तिक ने उनके भरपूर मनोरंजन करने में कोई कोर-कसर नहीं छोड़ी। सरला दी ने एक अलग बुज्याड़ी (मिठाई आदि-आदि चीजों की छोटी पोटली) बौडा जी के परिवार के लिए रख दी... कार्तिक के साथ इतनी अपनत्वभरी मुलाकात के लिए। कार्तिक ही नहीं, वह भी स्वयं पूर्णत: निश्चिंत रही है इतनी लंबी यात्रा के दौरान बौडा जी चलते।

अब दोनों की धारें (पहाड़ियां) अलग-अलग थीं... एक की (बौडा जी) धार लगभग 80 डिग्री के कोण पर थी व दूसरों की लगभग एक सो चालीस डिग्री पर... किंतु कुछ-कुछ अंतराल पर ही सही... लेकिन पहाड़ी घूमों पर दूर-दूर से मुलाकात हो जाती थी, वे दोनों दूर से हाथ हिलाकर अपने-अपने लक्ष्यों की ओर बढ़ने का प्रमाण देते।

कुछ ही समय पश्चात अपने गाँव की सीमा प्रारंभ हो गई। गाँव की सीमा में पहुँचते ही एक अजीब प्रकार के अपनेपन से भेंट होने लग जाती है। पूरी चढ़ाई की थकान अपनी सीमा पर पहुँचते ही मानों फुर हो जाती है। गाँव के मकानों की छज्जों, चौकों तथा पंदेरों से दूर-दूर तक ताकती निगाहें किसी के भी वहाँ पर पहुँचते ही उनके परिचय का खुलासा कर देती हैं... व उनके पहुँचने से पहले उनके आने का समाचार गाँव में तुरंत फैल जाता है।

कार्तिक को आने व गाँव पहुँचने का दृश्य जितना सुखद व अच्छा लगता विदाई का दृश्य उतना ही दुखद व टीस पहुँचाने वाला भी। उसे याद आता जब सरला दी को जाना होता ससुराल, तो वह पहले ही घर से दूर जा ऊँची-ऊँची धारों से उसे रोते-रोते देखता रहता... तब तक... जब तक वह दिखना बंद न हो जाती। ससुराल जाती धियाणियूं की 'हू हू हू' की चीत्कार व दर्द भरी रुलाई उसे

बुलंद हौसले / 81

भीतर तक तोड़ कर रख देती। लेकिन वह ईश्वर की इस लीला से आश्चर्यचकित भी होता कि वह समय के साथ-साथ इस आसक्त मन को भी धीरे-धीरे विरक्त बना देता है।

उम्र के पड़ाव पर बहुत दूर निकल जाने पर भी पहाड़ की धियाणियों के मन में अपने मायके की भूमि के लिए खुदेड़ आँसुओं का भंडार समाप्त नहीं होता।... वे सैलाब की तरह उमड़कर उम्र की सीमाओं को भूल स्मृतियों के सरोवर में डूब देर-देर तक सुबकती-सिसकती रहती हैं... व आगे जाते-जाते भी लौट-लौट कर अपने मायके की भूमि व ग्राम देवताओं को निहाती रहती हैं।

सरला दी भी सोच रही थी कि माँ जरूर निराई-गुड़ाई के खेतों में जुटी होगी... बहुत देर पहले से वह बार-बार दूर की नागिन सी बारीक पगडंडियों में अपने कार्तिक के साथ-साथ अपनी सरला व पिंकी को भी तलाश रही होगी। पहली बार अपने कार्तिक के साथ सरला दी को आते देख माँ फूले न समाएगी। किशनी तो काम करते-करते कितना नाचेगी... पिंकी की बलैया लेते-लेते न थकेगी।

उसकी शादी के समय तो बहुत छोटी थी किशनी, चूहे के बच्चों व छोटे पिल्लों सी... बस ठुड्डी पिचकाते ही हँस देती थी जोर से...। वह तो शर्माएगी पहले.. फिर सहेली बनाएगी पिंकी को... दूर-दूर तक ले जाएगी गाँव में... कि मेरी दीदी जी की लड़की है... घर-घर जाकर कहेगी गाँव में...।... नाचती फिरेगी... उसे ऐसे ही जैसे फुल-फुल माई के दिनों में गाँव के बड़े-बड़े बच्चे अपने मोहल्लों की चौकों में घोगा (लकड़ी की पालकी वाला देवता) नचाते थे डूबकर...। पिंकी को तो किशनी का मिल जाना... गोया मन की मुराद पूरी हो जाना है... मस्ती के आलम में सराबोर... लगातार।

माँ जी को विश्वास था कि सरला के सास-ससुर कार्तिक के साथ उसे नहीं भेजेंगे... उन्हें बाकी तो सब कुछ अच्छा लगता है लेकिन बहू के मायके जाने की बात पर वे उग्र हो जाते। इसी गुस्से के मारे कार्तिक के पिता पिछली बार अकेले लौटने के बाद वहाँ दुबारा न गए थे। पिछले ह्यूंद (सर्दियों) में भी माँ ने गाँव के किसी व्यक्ति को तैयार कर भेजा था सरला को बुलवाने.... लेकिन उन्होंने साफ मना कर दिया था भेजने से।

दूसरों की बेटी अपनी बहू बनते ही ससुराल वालों का उस पर एक छत्र अधिकार हो जाता है। फिर वे एक दिन भी उसे बाहर (मायके) भेजने में दुखी होते हैं। फिर किया क्या जा सकता था-मन मसोस कर रह जाती माँ जी। इस

बार कार्तिक ने स्वयं प्रस्ताव रखा जाने का... अच्छा तो लगा माँ जी को... लेकिन वे न भेजेंगे। यह बात कहीं न कहीं पक्के रूप में अंकित थी माँ के मन के श्यामपट्ट पर। सास-ससुर के आगे कार्तिक के पिताजी व गाँव के बुजुर्ग की ही न चली थी, कार्तिक तो अभी बच्चा है। उसके साथ भेजना तो नितांत असंभव है, यह माँ मन ही मन गणित कर चुकी थी।

सुबह से कितनी बार तो आग भभराई थी। चिचिंडे के पेड़ पर तेबारी की ओर मुँह किए कौवे ने काँव-काँव की थी कितनी बार। माँ चूल्हों पर रोटी बनाती हुई कहती किशनी से- किशनी क्या पता, आ रही होगी तेरी दीदी। क्या आज? वैसे तो मुश्किल है, लेकिन कार्तिक में बात करने का अच्छा सलीका है... क्या पता उससे प्रभावित हो भेज ही दिया हो उसके साथ। लेकिन मन पूरी तरह तो नहीं मान रहा।'

'न माँ, यदि दीदी व पिंकी न चली होती तो न इतनी बार आग भभराती न कौवा बासता और न मुझे बाडुली(हिचकी) लगती, सुबह की दो बाडुलियों पर मैंने दीदी व पिंकी के याद करने की बात की तो वे थम गईं। मुझे तो लगता है दीदी आज जरूर पहुँचेगी। भैजी जीवन के जिस भी काम में हाथ डालते हैं। उसमें उन्हें सफलताएं अवश्य देते हैं जाख देवता। बस भड्डू (कांसे घड़ेनुमा पात्र जिसमें मोटी दाल गलाई जाती है) पर त्वौर व छेमी (तुवर व राजमाँ) रख दे उबालने।'

माँ ने किशनी के विश्वास की रक्षा करते हुए दाल भिगो दी थी पकोड़े बनाने के लिए व दाल वाली अलग। सरला जब बहुत खुश होती थी तो माँ से काली दाल के पकौड़े बनवाती। आज कई साल बाद आ रही है। माँ ने भंगजिरा व काले तिल डालकर बना कर रख दिए थे पकोड़े, एक छोटी टोकरी में दूध के संदूक के अंदर। यदि उनके घर पहुँचते माँ खेतों में हुई तो किशनी चाय के साथ पकोड़े व एक-एक कटोरी में ताजा घी तो दे सकेगी उन्हें। इतने लंबे रास्ते से भूखे-प्यासे चले आए तीनों को भूख में थोड़ी राहत तो मिल ही जाएगी सीधे आकर।

माँ घास तो नीचे के पूंगों (खेतों) में काटती लेकिन बीच-बीच में ऊपर की धार में जाकर म्वौलधार तक दृष्टि दौड़ाती कि कहीं किसी किनारे उसे उसकी सरला, पिंकी व कार्तिक आता दिखे। दो-तीन बार खाली ही लौट आई थी माँ, लेकिन इस बार किशनी के कहे अनुसार अपनी सारी के बगल वाले तुंग के पेड़

के पास तीन लोग दिखे थे माँ जी को बैठे एक छोटी लड़की भी थी बस माँ को हो गया था विश्वास कि यह उसकी पिंकी ही है... सरला की बेटी... चल-चल कर कार्तिक थक गया होगा। इसलिए दीवाल में बैठ गया है।

जब उसे बिल्कुल पक्का विश्वास हो गया तो उसने अपने न्यू (कमर) बँधी ज्यूंदाल (चावल व काली दाल का मिला अनाज जिसे बच्चों के साथ कई बड़ा गदरा, नदी या घाटी पार करते ही सुरक्षा हेतु चारों दिशाओं में फेंका जाता है की मुट्ठ निकाली और अपने तीनों में आंखें बंद कर अड़ोखते (घुमाते) हुए चारों दिशाओं में फेंक दिया। जब माँ को उनके चलने पर पक्का विश्वास हो गया तो सरासर (फटाफट) घास का भारा काट गऊशाला में रखा व चल दी सीधे घर जहाँ से किशनी कूड़ा (मकान की छत) में जा-जाकर उन्हें देखने का प्रयास कर रही थी ऐड़ियां उठा-उठाकर।

जब वे पहुँचे तो आस-पास की खोली (मोहल्ले) के बच्चे पहले ही वहाँ जमा हो गए थे। सरला दी को याद हो आया कि जब बचपन में उनके पिताजी आते थे परदेश से तो चौक में घोड़ों से लदा सामान उतरता था व बच्चों की भीड़ (पूरे गाँव की) जुट जाती थी लैं-चौंणा व लम्चूस (लेमनजूस) वाली देशी मिठाई पाने के लिए इसलिए उसने थोड़ा-थोड़ा दोनों ही चीजें बच्चों को बाँटी थी।

किशनी ने फटाफट उन्हें पानी पिला चाय की केतली चूल्हे में चढ़ा दी थी। पिंकी ने दो चार मिनटों में ही किशनी मौसी से दोस्ती गाँठ ली थी व किशनी के साथ नीचे किचन में चली गई थी हाथ में बिस्कुट का पैकेट लेकर। कार्तिक ने भी जल्दी-जल्दी बैग बौन (ऊपरी कमरा) में रखा व चल पड़ा बासी भात की टोह लगाने।

माँ ने रोज की तरह लोहे की बड़ी कड़ाई पर झोली (कड़ी), छोटी कड़ाई पर हरी सब्जी उसके ऊपर छोटी कटोरी पर भुनकर काली हो रखीं मिर्चें व फूले (चावल का पीतल का पात्र) पर ढका कर भात रखा था। बहुत भूख लगी थी कार्तिक को।

बाहर सग्वाड़े (बगीचे) में एक हरी मिर्च का पेड़ झुंक (लदालद)भरा था मिर्चों से व पास में दो तीन मूलियों की जड़ें, जो माँ ने स्वयं न खाकर उनके लिए बचा रखी थीं, खूब गदरा गई थीं। कार्तिक ने दो मिर्च व एक मोटी मूली उखाड़ी थी सग्वाड़ी से व सिलोटे के पास रखी पिसे हुए नमक की हांडी में से धनिया-लहसुन मिला नमक निकाल छोटी प्लेट पर काट सलाद सी बना दी थी। इतने में बच्चों को लैंचणे (इलाइची व भुने चने) व लेमनजूस देकर सरला दी भी आ गई थी।

'भुला! मुझे भी लगी है भूख कई साल बीत गए माँ जी के हाथ का बासी भात खाए हुए। है क्या इतना बचा हुआ?

'हां बहुत है दीदी माँ ने हमारे आने की बात सोच ही शायद यह बनाया होगा हमारे लिए कि बेचारे इतनी दूर से पैदल चल-चल कर थक जाएंगे व आते ही तुरंत क्या खाएंगे।?

एक छोटी प्लेट पर पिंकी को दे दोनों भदाली (कड़ाई) में ही बैठ गए खाने जैसे कई वर्ष पहले स्कूल से लौटते हुए बैठते थे। सरला दी वैसे कौलै (कौर) मारती वैसे अपने दूसरे हाथ से कार्तिक का माथा सहलाती कहती-

'मेरा भुला, कितना बड़ा हो गया नहीं तो मैं किसके साथ आकर चखती माँ का बनाया बासी भात किशनी तू भी खा न एक दो कोली चाय माँ जी के आते ही बन जायेगी कौन सी जल्दी है। मेरी भुलि अब चूल्हे में आग जलाने लायक हो गई है सायं को माँ जी के आने तक घर में उजाला कर आग भी जलाना बड़ी बात है भुला। किशनी न होती तो यह माँजी को खुद ही तो करना पड़ता सब।'

'फिर तो मैं कर देता न दीदी किशनी! आज तो नहीं भबराई थी आग?'

'भबराई थी सुबह-सुबह जब आप लोग चले होंगे लेकिन माँजी कह रही थी रो रही होगी मेरी सरला क्योंकि चल पड़ने लगा होगा कार्तिक अकेले वे बहुत क्रूर हैं नहीं भेजेंगे सरला को कार्तिक के साथ। भुला को जाते देख रो रही होगी मुझे गालियां दे कोस रही होगी कि इतनी दूर ब्याह दिया व संत-खबर तक नहीं ली। लेकिन आग भभरानी तब भी नहीं हुई बंद फिर माँ जी कहती-

'क्या आ रही होगी तुम्हारी दीदी कार्तिक के साथ?' फिर दोनों हाथों से असमंजस की मुद्रा में हाथ करती, आग भभरानी बंद हो जाती और मैं कहती 'माँ जी भैया तैयार होकर इस वक्त पिंकी के साथ निकल पड़े हैं वे।' यह सुन सरला दी की आँखें माँ की ममता की याद कर डब-डबा जातीं। आंसू पौंछ कहती।

'आग फिर कैसे भभराती भुलि जब मैं आ ही रही थी तो' वह कह ही रही थी कि खोली में भरी पानी की गागर उतारने की आवाज़ हुई लगा कि माँ जी पहुँच गई हैं।

उन्हें बासी भात खाते देख पुराने स्कूल के दिन कैमरे की रील में एकाएक घूम गए। कितना उत्साह रहता था सरला को बासी भात का ताजा न मिले तो कोई बात नहीं लेकिन बासी न मिले तो सारा जहान सिर पर उठा देती वह। इस डर से बहुत बार माँ अधखाए ही हाथ धो लेती कि बाकी बचा भात सरला के बासी भात का काम कर लेगा।

गोरू जंगल हांककर या जंगल से लकड़ियां काटकर कार्तिक भी जब लौटता तो सबसे पहले घर पहुँचकर वह जो रसोई में ढूंढता तो वह बासी भात ही होता। पहाड़ के हर गरीब परिवार की तरह सुबह की चाय में रात की बची बासी रोटियों की बाँट पर अब कार्तिक व किशनी तथा तब सरला व कार्तिक में नोंक-झोंक हुआ ही करती थी।

[20]

शाम का भोजन हो या दोपहर का माँ को अपने बच्चों व गाँव के कुछ सामूहिक रूप से पालतू कुत्तों के लिए कुछ अलग खाना तो बासी रखने के लिए बनाना ही पड़ता। माँ साली (दूध दुहकर गऊशाला से) से तब आती, रास्ते में ऊँची-ऊँची पूंछ किए चक्कर काटती बिल्ली व रसोई के द्वार की दहलीज पर इत्मीनान से कुछ पाने की चाह में बैठे कुत्ते के लिए कुछ देना या बनाकर रखना माँ की दिनचर्या का हिस्सा ही था। किन्हीं कारणों से कभी रात की रोटी का बहुत छोटा टुकड़ा या छोटी कटोरी भर दूध-छाछ देकर माँ उन्हें वहाँ से जाने को कहती तो वे पूंछ नीची कर माँ के आदेश का अक्षरश: पालन करते। वर्षा, आंधी-तूफान हो या भीषण गर्मी अपने नियमों का उल्लंघन न कुत्ता-बिल्ली करते व न माँ ही।

माँ के कठोर आदर्शों में यह प्रमुख था। द्वार-देहरी पर रोटी या खाना माँगने आया कुत्ता व कुछ अनाज आदि माँगता भिखारी घर से बिना कुछ खाए या पाए नहीं लौटना चाहिए न हो उसकी अपेक्षाओं के अपुरूप तो कुछ और विकल्प हो लेकिन उसकी आशाओं पर किसी तरह भी आँच नहीं आनी चाहिए। इसे माँ ने ही नहीं, बच्चों ने भी लगातार बनाए ही रखा है आज तक, यह माँ बराबर नोट करती रहती।

तल्लीनता से बासी भात खाने में डूबे बच्चों को देख माँ की आँखें भर आई अपनत्व अंतरगता में भीतर तक भीग गई माँ। हाथ धोकर पिंकी नानी की चरणों में लोट-पोट हो गई। माँ जी ने साल (दूध) का डिब्बा (डोलू) एक ओर रखा व पिंकी को भली तरह से भींच लिया अपनी गोदी में कई बार भुक्की (चुंबन लिया) व उसको ऊपर से नीचे पलासा।

'जवान हो गई मेरी पिंकी मामा के साथ चल-चलकर थक गई होगी बेचारी मामा भी जिद्दी बहुत है पैदल ही गया उतनी दूर इतना बोझा

उठाकर बता रहे थे उसके दोस्त कि म्वौलधार से कोई बौडा जी मिल गए थे उसे हमने कई बार कहा उसे बस से चलने के लिए लेकिन एक न माना वह। बस तब से दो दिन से मैं सोई नहीं हूँ पता नहीं कैसे गया होगा बटा-घटा (रास्ते भर) जंगल का रास्ता। चोरों व जंगली जानवरों का डर अलग। बार-बार कोसती रही स्वयं को क्यों भेजा मैंने अपना इतना छोटा कार्तिक अकेला? उसके पिताजी तो चिट्ठियों में डांटेंगे मुझे। कहीं कुछ हो गया तो? न जाता तो सरला और एक साल बाद आ जाती जब स्थितियां अनूकूल होतीं हे जाख देवता। पांजा पर लाना मेरे बच्चे को, घर बस दिन रात यही सुमिरण करती रही तबसे?'

'जिंदगी में इतना डर गए तो माँ जी तो फिर जी ली जिंदगी। सफलता उनके हाथ लगती है माँ, जो समय से जोखिम लेना जानते हैं। साहसी इन्सान के लिए सफलताएं डर की उथली नदी के पार प्रतीक्षा करती रहती हैं। बात जोखिम ले उद्देश्य की उस नदी में उतर जाने भर की है। फिर ईश्वर मल्लाह बन उसे सफलताओं के द्वीप की ओर स्वयं ही ले जाते हैं।

उस दिन जब घर से निकला था तो बस के रास्ते जाने के लिए निकला था लेकिन मन ने पैसों की समस्या के कारण पैदल ही जाने का निर्णय ले लिया था। और मील भी नहीं चला कि म्वौलधार में ईश्वर ने बौडा जी को सहायक बना कर भेजा था।

साहस, जोखिम व आस्था की त्रिवेणी से ही कामनाओं के दीप बटोर लाना है जिंदगी। व्यर्थ की चिंता करना तो कमजोरी की निशानी है, चिंताओं के जंगल में से आशाओं के दीप बटोर लाना है जिंदगी। व्यर्थ की चिंता करने के कुछ नहीं मिलता है माँ जी जो भी मिलता है वह कुछ करने से मिलता है बस। सरला दीदी आज यहाँ है जब मैं मुसीबतों की दूरियां काट साहस कर वहाँ तक पहुँचा हूँ, और वहाँ पहुँचना संभव हो सका है इसके कारण।' कहकर कार्तिक ने अपने दोनों कंधे दिखा दिए।

यह देख माँ जी के शरीर में अजीब सी सिंहरन हुई। उसे एकाएक तीन साल पहले के अपने उस बैल की याद हो आई जिसके पहाड़ी से गिरने के कारण उसके स्थान पर छोटे बछड़े को दूसरे के साथ जुतना पड़ा था। इस सब पर बछड़े ने पीठ तो नहीं दिखाई लेकिन दो ही दिनों में उसके मासूम कंधे के फफोले फूट-फूट पड़े थे। माँ जी को लगा था कि उसने जिद्द कर कार्तिक को वहाँ भेज बहुत बड़ी भूल कर दी थी। कुछ देर बाद हिंसक बाघ से मुठभेड़ की बात सुन तो माँ की आँखों के सामने झक्क अंधेरा ही छा गया था, 'ओ हो हो

बाघ के घिच्चे (मुँह) से कैसे बचा मेरा कार्तिक? भगवान क्या करा दिया था मैंने।' कहकर माँ ने फिर दोनों हाथ जोड़ दिए थे।

'हाँ माँजी मुझे भी क्या पता था कि मेरा भाई अकेला आ रहा है उस हिंसक रास्ते वहाँ से झुंड में जाते भी डर लगता है लोगों को उस पूरे इलाके में आतंक है बाघ का दिन क्या रात-रात भी नहीं सोते लोग मशालें जला-जलाकर जागते व चिल्लाते रहते हैं लोग यह सुन मैं भी पथरा गई थी माँ कि कार्तिक कैसे बचकर आ गया मेरे पास न तुम्हें पता लगता न मुझे और कार्तिक।' कहकर दीदी ने भी जीभ बाहर निकाल कान पकड़ लिए थे।

'अरे यार! अब जो हुआ सो हुआ, छोड़ो भी इसे बच गए या ईश्वर ने बचा लिए। भला तो हो बौडा जी का जो इतनी दूर तक मुझे नए-नए रोचक किस्से सुनाते रहे आजाद हिंद फौज के सिपाही रहे बौडा जी। इस यात्रा से जितना डर लगा माँ उतना ही अच्छा भी हुआ अब मैं बड़ा होकर देश सेवा में यानी फौज में जाऊंगा अधिकारी बनकर मेरे इस निर्णय को मुहर लगा दी बौडा जी ने जीवन में प्रेरणा व साहस का पाठ भी कहीं इतनी आसानी से सीखा जाता है माँ?

अब चिंता मत करो सकुशल लौट आया हूँ इतनी लंबी यात्रा कर दीदी व भांजी को लेकर पहली बार अब क्यों नाहक चिंता करती हो? बच्चों के लिए देने के लिए कुछ है तो दे दो कुछ बाद में आए हैं उन्हें नहीं मिला कुछ।

माँ ऊपर आई तो दूसरे छलके (पारी) के उतने ही बच्चे फिर हो गए थे इकट्ठे। माँ ने लैंचणे तो दिये ही सुप्पे में च्यूड़े; तिल व चीनी मिले...वे भी दिए मुट्ठी-मुट्ठी भर। बच्चे खुश हो गए इधर किशनी गाँव में बँटने वाले पैणे के लिए डल्वणा (16 किलो के माप की बड़ी टोकरी) ले आई थी। चाय पीने के बाद गाँव का पैणा बाँट वह भी मुक्त होना चाहती थी।

सरला दी आने के बाद लौटने वाली थी। इस बार उसे नहीं जाना पड़ा। जाने क्या गजब हुआ कि पाँच-सात दिन बाद ही सरला दी के ससुर स्वयं ही पधारे उसे लेने। कोई जरूरी कार्य पड़ गया होगा अन्यथा वे नहीं थे आने वाले यह बात सरला दी के साथ माँ भी सोचती। जो पैसे दीदी के साथ बस में जाने में लगते अब उसमें कुछ और रख, दीदी के ससुराल के पैणे (गाँव भर के लिए कलेवा) के काम आ जाएंगे, कार्तिक सोचता। इस बार माँ का हाथ उतना तंग नहीं था क्रिकेट के खेल का पाँच सौ रुपयों का ठेकेदार का कार्तिक को दिया गया इनाम तो था ही कुछ और भी था यह पहली बार हुआ कि जब माँ को पैसों के लिए ज्यादा जोड़-जुगत नहीं लगानी पड़ी। अधिक चिंता माँ को अन्यथा यही रहती है कि कर्जा बिना पिछला चुकता किए, भला किससे लिया जाए।

सरला को कल जाना था इसलिए माँ जी ने पीठा (पीसे हुए भीगे चावल) व च्यूड़ों के लिए चावल भिगो दिए थे। घर के लत्ते-कपड़े का उधार खाता गाँव के पास बाजार के मार्छा (भोटिया) बौडा के पास चलता था। कुछ पैसे हुए तो पुराना चुकता कर नए सामान की अर्हता बढ़ जाती थी। अर्से (चावलों के मीठे रसगुल्लेनुमा सख्त करारे गोले) रात ही बन गए थे।

किशनी ने खौले (चौक) के किनारे की ओखली के इर्द-गिर्द की घास उखाड़कर वहाँ साफ कर चूल्हा लगा दिया था। लकड़ी झोंककर चूल्हें में डाडलू (लोहे की हैंडलनुमा कढ़ाही जिसमें भीगी हुई धन भूनी जाती है) रख दिया था। किशनी के साथ उसकी दो सहेलियां नौमी व शाकंबरी भी आ गई थीं। च्यूड़े कूटने के लिए।

माँ भूनकर घाण (निश्चित मात्रा) ओखली में डालेगी किशनी की दोनों सहेलियां गर्म-गर्म धान के दानों को 'सुप्पां-सुप्पां' कर कूटती रहेंगी व किशनी कर्छी से उन्हें (कुटे हुए च्यूड़ों को) निकाल पीतल के बड़े फूले में डालती रहेगी। मुश्किल से आधे-एक घंटे में कुट जाएंगे सारे च्यूड़े। जब कोई खोली-पड़ोस में जाते थे ससुराल तो च्यूड़े कूटने व अर्से पाथने की पक्की ड्यूटी थी सरला दी की। माँजी के साथ ओखली में चावल कूटे बहुत समय बीत गया था। फिर सरला दी ने गंज्याली (मूसल) पकड़ी व 'सुप्पां सुप्पां' कूटने लग गई।

उसे याद आया। जब वह ओखली में साटि-झंगोरा कूटने आती थी तो पास की बौडी-चाचियां भी अपने-अपने नाज कुटवाने की जिद्द उससे किया करतीं। उसको भला लगता व वह कूटती चली जाती, खुशी-खुशी फिर कोई बौडी भेली खिलाती कोई स्वालीं पकोड़ी (पूरी-पकौड़ी) फिर कहतीं- 'लाटी! जब तू ससुराल चली जाएगी तो हम बूढ़ियों को ही तो कूटना है फिर सारा नाज (अनाज)।' कोई सरला के लिए खाने के लिए कुछ देता कोई परदेसी लाए कपड़ों में से कुछ पहनने के लिए। जब वे कई दिन तक अनाज न देते तो सरला स्वयं पूछती 'बौडी! कुछ कूटने-पीसने को नहीं है क्या?' फिर दोनों-तीनों चाची-बौडियां सरला को अपने साथ घट्ट (चक्की) ले चलते अनाज पीसने।

उन्हें ओखली में च्यूड़े कूटते देख कार्तिक चला गया सड़क की ओर। उसे था कि मौके पर ठेकेदार जी उसके द्वारा कूटी गई बजरी का भी हिसाब कर दें तो माँ जी को थोड़ी सुविधा हो जाएगी। वह धार में गया। दुकान के बौन रहते थे ठेकेदार जी। उसे आता देख प्रसन्न हो बोले-

'बेटा! तुम तो उस्ताद हो यार। बड़ा मजा आया उस दिन तुम्हारा खेल

देखकर। मैं तो तुम्हें साधारण बच्चा समझता था, लेकिन गजब का खेल, खेल तुमने तबीयत खुश कर दी। यह लो तुम्हारी पगार और ये सौ रुपये और तुम्हारे इनाम के उत्तम प्रदर्शन व जीत के रलिए। 'आपने तो इनाम पहले ही दे दिया था माँ जी को।' पैर से मिट्टी कुरेदते कहा उसने।

'बेटा घबराना मत यह सड़क का काम तो कुछ दिन-महीनों में पूरा हो जाएगा लेकिन तुम मेरा घर का पता व फोन नंबर लिख लो जब भी कभी मेरी जरूरत हो पैसे की आवश्यकता हो मुझे याद करना तुम्हें कभी कोई परेशानी नहीं होगी। ये पैसे तुम तब लौटाना जब कभी तुम अपने पाँवों पर खड़े हो जाओगे, उसने पहले कोई चिंता नहीं यह बात किसी को मत बताना।' कहकर ठेकेदार जी ने कार्तिक की पीठ थपथपा दी।

वह उन्हें प्रणाम कर पैसे जेब में रख बस्किदार चला गया मार्छा बौडा से दीदी के लिए धोती लेने। वह अपनी मेहनत की पहली कमाई से दीदी को छोटा उपहार देना चाहता था।

[21]

बंज्याण (बांज का जंगल) के रास्ते जाते-जाते वह रात को सुनाई गई थकी-हारी माँ की कहानियों को याद करता जब माँ कहती थी कि ईश्वर मेहनत व सच्ची लगन से काम करने वाले के परिश्रम के एवज में किसी दूसरे अपरिचित के हृदय में उसके प्रति प्रेम, सहायता व अपनत्व के बीज बो देते हैं.. .और तब बिना कहे कोई और दूसरा तीसरा या चौथा व्यक्ति कहीं दूर से उठकर उसकी मदद के लिए आ खड़ा होता है। निस्वार्थ भलाई और ईमानदारी या फिर सच्ची मेहनत का यही होता है करिश्मा अन्यथा ठेकेदार जी पिछले चालीस वर्षों से सड़क ही बना रहे हैं व उन्हें रास्ते में काम में इस तरह के सैकड़ों गाँव व हजारों लड़के मिले होंगे।

धरती पर इतना अत्याचार, अन्याय व पाप है लेकिन तब भी सत्य, ईमान व कर्तव्य की रक्षा करने वाले मर्यादा पुरुषोत्तम को भगवान समय-समय पर धरती पर भेजते ही रहते हैं ताकि सच्चाई व धर्म की यह बेल अधर्म की क्यारी में सदा-सदा महकती रहे। उसे घबराने की सच में कोई आवश्यकता नहीं है। इजसके साथ कर्म व पुरुषार्थ का रथ रहता है वहाँ भाग्य व ईश्वर स्वयं सारथी बन उसे मंजिल तक पहुँचाने के लिए अत्यंत आत्मीयता से आ धमकते हैं।

स्कूल के रास्ते में खड़पतिया देवता है देवता क्या है एक बहुत बड़ा स्फटिक (डांग) है फटींग का जो जितना ऊपर है वह उतना ही नीचे भी है वह कब से वहाँ है कोई पता नहीं जब कार्तिक के दादा उस रास्ते स्कूल जाते थे तब भी वह वैसे ही था शांत व स्थिर, चमकता हुआ जब पिताजी गए तब भी वैसे ही और अब कार्तिक की पीढ़ी स्कूल जाती है तो वह उसी तरह धवल, निर्मल, स्वच्छ व शांत विहंसता हुआ।

समय का कलाकर उस पर एक भी धब्बा डालने का दुस्साहस नहीं कर सका है यदि उसकी धवलता को कुछ-कुछ रंगीन किया है तो वहाँ से गुजरने वाले छोटे-छोटे राहगीरों, विद्यार्थियों ने जो श्रद्धावश कभी उस पर कमेड़े (तख्ती पर लिखने वाली सफेद मिट्टी) का टीका लगा देते हैं, कभी लाल मिट्टी (घर की लिपाई वाली मिट्टी) का या फिर तीज-त्योहारों पर पिठांई (चंदन) का टीका।

बच्चों सा ही भोला व निर्मल मन है खड़पतिया देवता का कुछ नहीं माँगता बस, श्रद्धा की फूल-पत्तियां व नेह की बाती माँगता है इसलिए जो भी बच्चा वहाँ से गुजरता है तो फूल-पत्ती, हरी घास जो भी मिलती है, उसे चढ़ाता है, अपनी मन्नत, माँगता है 'आज स्कूल में मार न पड़े मेरे खड़पतिया देवता या फिर आज मेरे पिताजी आ जाएं घर, परदेस से फिर परसों पूजूंगा तुम्हें।' कहकर कोई लाल बुरांश का फूल चढ़ाता, कोई "फ्योंली का पीला फूल या फिर हरी-हरी पत्तियां। उनका विश्वास तब और गहराता जब स्कूल में पड़ने वाली मार किसी न किसी बहाने फुस्स हो जाती और शाम को चौक में भारी माल-मिठाई के साथ उसके पिताजी परदेस से आ विराजे होते।

जब उसने अपने कमाए पैसों की बात से माछरी बौडा को अवगत कराया कि वह एक अच्छी धोती-ब्लाउज दे अपनी दीदी व माँजी को आश्चर्य में डालना चाहता है अन्यथा पैसे के गणित से दुखी माँ पिछला कर्ज चुकाए बिना फिर से पगाल (उधार) कपड़े लेने के लिए विवश होगी। उसकी मेहनत, ईमानदारी व परेशानी से प्रभावित हो कहा माछरी बौडा ने...

'बेटे! तुम्हारी ईमानदारी व लगन देखकर जो भी सामान लोगे वह तुम्हें मैं आधी कीमत पर दूंगा। बताओ तुम्हारे पास कितना पैसा है?

'चार सौ बौडा जी लेकिन इसमें से कुछ खर्चा दीदी के जाने के लिए भी चाहिए सौ रुपया तब मेरे पास यानी तीन सौ रुपये हैं। अब उसमें जो भी अच्छे से अच्छा हो, आप दे दें। मैं तो सोच रहा था आधे पैसों का सामान लूं व आधे

माँजी के कर्ज वाले खाते में जमा करा दूं क्योंकि बहुत महीनों से पिताजी का मनी-आर्डर नहीं आया है बौडा जी। माँ जी इस चिंता के कारण इधर बाजार की तरफ नहीं आतीं।'

'अरे... अरे... इसमें संकोच कैसा... ब्वारी (बहू) को कहना कि इसके लिए परेशान मत होना पैसे जब होंगे तब आ जाएंगे कब नहीं आए हैं पैसे देर-सवेर से क्या फर्क पड़ता है? विश्वास बना रहना चाहिए। आज ही कहना कि कतई चिंता मत करना इस बात की।'

बौडा ने आस-पास के गाँवों के सेठ-साहूकारों के लिए रखी विशेष धोतियां, जो धोती कम व साड़ी अधिक थीं, गट्ठड़ में से दो अच्छी धोतियां निकालकर कहा-

'बेटा ये बहुत अच्छी धोतियां हैं-सुनार जी की बेटी की शादी के लिए लाया हूँ... कहने को धोतियां हैं लेकिन हैं साड़ियों जैसी सरला खूब आती थी कपड़े लेने अपनी माँ जी के साथ वह भी हमारी बेटी ही जैसी हुई, इसलिए तुम केवल सवा दो सौ रुपये ही दो।'

'तो बौडा जी पिचहत्तर रुपये माँ जी के कर्जे के खाते में जमा कर लो। कुछ तो हो जाएगा उसमें डालने के लिए बाकी जब पिताजी का मनी-आर्डर आ जाएगा या तो मैं कुछ कमा सका तब डाल देंगे उसमें।'कहकर कार्तिक ने सौ-सौ रुपये के तीन नोट बौडा जी के हाथ में थमा दिए।

बौडा ने गल्ले के पीछे रखे कंटर में से एक गेंदुड़ा गुड़ निकाला व कपड़ों की पन्नी के साथ उसे दे दिया खाने के लिए कि मजे पर खाना घर के रास्ते में जाते हुए। माछों बौडा बहुत कंजूस हैं यह बात उसने गाँव की चाची-बौडियों से सुन रखी थी कि उसकी अंगुलियों में से तो पानी भी नहीं छीरता है यानी बड़ा भारी मक्खीचूस लेकिन ये दोनों ही बातें झूठ साबित होती लगीं कार्तिक बौडा को प्रणाम कर घर लौट आया।

कार्तिक की मेहनत की पहली खरीददारी देखकर माँ जी व सरला दी बहुत खुश व आश्चर्यचकित हुईं। इतना अच्छा कपड़ा माँ जी भी न ला सकी थी आज तक। माँ जी मन ही मन सोचने लगी थी जिनके कोमल कंधों पर मुसीबतों का पहाड़ टूटने लगता है न समय से पहले उन्हें ईश्वर भी दयाकर दस-पंद्रह साल पहले ही उसका भार झेलने के लिए परिपक्व बना देते हैं भला अन्यथा कार्तिक की यह सब हिसाब-किताब करने की उम्र है?

[22]

सांय को सरला दी के जाने की तैयारी हो गई। माँ ने कई-कई कुट्यारियां (पोटलियां) बांधीं...यह फलां मौसी के लिए, यह फलां बुआ के लिए यह उन बूढ़ी सास के लिए यह पूरे गाँव के लिए। सुबह फिर नम आँखों से विदा हुई सरला दीदी। कार्तिक दूर जाकर रोया। जाने से पहले सुबह-सुबह ही कार्तिक ने पहले सरला दी को दक्षिणा दी फिर पिंकी को। पिंकी मामा का हाथ पकड़कर कभी किशनी मौसी की चुटिया पकड़कर कहती

'मामा! दादा जी को कहो न कि हम कुछ दिन और रुक जाएं यहाँ अभी तो बहुत सारी बातें करनी हैं बहुत सारे काम भी, वे सारे खेत, गदेरे (नाले) धार (ऊँची पहाड़ियां) भी देखनी हैं जिनकी माँ जब-तब बातें करती रहती है वे सब ग्राम देवता भी देखने हैं, घंडियाल, जाख, सिंघलास, बगड्वाल, नागरजा, व धरी देवी जिनके नाम खाते-सोते दिन में न जाने माँ कितनी बार लेती नहीं थकती हैं कहो न मामा।'

'तेरे दादा जी बहुत सख्त मिजाज़ के इन्सान हैं पिंकी। उन्होंने तो बड़ी बात कर दी कि तुम्हें मेरे साथ भेज दिया अन्यथा तो बहुत बार नाना जी तक खाली हाथ लौट आए थे उनसे तुम्हीं कहो लेकिन नहीं मानेंगे वे।' उनकी प्रवृत्ति का विश्लेषण करते हुए कार्तिक ने निर्णय दिया था।

दादाजी की आदतों से परिचित पिंकी को उनसे पूछने के अच्छे परिणाम न मिलने का पता था उल्टी गहरी डाँट माँ जी को भी पड़ सकती है, इस डर से उसने पूछा ही नहीं।

'बेटी। अभी जब कभी तेरी छुट्टियां होंगी तब तेरा मामा तुम्हें बुलाने आएगा। तब तक पूनी गोड़ी (माथे पर सफेद तिलक वाली गाय) भी ब्याह जाएगी फिर सब कुछ मैं दिखाऊँगी तुम्हें साथ जाकर। तुम खूब पढ़ाई करना बस। अब तो मामा बड़ा हो गया है कभी किशनी मौसी को लेकर पहुँच जाएगा तुम्हारे घर।' कहकर नानी पुकारते हुए पिंकी को अपनी छाती से लगा देती।

सरला दी कार्तिक की भावुक प्रवृत्ति को जानती थी। जब खेत-खलियान में कोई न होता तो वह खड़ीक या तिमले के पेड़ में बैठकर सरला दी की याद में खुदेड़ गीत गा-गाकर देर तक रोता। वह ससुराल जाते, कोयल सी कुहकती अपनी दीदी को नहीं देख सकता इसलिए विदा होने से बहुत पहले ही दूर चला

जाता व वहाँ से भरी-भरी आँखों से देखता रहता। माँ व सरला दीदी को जब-तब कार्तिक के छोटे में कही गई वह बात याद आती।

'माँ! ईश्वर कितने निर्दयी हैं बड़े होते ही छोटे भाइयों से उनकी प्यारी बहनें क्यों छीन लेते हैं। मैं अपनी सरला दी को जीवन भर यहीं रखूंगा। शादी नहीं करूंगा उसकी। नहीं तो मैं व माँ पिताजी कैसे रहेंगे उसके बिना? क्या बेटी का जीवन केवल रोने व रुलाने के लिए ही होता है माँ?'

कार्तिक अलग तरह का लड़का है, यह माँ जी के साथ-साथ सरला दी भी जानती है। वह सभी से निश्चल प्रेम करता है ढौंग व प्रदर्शन से उसे चिढ़ है। हृदय में उमड़े प्रेम के अभाव में वह नकलीपन से किसी के चरण स्पर्श करना ढौंग ही समझता है? बेमन चरण-स्पर्श करने का लाभ क्या है भला? अपनों से तो हृदय से होती हैं बातें आँसुओं से टपकता है स्नेह परिवार ही तो ऐसा बनाया है ईश्वर ने जहाँ तुम केवल प्रेम व अपनत्व की भाषा हृदय के चश्मे से पढ़, समझ व समझा सकते हो अपनों के लिए प्रेम दया व आदर का ज्वार हृदय व आँखों में उमड़ना चाहिए। हाथ पांव छूकर या जोड़कर इसे नहीं दिखाया जाना चाहिए मैं तो अपनों का कभी चरण स्पर्श नहीं करूंगा। आप हृदय, के चश्मे से पहचानों कि मेरे मन में तुम्हारे प्रति कितना प्रेम संचित है।

'बेटा यह दुनिया दिखावटी है। हम हृदय चीरकर अपने भीतर के सत्य व अपनत्व को किसी को दिखा नहीं सकते। और न वे प्रभु राम की तरह ही अंतर्यामी हैं जो अपने भक्त हनुमान के हृदय में उमड़ते प्रेम व भक्ति के ज्वार को मन ही मन भांप जाते हों। इसलिए यह दुनिया उसी को सच मानती है जो वह आँखों से देखती है व कानों से सुनती है।

आपके मन में क्या है यह कौन जान सकता है? लेकिन चरण स्पर्श करने या प्रेम न होने पर भी सुंदर शब्दों में उसका बखान करने मात्र से ही इस दुनिया के लोग गदगद हो जाते हैं बेटा इसलिए इस ढौंगी दुनिया में ढौंग करना उतना ही जरूरी हो गया है। 'माँ समझाने का प्रयास करती।

'माँ इस बात से मैं बिल्कुल भी सहमत नहीं हूँ बाहर की दुनिया तो दूर। यहाँ तो घर में भी ढौंग व दिखावा करना होता है झूठे प्रेम का। भला अपनत्व, प्रेम, दया व भक्ति में प्रदर्शन कैसा? वह भी क्या माँ है...क्या पिता.. या भाई-बहन हैं...जो एक दूसरे के हृदय व आँखों की भाषा को नहीं समझ सकते...जो परिवार संसार की सी हरकतें कर संसार के लोगों की सी अपेक्षाएं रखता है। वह परिवार भला परिवार कैसा? वह तो बाजार है जहाँ आपको सामान

लेने या माँगने के लिए पैसा दिखाना या देना पड़ता है। अब तो परिवार बाजार व संबंधी दूकानदार हो गए हैं माँ जी जो स्वार्थों व लेन-देन की ही भाषा जानते हैं मात्र। ऐसे परिवार व रिश्तेदारों से तौबा... तौबा...।' कह कार्तिक कान पकड़ लेता।

'अरे बेटा! वैसे तो तुमने सच ही कहा है ऐसा ही है संसार। सुना नहीं शाकुंभरी दीदी के बारे में अपनी कई पुत्रियों के बाद रात भर एक टांग पर खड़े रहे थे दोनों पति-पत्नी पुत्र की चाह में। अब जब वही पुत्र बड़ा हुआ आज उसी से दूध, राशन, बिजली, पानी व खाने रहने का एक-एक पैसा वसूलते हैं दोनों पति-पत्नी वह सारी श्रद्धा, वात्सल्य व प्रेम कहाँ गया? दोनों पति-पत्नी की पेन्शन है। बस बटोरने व संग्रह करने पर लगे हैं दोनों एक सीरियलों व टी.वी. देखने में डूबी रहती है दिन-रात दूसरे, यू-ट्यूब फेसबुक व फोन की दुनिया में डूबे। पोतियां खेलने के लिए आती हैं उनके पास, डरा-धमका के भगा देते हैं न कोई अनुराग न स्नेह ऐसे बणिए दादा-दादी व माता-पिता का बनावटी प्रेम किस काम का? जो अपनों के साथ-साथ पाई-पाई का हिसाब करें व दिन-रात बैंक पड़े रहें अपने बच्चे, बहू व पोते-पोतियां प्रेम व वात्सल्य पाने के लिए तरस जाएं...फिर क्या अर्थ है उनके जिंदा रहने का? कल बदले में क्या मिलेगा उन्हें? कैसे याद करेंगे उन्हें बच्चे इस सौतिया व्यवहार के बाद अपने बचपन बीतने के बाद?

पिंकी के दादा जी सामान का पिठ्वा ले खोली (सीढ़ी) से चौक में उतरे नीचे अंदर के कमरे, तेबारी के भीतर सरला दी तैयार हो भावुक होने लगती गाँव की ताई-चाचियां मुट्ठी में मरोड़कर दक्षिणा देतीं। देवत्वी कोठड़ी का दीपक मंद-मंद मुस्काता रहता। बौडी कहती।

'जा लाटी जा... जाणै च... यै रीत च.. दूर जाण बाबा... जल्दी पेट... भ्वल्का फेर औली... खुदाण... नी..., पांजा पर रौलु त तेरा बाबा औला त्वे फेर बेदण... जा बाबा जा।' (जाओ बेटी जाओ... जाना ही है... यही रीत है... दूर जाना है बेटी... जल्दी चल पड़ो... कल ही फिर आएगी... याद में रोना नहीं... राजी खुशी रहे तो तेरे पिताजी आएंगे तुझे फिर बुलाने... जाओ बेटी... जाओ) कहकर बौडी भेंटती (गले लगाती रो-रोकर)... कार्तिक भरी आँखों स्मृतियों के घूंट निगल दीदी की ओर देखता गालों पर लुढ़क आए आंसू मन की बात कह देते वह हाथ जोड़ दौड़कर ऊपर उन राहों पर चला जाता... जहाँ से दूर तक सरला दी रोती-रोती विदा होती दिखाई देती। साथ में पीछे-पीछे उसकी अपनी सहेलियों व परिजनों का हुजूम भी।

स्मृतियों का ऊफान इतना तीव्र होता कि सरला दी जोर-जोर से कुहकने लगती देवत्वी की कोठड़ी में सिर रखती आँसुओं की झड़ी में मानों अपने पिताजी व घरबार की राजी-खुशी की फरियाद करती... तेबारी में लगी दादा-दादी की फोटुओं को देखती... चौक के इधर-उधर गाँव की पंदेरियों घसेरियों को देखती रो-रोकर वातावरण गुंजा देती... कार्तिक ऊपर की धार में आंसू बहाता। लौट-लौट कर सरला दी उसे देखती कुहकती गला भर-भर आता सबका जो साथ में जातीं सखी-सहेलियां, चाची-ताइयां और एक मुकाम पर बिलखती-बिलखती विदा होती सरला दीदी।

माँ घंटों तक वहाँ बैठी रहती जब तक वह दिखनी ओझल न हो जाती आँखों से, स्कूल की परीक्षाओं के लिए कुछ दिन रह गए थे। इस बार परीक्षाएं अगस्त्यमुनि में होनी थी। पिताजी इस बीच अपनी बीमारी के चलते कोई खर्चा-पानी नहीं भेज सके थे लेकिन कार्तिक ने अपनी परीक्षाओं के खर्च से लेकर घर में माँ जी व किशनी के खर्च तक का सारा प्रबंध पूर्व ही में कर रखा था... यहाँ तक कि सरला दी को बुलाने से लेकर भेजने तक का सारा खर्च भी कार्तिक ने ही जुटाया था।

[23]

इस संसार में आये हुए हर बच्चे व प्राणी का अपना प्रारब्ध व सुख-दुख होता है। ईश्वर संभवतया जीव के पिछले कर्मों के अनुरूप यह निर्धरित करते होंगे, यह बात कभी-कभी कार्तिक के मन में आती थी, लेकिन दु:खी परिस्थितियों में कोई हमेशा दु:खी ही रहे, इस बात से वह कभी भी सहमत नहीं होता था।

वह दु:ख से जूझ रहे बालक के जीवन को झाड़-झंकाड़ में उग आए उस दुर्लभ पौधों के समान मानता था जो विपरीत परिस्थितियों में भी उनके बीच अलग पहचान बनाकर दूर-दूर के मुसाफिरों, सौंदर्य प्रेमियों का ध्यान अपनी ओर खींचता था जबकि सुख-संपन्नता में पनप रहे बालकों का जीवन उन गमले के पौधों की तरह था जो नितांत अपने नकली मालिक की दया-दृष्टि पर जीने को बाध्य होते हैं। उसे हँसी आती जब पंजाब से आए उसके हम उम्र साथी की मम्मी देर तक चद्दर तान कर सोए हुए अपने बेटे को जागते हुए कहती-

'ननु उठो बेटा... आठ बज गए हैं... हाथ-मुँह धो लो... दादी ने नाश्ता तैयार कर लिया है... जरा फ्रेश हो जाओ जल्दी...।'

'कितने पैसे दोगी... शौच जाने के कितने... व नहाने के कितने?'

'कल ही जितने'... माँ उसके समर्थन में कहती।

'यहाँ तो टॉयलेट भी दूर जाना है... व नहाने के लिए भी अलग...फिर यहाँ के रेट तो वहाँ के रेट से अलग होने चाहिए... न।'

'चलो दुगुना कर देंगे फिर... कल से... बस... अब तो उठो जल्दी-जल्दी...।'

कार्तिक इस संवाद का गणित न समझता। जब तक उसकी माँ उसे कई-कई शर्तों पर उठाने का जतन करती तब तक गाँव में कार्तिक व उसके हम उम्र बच्चे नए दिन के कई कार्य कर चुके होते हैं। लेकिन पंजाब से आई बच्चे की माँ से जब वह ज्ञात हुआ कि प्रत्येक दिन बिस्तर से उठने, टॉयलेट जाने व नहाने के लिए उसके साथ पैसों का सौदा करना पड़ता है व वह तब मानता है जब उसके कहे अनुसार बात बनती अन्यथा वह स्कूल के समय तक भी न तो नहाता है, न फ्रेश होता है... यह सुन कार्तिक व गाँव के दूसरे बच्चों व लोगों के आश्चर्य की सीमा न रहती। लेकिन यह सौ प्रतिशत सत्य था, यह कार्तिक को उस लड़के की माँ ने बताया था।

जो इतने बचपन से माता-पिता की बैशाखी से चलने के आदि हो जाते हैं ऐसे पंगु बालक जीवन की हर लड़ाई में निर्णय या परिणाम पर पहुँचने से पूर्व ही पराजित हो जाते हैं, यह कार्तिक व्यक्तिगत तौर पर सोचता। वह बार-बार ईश्वर का धन्यवाद करता जो उसने उसे ऐसी परिस्थितियां उपहार में दी थीं। जिन्होंने उसे एक परिश्रमशील व आत्मनिर्भर बालक बनाया था। जिसे नितांत अपने पैरों पर खड़ा होकर ही जीवन का सुख मिलता था।

मानव जीवन में आकर सब कुछ ठीक-ठाक होने पर पराश्रित होना पंगुता के साथ-साथ ईश्वर के प्रति भी अन्याय है जिसका दंड कहीं न कहीं फिर ईश्वर ब्याज समेत वसूलते हैं, यह कार्तिक लगातार सोचता।

मन व देह के इस घोड़े को आवश्यक छूट मिली नहीं कि वह जीवन के विकास रथ को कहीं भी दुर्घटनाग्रस्त कर जीवन के सपनों को कभी-भी चकना-चूर कर सकता है। इसलिए ऐसे बिगड़ैल घोड़े पर बड़ों का नियंत्रण जरूरी है।

स्कूल में परीक्षा के शिलए जाने वाले विद्यार्थियों ने सामल (राशन-पानी) अथवा रुपये जमा कर दिए थे। स्कूल की ओर से एक रसोइए का प्रबंध किया गया था जो इतने दिनों तक वहाँ उनके खाने-पीने की व्यवस्था करेगा। उसकी दिहाड़ी व खाना स्कूल के परीक्षार्थियों के राशन व पैसों में ही किया जाना था।

वह (रसोइया) दो-चार दिनों से लगातार चंद्रापुरी के रास्ते पैदल अगस्तमुनि जाता और व्यवस्था देख आता सामान व कमरे की। यद्यपि साथ में विद्यालय के प्राध्यापक भी रहेंगे फिर भी उनका मुख्य जिम्मा व भोजन-व्यवस्था का मुख्य प्रबंध दीप सिंह रसोइए के ही पास था।

जाने वाले दिन भी सभी विद्यार्थियों के साथ उनके भाई-पिताजी व गार्जन गए। लेकिन कार्तिक के साथ कौन जाता। माँजी ने बहुत जिद्द की थी उसे अगस्त्यमुनि छोड़कर आने के लिए लेकिन खर्च की समस्या व घरेलू कामकाज के एकाएक अस्त-व्यस्त हो जाने के कारण कार्तिक ने माँ जी को बिल्कुल मना कर दिया था। वह जानता था माँ जी के एक दिन जाने का मतलब, घर-गृहस्थी व मवेशियों के संपूर्ण टाइम-टेबल का गडबड़ा जाना कौन मवेशियों को सानी-पानी करेगा व कौन खेत खलिहान से लेकर, घर तक के कार्य को सुनियोजित तरीके से देख पाएगा।

वैसे भी परीक्षा हॉल में तो स्वयं ही जाना है भीतर बाहर तक का साथ भी भला क्या साथ? खुद ही जूझना है अच्छे या बुरे से दूसरों को भला इससे क्या देना-लेना? बाहर के लिए तो उसके साथ उसके सहपाठी व गुरुजन हैं भीतर का साथी तो हैं उसकी पुस्तकें व ज्ञान इनके चलते फिर कहाँ है समय नाहक इधर-उधर घूमने अथवा परेशान होने का।

दो दिन पहले ही विद्यार्थी अपनी-अपनी पीठों में अपनी-अपनी किताबें लेकर ऐसे चल पड़े जैसे सीजन के घोड़ों की तरह वे भी बद्री-केदार की तीर्थयात्रा करने निकल पड़े हों। पीठ पर पिठ्वा रखे विद्यार्थी गुरूजी के निर्देशन में एक पूरी बटालियन की तरह लग रहे थे जो पूरे उत्साह के साथ उनके पीछे-पीछे बतियाते हँसते चलते जा रहे थे।

एक बड़े हॉल में विद्यार्थियों के बिस्तर बिछे हुए थे। उनके बिल्कुल पीछे सटी हुई रसोई थी जो शिबू रसोइए ने तिरपाल तान कर व एक-दो बड़े मेज फैलाकर बनाई थी। पेपर होने के बाद विद्यार्थी किताबें लेकर मैदान में पेड़ों की छाया में चले जाते। रात को समय से गुरूजी सबको सुला देते ताकि वे सुबह ही उठ सकें। जब सब सो जाते व हॉल की लाइट बंद कर दी जाती तो कार्तिक चुपचाप दियासलाई झाड़ अपना लैंप जला लेता व देर रात तक अपनी तैयारी करता रहता। सुबह जंगल आदि तथा गंगास्नान के लिए जाते हुए गुरुजन व रसोइया बड़ी निगरानी से उन्हें गंगा तट (मंदाकिनी) ले जाते व वापस लाते।

परीक्षा देकर कमरे पर लौटते तो आधे से अधिक विद्यार्थियों के माता-पिता व गार्जन उनके लिए कुछ न कुछ खाने की वस्तुएं लेकर आये होते। कार्तिक किसी को न आया देखकर दु:खी न होता। उसे अपनी माँ के कहे शब्द याद आते। जिसको मिलने-देखने वाला कोई नहीं होता बेटा उसके साथ ईश्वर स्वयं रहते हैं छुप-छुपकर शक्ति, सुख व प्रेरणा बनकर।

बाजार भ्रमण के दौरान सारे विद्यार्थी अपने मन-पसंद की चीज़े खा रहे होते तो कार्तिक भी उनका साथ देने के लिए शरद लाला की दुकान से एक प्लेट काले छोले ले लेता। इससे अधिक खर्च वह चाहते हुए भी न कर सकता।

परीक्षाओं के पंद्रह-बीस दिन तुरत-फुरत ही कट गए। पेपर बहुत अच्छे हुए व एक दिन वे सभी गाँव लौट आए। दूसरे विद्यार्थियों के लिए तो अब छुट्टियां कहाँ व कैसे बिताई जाएं, मुख्य सोच-विचार का विषय था लेकिन कार्तिक के लिए इन छुट्टियों में एक तो अगले आधे वर्ष तक के लिए अपने किशनी व घर के लिए खर्चे का जोड़-जुगत करना तथा कहीं न कहीं अगली परीक्षा पास कर चुके विद्यार्थियों से अपने लिए पुरानी पुस्तकें हासिल करना दो बड़े उद्देश्य थे।

यही नहीं, अपने दो नव सिखुए बछड़ों को भी उसे हल के बैल बनाना है, इन्हीं छुट्टियों में। और यदि वे ठीक-ठीक प्रशिक्षित होकर हल चलाना सीख गए तो उनमें से एक जोड़ी बेच व माँ जी के लिए भैंस खरीदने का जुगाड़ बना सकता है। भैंस के आ जाने पर उनके ऊपर पड़ने वाला आर्थिक दबाव बस लगभग आधा या उससे कम ही रह जाएगा।

गाँव के कुछ साथी अपने-अपने पिताओं या बड़े भाइयों के पास परदेस (समतल) में चले गए थे छुट्टियां बिताने व आगे की पढ़ाई का कार्यक्रम बनाने। कुछ ने छुट्टियों को दस-दस, पाँच-पाँच दिन अपने ननिहाल, मामाजी व बुआओं के पास बांटने का टाइम टेबल निर्धरित कर दिया था।

कार्तिक का भी मन था कि वह भी एक चक्कर पिताजी के स्वास्थ्य की संत-खबर (देखभाल) कर आए परदेस जाकर जिससे माँ जी को भी तसल्ली हो जाएगी व स्वयं उसे भी। लेकिन समस्या फिर खर्च व समय की थी। इन डेढ़-दो माहों की छुट्टियों में वह यदि अपने साल भर से लटके पड़े (पेंडिंग) कामों को निपटा दे तो अगले आधे साल तक उसे निश्चिंत हो पढ़ाई करने का समय मिल सकता है।

[24]

गाँव में जिनकी स्थिति अच्छी थी उन्होंने अपने सभी सीढ़ीनुमा खेतों के परे-पगारे (खेत के टूटे हिस्सों की मरम्मत) लगवा लिए थे मजदूर-मिस्त्री बुलवाकर। लेकिन आर्थिक तंगी के कारण कार्तिक के अच्छे-अच्छे खेतों के किनारे भी टूट-टूट कर आधे रह गए थे। लोगों ने टूटे परे (हिस्से) के सारे पत्थर अपने खेतों के किनारे लगा दिये थे। यह देख-रेख माँ का शरीर झूरता (मन अत्यंत दुखी होता) जा रहा था, लेकिन चाहते हुए भी कोई रास्ता कहीं से सूझता न था। एक दिन सुबह गऊशाला से दूध दुहकर लौटी माँ से चूल्हे पर आग जलाते हुए कहा था कार्तिक ने-

'माँ जी! छुट्टियों में इधर-उधर घूमने तो वे लोग जाते हैं, जो खुशनसीब होते हैं। जिन पर ईश्वर की कृपा होती है। हमारे जैसे फूटे कर्मों वालों को तो परेशानियों के दल-दल में रेंगने के अलावा करने-धरने को बाकी बचा ही क्या है? सोचता हूँ कि इन छुट्टियों में यदि आपका स्वास्थ्य साथ दे तो मैं व आप सारे खेतों के परे (टूटे पुश्तों) की मरम्मत कर दें। ताकि उनमें अच्छा अनाज पैदा हो सके व हमारी कुछ परेशानियां अनाज बेचकर या न्यार-घास (सूखा व हरा घास) बेचकर कुछ कम हो जाएं।

'बेटा! ईश्वर के इस संसार में इतना दुःखी होने का काम नहीं। उद्यमी पुरुष निराशाओं व दुःख-परेशानियों के जंगल में भी आशा की पगडंडियां ढूंढते हैं और अपने लक्ष्यों तक पहुँचने में सफल होते हैं, परिस्थितियों से मारे हुए लोगों पर ईश्वर की दया-दृष्टि का विशेष हाथ होता है बेटा। बस उनमें धैर्य बंधाए हुए अपने अटल लक्ष्य तक पहुँचने का जज्बा होना चाहिए।

परेशानियों का पहाड़, ईश्वर व समय अपने अति आत्मीय पर ही बरसाता है। इसलिए सोने को शुद्ध होने के लिए इन परिस्थितियों से गुजरना ही होता है। कभी-कभी जिन्हें हम परेशानियां व कष्ट समझते हैं, उन्हीं के भीतर हमारे सुनहरे भविष्य का शिशु हिंडोले खेल रहा होता है। इस संसार में ईश्वर की कोई भी रचना व सृष्टि निरर्थक नहीं होती, रची हुई।'

'माँ जी आप तो गजब की व्यास हो मेरे गुरूजी कहते थे कि अनपढ़ व पवित्र हृदय सम्राज्ञी माँओं के पास अनुभव व ज्ञान का वह अकूत खजाना दिया होता है ईश्वर का जिसे खोजकर या पढ़-पढ़ कर भी दूसरा व्यक्ति प्राप्त नहीं कर सकता। तुम भी उसी तरह ज्ञानी हो माँ। अब मैं प्रण करता हूँ माँ ऐसे निराशा

के भाव कभी जीवन में आने नहीं दूंगा। जीवन का हर क्षेत्र प्रतिस्पर्धा का खुला मैदान है। जहाँ भविष्य व ईश्वर आपके पौरुष व साहस की परीक्षा लेने के लिए सदैव तत्पर रहता है, हमें मंजे हुए खिलाड़ी की तरह जीवन का गेम खेलना चाहिए। पेरे लगाने का मेरा सुझाव कैसा है माँ?

'बिल्कुल सही है बेटा सफलताओं की पर्वत-चोटी पर पहुंचने के लिए परेशानियों की उबड़-खाबड़ घाटियां पार करनी ही होती हैं। तब दुख, कष्ट व रुकावटें कोई अर्थ नहीं रखतीं, जब तुम सबके सामने अपने लक्ष्य का ध्वज सबसे ऊँची चोटी पर फहरा जाते हो फिर दोस्त या दुश्मन दर्शकों के पास सिवाय आपके स्वागत में तालियां बजाने के कुछ रह ही नहीं जाता।'

माँ कार्तिक के सुनहरे जीवन के गुब्बारे में अनायास भर आई निराशा की हवा को ऐसे निकाल देती कि उसे पता भी न चलता। प्राय: निराशा के क्षणों में आशादीप बनकर चलता है कार्तिक माँ के साथ लेकिन जब कभी स्वयं ही निराशाओं के भंवर में आ फँसता है तो फिर माँ को साहसी, प्रेरक समर्थ शिक्षक व मनोचिकित्सक बनकर उसके भीतर उग आई गलतफहमी व दुर्बलताओं की झाड़ियों को जड़मूल उखाड़ फेंकना पड़ता है। फिर दूसरे ही क्षण वह भरे हुए गैस सिलिंडर की तरह जीवन-ऊर्जा से परिपूर्ण हो कह बैठता है:-

'माँ जी निराशाओं व गलतफहमियों के दागों को इतनी सफाई से निकाल फेंकने की महारत हमारे स्कूल के शिक्षकों में भी नहीं है। आपमें यह कहाँ से आई है माँ? वह सब तो पढ़ने-लिखने वालों में आती है माँ। वास्तव में अपने बालकों व राष्ट्र को महान बनाने में प्रेरक माँओं का ही हाथ होता है न माँ 'नहीं बेटा मैं समर्थ व प्रेरक माँ होती तो अपने मासूम बच्चे के कोमल कंधें पर घर-गृहस्थी का इतना बड़ा भार न डालती। उसे बस पढ़ने व जीवन में आगे बढ़ने का वातावरण व अवसर देती लेकिन मैं तो जो कर रही हूँ। सिवा इसके कुछ कर सकने की स्थिति में ही नहीं हूँ।' माँ का चेहरा लाचारी से मायूस हो जाता।

'कमल का फूल कीचड़ में ही खिलता है न माँ जीवन के चौराहे में प्रतिकूल हवाएं जीवन रूपी पेड़ को ऐसी स्थितियों में जीने की हिम्मत व साहस देती हैं आप ही तो कहती थीं कि ईश्वर की हर रचना लाभकारी होती है। स्थितियों परिस्थितियों की रचना भी तो वही करते हैं, और उससे निकलने के मार्ग की सोच-समझ व हिम्मत भी वही देते हैं। मनुष्य को तो केवल एक ईमानदार सैनिक की तरह अपने हथियारों से जीवन की लड़ाई लड़ते चले जाना

है। हार-जीत तो बस उसके हाथ में ही रहती है।' कहकर कार्तिक माँ जी के पकाए भोजन को तीन थालियों पर यानी माँ जी, अपने लिए व छोटी भुलि किशनी के लिए रख देता।

बहुत बार माँ जी उनके बीच रहते हुए भी उनके बीच नहीं रहती। सोचती है तो सोचती ही चली जाती है। एकटक व लगातार जैसे विचार तंद्रा में गहरे डूब जाती है। बहुत गहरे जहाँ से वह स्वयं को उनसे जोड़ नहीं पाती। बच्चे बोलते चले जाते हैं...माँ न 'ना' कहती है न 'हां' ही... बस ठुड्डी पर अंगुली लगाए जाने क्या सोचती चली जाती है। फिर किशनी कंधों से झकझोरती हुई कहती है।

'माँ जी हम भी बैठे हैं आपके सामने आपके अपने ही बच्चे हमारा भी ध्यान रखो।' कहकर माँ एकाएक आँखों की पोरो में भर आए पानी को धोती के पल्लू से साफ कर आँखों को मसलती हुए दोनों हाथ ऊपर को तानकर फैलाती हुई गोया मन के तार को स्वप्नलोक के मीटर से निकाल घर गृहस्थी के स्विच पर लगाती हुई कहतीं-

'हाँ... बताओ... तो अच्छा हम क्या कह रहे थे। कहाँ जाने की तैयारी 'बस, आज से पेरों का काम पूरा करना है माँ जी हर दिन एक या दो पेरे लगाने जरूरी हैं एक बार पेरे ढंग से लग जाएंगे तो खेतों का पुश्ता फिर हिलाए नहीं हिलता। मैं सब्बल व ओडगी (बड़ी टोकरी) ले आया हूँ आप फरवा व कुदाल ले आओ। गाँव के सबसे नीचे की ओर से करेंगे पेरा लगाना, व छुट्टियां समाप्त होने व रिजल्ट आने तक सब कर दूंगा पूरा।' कहकर वह बोडगी हाथ में व सब्बल कंधों पर उठा लेता।

उसे जाने को तैयार देख खोली (सीढ़ी की बगल) में बैठा डब्बू भी अपने दोनों आगे के पांव फैलाकर अपना पूरा शरीर तान लेता गोया कि कहीं लड़ाई में जाने वाले रंगरूट की तरह स्वयं को तैयार कर रहा हो। उसका मन भी तसल्ली से छज्जे में तभी लेटने को करता है, जब तक पूरा सारी (खेतों) का चक्कर लगाकर घर नहीं आ जाता।

[25]

दिन खुशी से बीतते जाते चिंताओं में भी। जब भी चिंताएं माँ के मानस पटल को छूने लगतीं माँ उनसे विमुख हो कुछ ऐसे प्रसंगों को छेड़ देतीं जिन्हें याद कर निराशाएं वहां रुकने का भी साहस न कर पातीं। लक्ष्य व काम की व्यस्तताओं

में घिरे हुए दिन तेज घूमती समय की चर्खी की तरह कब बारह-बारह घंटों का चक्कर काट देते पता ही न चलता। हर दिन के बाद थकी हारी माँ, कार्तिक व किशनी जब दिन भर की उपलब्धियों का लेखा-जोखा करते तो उन्हें बहुत सुख मिलता, व वह ये भी गणित करते कि उन्होंने कितना पैसा-रुपया बचाया है।

वर्षों से जिन खेतों के डीप (किनारे) व मध्य भाग में पड़े पेरों की मरम्मत का काम तंगहाली के कारण संभव न हो सका था, तथा इसके कारण टूटे हुए हिस्सों में जो अनाज की क्षति हो रही थी, वह एकाएक इस बार कार्तिक के साहस व सद्प्रयास से स्थिति सुधार गई थी। जब खेत अनाज व सुंदर मेंड़ों से सुसज्जित हों तो वह नई-नवेली दुल्हन की तरह सबको सुंदर व मन-भावन लगता है, माँ के इस विचार की सत्यता कार्तिक को अपने सुधारे हुए खेतों को देख लगता। जब माँ जी के साथ दिन भर मेहनत कर मिट्टी में सना कार्तिक संध्या को घर लौट रहा होता तो गाँव के बड़े-बूढ़े व्यंग्य-वाणों की बौछार करने से न चूकते।

'बीमारी से जूझता पिता तो गाँव के दर्शन नहीं करता और तू पढ़ाई-लिखाई छोड़ मजदूर-किसान ही बन गया है कैसे होगा तेरा जीवन ठीक? यह सब छोड़ अपनी पढ़ाई में मन लगा नहीं तो आज के जमाने में कौन पूछता है तेरे जैसे गरीब-गुरबों के बच्चों को। और फिर तुझे खेती किसानी ही पकड़नी है तो गाँव में सबका हल पकड़ थोड़ा-थोड़ा सबसे कुछ मिलेगा। तो तब तो पाल सकेगी तुम्हारी माँ तुम्हारा पेट।

स्यूराज बौडा के इन व्यंग्य-वाणों को बुरा नहीं माना था कार्तिक ने बड़ी विनम्रता से कहा था।

'बौडा जी प्रकृति माँ में बहुत ताकत है, जिसको उसकी मिट्टी की गंध से प्यार है। वह जीवन में कभी भी हार नहीं खा सकता; भूखा नहीं रह सकता, व दुखी नहीं रह सकता, मैं पढ़ाई तो करता ही हूँ, छुट्टियों में यह काम करता हूँ। गरीब सुदामाओं को भी जब भगवान कृष्णनुमा हितैषी मित्रों का सान्निध्य व साथ मिलता है तो बेड़ा पार होते देर नहीं लगती बौडा जी। प्रकृति एक समय, मौसम व ऋतु में अनेक फल-फूल व अनाज उगाती है, तो मैं भी एक साथ कई काम क्यों नहीं कर सकता? एक दिन देखना बौडा... इन मिट्टी सने हाथों से अपनी माटी का नाम रौशन कर दिखाऊंगा, हो सकता है यह सब देखने के लिए तब तक आप रहो न रहो।'

बुलंद हौसले / 103

'अरे इतनी परेशानियों में भी ख़्वाब ऊँचे ही देख रहा है। देखें, वक्त क्या गुल खिलाता है?' बौडा ने दूसरा तीर छोड़ा।

'सच्ची मिट्टी के अपनत्व में पला-बड़ा ख़्वाब का पौधा ऊँचे आकाश की ओर ही जाता है बौडाजी... मेरे रुकते व हारते हुए साहसी पांवों को निरंतर ऊर्जा व शक्ति प्रदान करते रहेंगे आपके यह शब्द। समय, परिश्रम व ईश्वर ने जो गुल खिलाने होते हैं, उन्हें कोई रोक नहीं सकता बौडा जी... न आप... न दूसरा... न कोई तीसरा व न मैं ही।'

तभी गाँव के नीचे उकाल (चढ़ाई) काटकर आ रहे पोस्टमैन ने आवाज लगाई कार्तिक की माँ जी को...

'ब्वारी (बहू)! मिठाई खिलाओ... कार्तिक पूरे जिले में प्रथम आया है। यह देखो अखबार में उसकी फोटू छपी है।' कार्तिक ने फटाफट कंधे का मिट्टी सना सब्बल व हाथ का वोड्गा (बड़ी टोकरी) नीचे रख दोनों हाथों से सिर के बाल रगड़े व ऐड़ियां उठाकर दो खेत नीचे तिमले के पेड़ की ओट में डाक का थैला खोल रहे पोस्टमैन को देखा। तब तक माँ जी उसके दिए अखबार को लेकर संकरे रास्ते से ऊपर आ गई थी।

कार्तिक ने देखना चाहा। उसे अपनी प्रथम श्रेणी आने का तो विश्वास था लेकिन पूरे जिले में प्रथम आने की बात सुन संदेह हो रहा था। माँ जी कार्तिक को अखबार की फोटू दिखा रही थी कि हैरान-परेशान शिवराज बौडा सच्चाई जानने की नीयत से वहाँ आ धमके। हिलते हुए सिर से आश्चर्य भरी मुद्रा में बोले-

'आनंदू की ब्वारी (पत्नी)! जरा दिखाओ तो कितनी सच है। पोस्टमैन की बात? ये कुछ दान-दक्षिणा पाने के लिए भी बोलते रहते हैं झूठमूठ। सरकारी तनख़्वाह के साथ-साथ ऐसे कामों में भी भोत (बहुत) पैसे बनाते हैं ये पोस्टमैन लोग। दस पर्सेन्ट पर तो मनी-आर्डर सौंपते हैं पाने वाले को किसी की खास चिट्ठी-रजिस्ट्री हो तो उसकी चीर-फाड़ पहले कर के रख लेते हैं। अगर सच है कार्तिक के फस्ट आने की बात तो फिर यह जरूर कर सकता है। गाँव व परिवार का नाम ऊँचा, अभी तक तो मैं इसे निरी गप्प ही मान रहा था उसकी।'

'मेरा कार्तिक गप नहीं मारता ज्यठज्यू (जेठ जी)। परिवार में गरीब जरूर है लेकिन बड़ा ईमानदार व पाक साफ है मेरा बेटा। वह दूसरों की तरह जुबान नहीं लड़ाता किसी से। जब दस बातें अच्छी होती हैं तो दो बातें बताता है, वह भी संकोच करते हुए। किसी दूसरों की तरह वह तिल का ताड़ नहीं बनाता बल्कि

ताड़ को तिल मानते हुए अपने काम से मतलब रखता है। डाकखाने वाले भी झूठ क्यों बोलेंगे हमारी चिट्ठियां तो हमेशा ही देते हैं वे संभालकर। यह देखो जी अखबार।' माँ जी ने उन्हें अखबार दिखाते हुए कहाँ

'मैं तो समझ रहा था कि आज के छोटे-छोटे बच्चे भी बीड़ी-सुल्फा पीकर नशे में रहते हैं। नशा करते हुए आदमी क्या-क्या बक जाता है। पता नहीं चलता। इसलिए मुझे शराबी-जुआरी व नशेड़ी लोगों व बच्चों की बातों का विश्वास नहीं होता, वे कुछ भी बकते-बोलते रहते हैं। लेकिन कार्तिक ने तो सच में गाँव का व हम सबका नाम रौशन कर दिया है... शाबास बेटा... शाबास...।' कहकर बौडा ने अपनी पुरानी फतोई (जैकेट) की जेब में से बिल्कुल बीड़ीनुमा बटा हुआ, दस रुपये का नोट उसके हाथ में देकर उसकी पीठ थपथपा दी।

'इसकी जरूरत नहीं है बौडा जी बडे बुजुर्गों की दयादृष्टि चाहिए। जो नोट से कई गुना बढ़कर होती है। कागज के नोट तो समय की हवा में उड़कर या खा पीकर खत्म हो जाते हैं लेकिन बड़ों की दुआएं व आशीर्वाद मार्गदर्शक बन जीवन को दूर तक अच्छे मार्ग की ओर ले जाने में सहायक होते हैं। बिना दुआओं के दवा भी कहाँ असर करती है बौडा जी?'

'अरे चुप कर रख ले। मैं तो अच्छे-अच्छों को नहीं देता ईनाम अब मन में लहर आई है तो ले लो। मन में ऐसे भाव कभी-कभार ही आते हैं। अब मुझे विश्वास हो गया कि जरूर तुम जीवन में कुछ कर लोगे। जो कुछ कर नहीं सकते वे बस बोलते ही रहते हैं मेरी तरह, और जो कुछ करना जानते हैं वे बोलने के साथ करना भी जानते हैं तेरी तरह। सच को किसी प्रमाण की आवश्यकता नहीं होती। बेटा।' दुबारा पीठ थपथपाई बौडा ने।

कार्तिक ने सेवा लगाई बौडा जी को। वास्तव में बहुत अक्खड़ (निर्मम) किस्म के इन्सान हैं बौडा जी अच्छे कार्य में भी बुराई ढूंढने वाले, अच्छे-अच्छे प्रयासों को हतोत्साहित करने वाले भले से भले कार्य में भी मीन-मेख निकालने वाले। उनके मुँह से ऐसे शब्द सुनना किसी बड़े प्रमाण पत्र से कम नहीं है किसी के लिए भी।

घर पहुँचा कार्तिक तो स्कूल के कुछ अध्यापकगण व जिला मुख्यालय से कुछ पत्रकार लोग आए थे। वे कार्तिक के मेहनतकश व्यक्तित्व से बहुत प्रभावित हुए। बहुत साल बाद कालेज के किसी विद्यार्थी ने जिला मुख्यालय में प्रथम आ राज्य की मैरिट लिस्ट में कालेज का नाम ऊँचा किया था। इससे कार्तिक को खुशी तो हुई थी। लेकिन जो बड़ी खुशी थी वह यह कि अगले वर्ष से उसे

छात्रवृत्ति मिलेगी, हो सकता है पुस्तकें व अन्य कुछ दूसरी सुविधाएं भी। अब उसे अपने लिए नहीं बल्कि किशनी व माँ जी के लिए कुछ कमाने की आवश्यकता पड़ेगी जिसे वह जैसे-तैसे कर नियंत्रित कर ही लेगा।

इसी बीच कई अखबारों में फोटो सहित समाचार छपा था उसका, माँ जी घर-घर में बधाई देने वालों को चाय बना-बनाकर थक गई थी। लेकिन खुशी के अवसरों पर माँ जी ईश्वर को धन्यवाद देती न थकती कि यदि उनकी कृपा व कार्तिक की मेहनत से यह नौबत न आती तो कोई उसके घर पर कभी भी क्यों आता। गर्दिश के दिनों में कौन व कब किसने सुध ली है उनकी? उल्टे व्यंग्य-बाणों की बौछार कर जले पर नमक-मिर्च छिड़कने का ही काम किया है अधिकांशों ने।

इससे पहले कि माँ कार्तिक को अपने पिताजी को चिट्ठी में पूरे जिले में प्रथम आने के समाचार लिखने को कहती कार्तिक ने गंभीरता से लिखा पत्र व उसमें रखी अखबारों की कतरने पढ़कर सुनाई। माँ को भी लगा कि यह समाचार पाकर जरूर उनका रुग्ण पिताजी का तन व मन बल्लियों उछल जाएगा। यदि इस बीच धन की अनुकूलता हुई तो वह भी स्वयं एक चक्कर लगा आएगा गाँव के किसी आने-जाने वाले के साथ पिताजी के स्वास्थ्य की देखरेख भी हो जाएगी और माँ जी का चित भी शांत हो जाएगा। कार्तिक खुशी-खुशी डाकखाने जाकर पिताजी के लिए लिखी चिट्ठी डाक पेटी में डाल आया।

गहरा सूकून मिला माँ जी को कि पिताजी समाचार पढ़ेंगे तो बहुत प्रसन्न होंगे उन्हें बल भी मिलेगा व विश्वास भी कि अब उनका कार्तिक अवश्य जीवन में कुछ बड़ा जरूर बनकर दिखाएगा। वैसे भी बचपन से ही कार्तिक की आदतें पिताजी को ही नहीं बल्कि हर देखने-भांपने वाले को बहुत प्रभावित करतीं जो उनके मुख से उसके भावी जीवन की भविष्यवाणी करने में सहायक होतीं। माँ जी भीतर तक पसीज जाती यह सब सुनकर, उतनी बार हाथ जोड़ आँखें बंद कर ईश्वर का धन्यवाद करती कि आगे भी इसी प्रकार रखना दयादृष्टि।

[26]

डाकखाने से जल्दी लौटा कार्तिक तो घर में कोई नहीं था केवल डब्बू पास के छज्जे के किनारे चारों हाथ-पांव फैलाकर पसरा हुआ था। दरवाजे की खट-पट को सुन उसने अपने सिर देखने की दृष्टि से ऊपर उठाया। फिर अपने कार्तिक

को आया देख फिर धड़ाम से उसी मुद्रा में पसर गया, जोर की अंगड़ाई ली और निश्चिंत हो फैलकर आंखें बंद कर सो गया।

आज कार्तिक का मन हुआ कि माँ जी व किशनी के आने तक वह ही खाना बना कर रख दे। थकी-थकाई माँ जी व किशनी आएंगी तो उसके बनाए भोजन को देख बहुत प्रसन्न होंगे। पतीले में भिगोए भट्ट (काले छोटे सोयाबीननुमा) निकाले कार्तिक ने और उन्हें सिलोटे (सिल बट्टे) में पीसने लगा। वह कार्य पुरुषों के लिए पहाड़ से भी ऊँचा व कठोर लगता है जिसे महिलाएं व लड़कियां बहुत सहज तरीके से निपटा दिया करती हैं।

वह जितनी बार पीसता, भट्ट के दाने इधर-उधर विदकते जाते गोया उससे पिसना उनको पसंद ही न हो। बहुत मेहनत करने के बाद उसने मसेटा (भीगी दाल की पीसी हुई पिट्ठी) एक बड़े कटोरे में रखा। कंटर में से कटोरी से नापकर चावल निकाले, दोनों चूल्हो में भट्वाणी व भात रखा उबलने के लिए स्वयं चला गया साली (गऊशाला) की छोटी की छोटी क्यारी से हरी सब्जी व मिर्च लेने। माँ जी व किशनी के आने तक उसने रसोई साफ कर सब कुछ व्यवस्थित कर ढक कर रख दिया।

माँ जी को तड़के की सुगंध से ही भोजन बनने का आभास हो गया कि सब कुछ काम करता था कार्तिक अब भात बनाने में भी प्रवीण हो गया, यह जान माँ जी को भला लगा। किशनी तो लड़की है उसे तो यह आना ही चाहिए लेकिन कार्तिक को भी आ गया तो सोने में सुहागा हुआ।

किशनी को भात बनाना, ओखली में चावल कूटना, जंद्रा (पत्थर की छोटी चक्की) में अनाज पीसना, चूल्हा-चौका करना मोल-माटे (गोबर-मिट्टी) से बाहर-भीतर लीपना, घास काटना किसी ने विशेष प्रशिक्षण देकर नहीं सिखाया। सब कुछ समय व परिस्थितियां सिखातीं रहीं उसे सहज रूप से या फिर उसकी जिज्ञासा हर नए काम को उत्साह से सीखने की। माँ जी उस दिन बहुत नाराज़ हुई किशनी पर, जब वह दूर पंदेरे से बड़ा भारी बंठा (गागर) भर कर सिर में उठा लाई जिसे माँ आज तक सिवाय कंडी (पीठ पर रखने वाली बड़ी टोकरीनुमा) के कभी स्वयं न ला सकी सिर पर। बहुत गुस्से में चिल्लाई-

'छ्वोरी! क्यों लाई इतना भारी बंठा सिर में? रास्ते में कहीं लोट-लमड (गिर-गिरा) जाती, बाली (मृदुल) उमर है, बढ़ने वाली, कीट (बोझ से दबना) कर बौणी हो जाएगी, फिर कौन आएगा मंगण्यां ऐसी बौणी का? आज के बाद मत ले जाना इस बंठे को भी कभी पंदेरा मर जाएगी। शादी के पहले साल ले

गई थी इसे ऐसी अकड़ पड़ी मौण (गर्दन में चनका) में कि महीने तक आसमान की ओर नहीं देख सकी।' माँ जी को बीच में ही टोक दिया कार्तिक ने—

'क्यों नाहक परेशान होती हो आप? जो कार्य जिज्ञासावश सहज रूप में किया जाता है। उसको बोझा नहीं समझते। जब तन ने, मन ने स्वीकृति दी होगी तभी तो लाई है उठाकर। उठाने की ताकत ही न होती तो कहाँ से लाती सिर, क्या पीठ पर भी? आपके पहलवान बच्चे समय से पहले बड़े हो रहे हैं आपकी सहायता के लिए। इसमें भला गुस्से की क्या बात है। आज तो किशनी को इनाम मिलना चाहिए था माँ कुछ।' कहकर कार्तिक ने शाबासी में किशनी की पीठ ठोकी व ढूंढ-ढांढ कर पेंट की चोर जेब में पड़ा मुड़ा हुआ बीस रुपये का नोट-पुरस्कार के रूप में उसके हाथों में थमा दिया। माँ जी भीतर ही भीतर कुछ सोचकर बस मुस्कराती रह गई।

कार्तिक कभी भी लड़की या लड़का होने का भेदभाव नहीं करता। जब कभी किशनी को घास या गायों के साथ जंगल से लौटने में देर हो जाती तो वह बिसगौण (कूटने के लिए रखा अनाज) निकाल ओखली में चला जाता है कूटने। सुप्पे पर बूसा रख वह पहले हाथ से ओखली के पानी को इधर-उधर फेंकता है, फिर भूसे (बूसे) से गीली ओखली को सुखाता है। ओखली में छटणा (गोलाकार में दोनों ओर से खुला टोकरीनुमा जिससे कूटते हुए अनाज ओखली से बाहर नहीं गिरता) लगाकर वह दोनों ओर दो सुप्पे लगाकर सुप्पां-सुप्पां कर कूटने लग जाता है जोर-जोर से।

उसको कूटते हुए देख जहाँ चौक से गुजरती महिलाएं आश्चर्य में आंखें तरेर मुस्कराती हुए आगे निकल जाती हैं, वहीं उसके हम उम्र दोस्त उसे लोड्या बेक (ऐसा लड़का जो लड़कियों की सी हरकत करता है) कहते हैं। लेकिन उसको कुछ भी बुरा नहीं लगता। बुरा लगता है तो किशनी को जब वह जंगल से घर आती है। नाज कूटते अपने भाई को देख वह मन से दुखी होती कहती है—

'भैजी, यह कूटने का काम लड़कियों का होता है। यह आप न किया करो लड़के व गाँव वाले नाम रखते हैं। मुझे लगता है किशनी मर गई है क्या? – जो मेरे भैजी कूट रहे हैं।' वह उससे गंज्याली छीन लेती।

'देख भुलि, दुनिया की कभी भी परवाह न करना वह क्या कहती है, काम लड़की व लड़कों का नहीं होता काम, काम होता है इस संसार में स्त्री हो या पुरुष सब एक दूसरे की मदद के लिए ही पैदा किए हैं ईश्वर ने। कोई भी काम कर के कोई छोटा थोड़े ही हो जाता है। एक दूसरे की मदद करने में संकोच नहीं, गर्व व प्रसन्नता होनी चाहिए भुलि।'

माँ जी ने पहले थोड़ा चावल, भट्वाणी व एक तिरणी (तृण) सब्जी ठौ (चूल्हे की बगल में चौकोर जगह) में रखी। किसी भी वक्त का भोजन प्रारंभ करने से पहले माँ यह करना कभी भी न भूलती। माँ जी मानती थी कि इस संसार के संपूर्ण अन्न पर सर्वप्रथम ईश्वर व पूर्वजों का अधिकार होता है। इसलिए प्रसाद रूप में बने हुए अन्न को उन्हें चढ़ाना माँजी का अटूट नियम है। सभी की थालियों पर खाना परोसा व स्वयं एक कौर चखा तो वहाँ से उठ गई माँ जी, कार्तिक ने सोचा कुछ त्रुटि हो गई उससे, जिज्ञासावश कहा-

'माँ जी ठीक नहीं बना खाना क्या?'

'नहीं बेटा, बहुत अच्छा बना है लेकिन मेरी ही तरह तुम भी नमक डालना भूल गए हो। यह मुझसे अक्सर होता था जब कोई घर में विशेष मेहमान आता था तो या तो दाल-सब्जी में नमक डालना भूल जाती या फिर चाय या दूध में चीनी डालना। फिर तुम्हारे पिताजी खूब गुर्राते थे मुझ पर मैं कहती यह सब जान बूझ कर थोड़े ही किया है मैंने भूलवश हो गया सब। लगी-लगाई थालियां या गिलास फिर दुबारा उठाने पड़ते।' माँ जी ने यह बात कह थोड़ा-थोड़ा नमक उनकी थालियों व बाकी सब्जी व दाल की कड़ाही में भी डाल दिया।

अभी वे खाना खा ही रहे थे कि शाका (शाकंबरी) बौडी (ताई) आ गई डेहली में। कार्तिक के बनाए भोजन की बात सुन बहुत खुश हुई व स्वाद लेने के लिए थोड़ा सा प्लेट पर माँगा अपने लिए। खा-पीकर जब हाथ धोए तो बोली धीमी फुस्फुसाहट के स्वर में कार्तिक की माँ जी से-

'अरे भुलि इनका पिता तबसे असुखी (अस्वस्थ्य) है। कुछ गौणे-पुछै (तांत्रिकों से पुछवाना) क्यों नहीं कर रहे हो, हो सकता है किसी ने कुछ कर रखा हो उल्टा सीधा। आखिर तब से क्यों नहीं हो रहा वो ठीक, एक उचाणा (लाल कपड़े पर दाल-चावल व पैसे रख मनौती मान पोटली बांध कर रखना) रख कि अगर ठीक हो जाएगा इसका पिता तो असूज में एक बाखरा (बकरा) मार देना। जब दवाई असर नहीं कर रही है तो जरूर कोई ऐसा-वैसा चक्कर है जो बिना पूजे नहीं तूसेगा (संतुष्ट होगा) अब जीवन बचाने के लिए क्या-क्या नहीं करते लोग परसों भीमपुर गाँव के सेठ जी के लड़कों ने बंबई व पंजाब से आकर बागि (भैंसा) व तीन बाखरे मारे हैं गदेरे (बड़े नाले) में पूरे दो-तीन गाँवों के लिए दावत थी। मैं तो कहती हूँ भुलि एक बाखरा काट दोगे तो रंगा-चंगा हो जाएगा इसका पिता मेरा कहा विधाता को लेख मान तू भुलि।' बौडी ने पक्के विश्वास में तर्जनी व अंगूठा उठाते हुए कहाँ।

माँ जी शाका बौडी की बातों को सुन कुछ गंभीर भी हो गई व भावुक भी। बहुत कुछ ठीक व सही लग रहा था उसका कहाँ शाका दीदी कोई दुश्मन तो है नहीं उनकी जब-तब कुछ अच्छी ही सलाह देती है उनके लिए। लोग तो उसे लड़वाने वाली बिचौलिया कहते हैं लेकिन उसने किसी के लिए कुछ कहने की बात नहीं की है, अपने लिए सोचने व कुछ करने की बात कही है। माँ जी के मन में भीज गई (भा गई) शाका बौडी की बातें। उचाणे उसने पहले भी रखे हैं कई बार। काकर के दार पर बंधे पाँच-चार लाल गेड़े (छोटी पोटलियां)जो धुएँ से काली पड़ गई हैं बिल्कुल यही वाली हैं लेकिन उनसे भी कोई चमत्कारी सुधार तो दिखाई नहीं दिया था कार्तिक के पिताजी की सेहत में। बौडी गई तो कार्तिक ने कहा-

'माँ जी, ईश्वर के यहाँ से जो जितना सुख-दुख, उम्र व लेखा-जोखा लिखा के लाया है-न उससे जीवन ज्यादा हो सकता है न कम। भला दूसरे जीवों की जीवन लीला समाप्त कर हमारा जीवन लंबा कैसे हो सकता है? इन सब अंधविश्वासों में पड़ने की जरूरत नहीं हैं ईमानदारी, संघर्ष व कर्म से बढ़कर औषधि व उपचार इस जीवन के लिए दूसरा नहीं है। ईश्वर का स्मरण करते हुए सकारात्मक कर्म ही करने चाहिए केवल।'

नहीं बेटा करने से क्या नहीं होता? हो सकता है दीदी से ईश्वर ने यह कहलवाया हो हमें थोड़ा प्रयास तो करना चाहिए।'

'माँ जी, अपने-अपने खेतों में जितना अन्न कमा कर घर में रख दिया था पिछले साल क्या वह पाँच या दस क्विंटल गेहूँ या चावल पूजा या पाठ करने से बीस-पच्चीस या पचास क्विंटल हो सकता है? हां यह तो संभव है कि हम इस बार खेती में मेहनत कर अच्छा खाद-पानी डाल, पिछली उपज से कुछ अधिक उगा सकें ठीक इसी तरह हमारे पिछले जन्मों के किए गए कर्म भी हैं। उनमें परिवर्तन संभव नहीं। उनका सुफल या कुफल ही केवल भोग सकते हैं हम। जब यह सब करने से होना कुछ नहीं तो फिर जीवों की हत्या कर उनके इस महापाप के भागी अनावश्यक क्यों बनें हम? इस संसार में जो भी आया है माँ जी उसे मरना ही है लाखों हजारों को जीवन देने व दुःख बीमारियों से प्राण बचाने वाले डॉक्टर को भी मृत्यु के सम्मुख हथियार डाल देने पड़ते हैं। इसलिए मन में अहिंसक विचार रख हम ईश्वर से पिताजी के स्वस्थ होने की प्रार्थना करें बहुत बार दुआएं दवाओं से ज्यादा असरदार होती हैं माँ जी। अपने संभावित सुखों के लिए किन्हीं जीवों को घोर दुःख पहुँचाने का हमें कोई अधिकार नहीं है माँ

जी। ईश्वर नहीं माँगते बलि आदमी का अंधविश्वास व अज्ञान उसे यह सब करने के लिए उकसाता है। शाखा बौडी ने अपनत्व से जो सुझाव दिया है, उसे बस सुझाव ही समझकर भूल जाएं, ईश्वर के निर्णय से बड़ा कुछ नहीं होता माँ जी।

कार्तिक की तर्कपूर्ण बातों को सुनकर माँ जी का मन कुछ आश्वस्त होता व यह बात मन के किसी कोने में घर कर जाती कि अपने लिए किसी का जीवन समाप्त करना पाप ही नहीं, महापाप भी है।

कार्तिक को पिताजी को धैर्य वाला पत्र लिखने के लिए कहा कि 'घर पैसे भेजने की आवश्यकता नहीं है केवल और केवल अपने स्वास्थ्य का ध्यान रखें। इलाज करवाएं घर में पैसे व सुविधाएं होती तो वे सब देखते इलाज के लिए कुछ कर्जा भी, यदि जरूरत हो तो, वह भेज सकती हैं। गाँव पड़ोस से उधार लेकर। लेकिन सब कुछ छोड़ अपने स्वास्थ्य का ध्यान रखना।'

पत्र पढ़कर माँ जी को सुनाया कार्तिक ने। अंत में उसमें किशनी ने भी लिखीं दो चार पंक्तियां। पत्र डाकखाने में डालकर घर लौटा कार्तिक तो रास्ते भर सोचता रहा कि कितना अच्छा होता यदि वह अपने पिताजी की मदद के लिए शहर ही चला जाता, वहाँ पैसे कमाने के अवसर भी इससे अधिक होते व पिताजी की देखरेख भी हो जाती।

लेकिन फिर गृहस्थी की गाड़ी अकेले बिना किसी आर्थिक आधार के कैसे खींचेंगी माँ जी? वह है जब तक घर में। तो माँ जी चेतन है जब टूटने को होती है, तो उसके विचारों की खुराक माँ जी को पुनर्जीवन दे फिर से जीवन से लोहा लेने के लिए तैयार करती है। न हो वह तो माँजी भी कब के हाथ खड़े कर पकड़ दे बिस्तर। दो-तीन साल बाद तो जाना ही जाना है बाहर कुछ पढ़ने कमाने व पाने के लिए।

[27]

अच्छाई व सद्विचारों की एक अकेली नाजुक बेल को एक ही साथ दबोच लेते हैं विपरीत स्थितियों व परेशानियों के कई-कई पहाड़। फिर ऊपर मुँह निकालने के लिए एक अलग चक्रव्यूह का संघर्ष शुरू हो जाता है। जब भी वह कुछ अच्छा करने या सोचने को कदम बढ़ाने को होता है तो विपरीत स्थितियों के कैंकड़े लगातार उसके पावों से चिपट उसे नीचे और नीचे व पीछे-पीछे धकेलते व खींचते चले जाते हैं। इसके बावजूद भी वह इस ईश्वरीय अदृष्ट

सत्ता को बार-बार प्रणाम करता है, जो निराशाओं के भंवर में भी निरंतर उसके हाथों में आशा की मशाल पकड़ा ऊँचे मंसूबों की ओर बढ़ने का साहस, धैर्य व सामर्थ्य प्रदान करता रहता है। कई-कई बार सोचता कार्तिक।

माँ जाने आज क्यों खेत व गऊशाला से जल्दी आ गई। अन्यथा माँ खेतों की निराई-गुड़ाई से लेकर घास काटने व सांझ को मवेशियों को घास-पात की व्यवस्था कर गऊशाला के द्वार बंद कर ही घर आती। माँ को घर आया देख पास माल्टे के पेड़ की छाव में चटाई बिछाकर बैठा हुआ पढ़ रहा कार्तिक व रोने की आवाज़ निकालता डब्बू माँ के पास जा पहुँचे।

डब्बू माँ के पास जाकर दो-तीन बार रोया। ऐसे रोने की आवाज़ डब्बू की आज तक नहीं सुनी थी किसी ने अन्यथा तो वह प्रेम व खेल-खेल में भी गुर्राता व भौंकता है। उसके भौंकने व गुर्राने की आवाज़ इतनी दमदार होती है कि आस-पास की खोली में घूम रहे आवारा कुत्ते पूंछ पिछली टांगों के नीचे दुबका भागने को होते हैं। लेकिन आज डब्बू की ऐसी आवाज सुन कार्तिक को भी विस्मय हुआ! माँ जी के पास जाकर आश्चर्य की मुद्रा में कार्तिक ने पूछा- 'माँ जी आज इतनी जल्दी क्यों लौट आए आप? आपकी तबीयत तो ठीक है न? मवेशियों के घास पात व गऊशाला के द्वार तो मैं बंद कर आऊँगा। लेकिन सब ठीक तो है न माँ?'

'हां बेटा, है तो सब ठीक लेकिन आज जाने क्या हुआ, गुड़ाई करने गई तो मेरी कुदाल ही न चली, जैसे किसी ने मेरे हाथ बांध दिए हों। फिर वह छोड़ घास काटने चली गई अभी एक मुट्ठ भी नहीं काटी थी कि आँखों के आगे अँधेरा छा गया अचानक मुझे लगा जैसे मुझे कोई उठा रहा है, न मेरे हाथों की दराती चली, न मेरे हाथ उठे कुछ करने के लिए, जब मन बहुत उदास हो गया। तो सिवाय घर आने के कोई चारा ही न बचा मेरे पास फिर जस का तस खेत में ही छोड़ कर आई घर। ऐसा जीवन में पहली बार हुआ सब। पता नहीं बेटे तेरे पिताजी का स्वास्थ्य कैसा होगा?'

'माँ चिंता मत करो ईश्वर के दरबार से जो निर्णय आते हैं, वह मनुष्य की भलाई ही के लिए होते हैं सदैव जीवन की नदी में घबराकर नहीं माँ जी साहस से कूदने पर ही इससे पार पाया जा सकता है। क्योंकि हम जब कुछ भी करने की स्थिति में नहीं हैं तो धैर्य और सहनशीलता को आभूषण धारण करने में ही कल्याण है। गरीबी व असमर्थता, उमंग व उत्साह की रीढ़ तोड़ कर रख देती है

माँ अन्यथा कब का और कितनी बार जाकर मैं पिताजी की खबरसार कर उन्हें अपने साथ घर भी ले आता। लेकिन इस कल्पना को सच व यथार्थ में बदलना भी तो हमारे लिए सपनों ही की तरह है। अब आप निश्चिंत हो लेट जाओ, मैं कुछ ओट (शिकंजी) बनाता हूँ आपके लिए।'

माँ पहली बार असहाय बच्चे की तरह लेट गई बौन व छज्जे के बीच दरी में। जब भी माँ बीमार होती तो चारों ओर से सिर व कमर बांध लेती साफे से, लेकिन कोई भी काम अधूरा न छोड़ती शाम को बिस्तर में जाने तक। लेकिन आज माँ की यह असहायता कार्तिक को माँ की सहनशीलता की हदों को तोड़ती दिखी जो माँ अपनी सुध-बुध भूल गई।

माँ जी ने ओट पिया। कार्तिक ने माथे पर बामनुमा मल्लहम मला व माँ जी फिर कुहनियों में सिर रख लेट गई। डब्बू माँ जी के पैरों की ओर छज्जे की तरफ पसर गया, आँखें आश्चर्य से माँ जी की ओर किए हुए। कार्तिक वैसे अपनी किताब के पन्ने पलटता रहा वैसे ही हल्के-हल्के अपनी अंगुलियों की पोरों से माँ जी के माथे पर मालिस करता रहा।

कनपटी के साथ वाली दोनों ओर की ही नसें बहुत जोरों से फटक रही थी। यह प्राय: तब होता था जब माँ जी को बहुत तेज मुंडारा (सिर दर्द) होता था। लेकिन ऐसी नौबत कभी दस-बारह सालों में एकाध बार आई हो, उसे व स्वयं माँ जी को भी याद नहीं।

कुछ देर बाद माँ जी को कुछ हलकापन लगा तो उठकर कहने लगी- 'बेटा, चाय बनाती हूँ तेरे लिए थक गया होगा तब से किशनी नहीं आई अभी घास से..? स्वयं घी में रोटी खा और ठौ में बची रोटी डब्बू को भी दे।' माँ जी ने चेहरे पर आए पसीने को साफे से पोंछते कहा-

'खाना-पीना खाया तो सरसरी हवा चलने लगती है! जब खेतों में काम करते हुए या जंगल में घास काटते हुए या फिर चीड़ के जंगलों में यह चलती है तो उड़ जाने का मन करता है आकाश में मंद-मंद हवा के झौंकों के साथ आदमी तो बस मन में सोच कर रह जाते हैं लेकिन परिंदे अपना घौंसला छोड़ पहले ऊपर तक उड़ अकेले जा नीचे तक डुबकियां लगाते हैं। वह फिर झुंड में आकाश में कलाबाजियां खा कहीं दूर निकल जाते हैं, हवा को चीरते हुए।

एक विशेष प्रकार का सिमस्याट पानी की गाड की तरह चौंका देता है सबको द्रुतगति से खगदल के पंखों की फड़फड़ाहट से निकलता हुआ। हवा के मंद-मंद झौंकों की भीनी-भीनी स्मृतियों की गंध स्वयं ही डुबो देने के लिए बाध्य कर देती

है। फिर अनायास ही फूट पड़ते हैं ऊँची-ऊँची पहाड़ियों के पास घास काटती घसियारियों के कोमलकंठों से दर्द की स्वर लहरियां बिखेरते संगीत जो कुछ ही पलों में मन के गुब्बार को धरती माँ के आंचल में छितरा देता है यत्र-तत्र-सर्वत्र।

ऐसे में यदि जंगल में हो तो चीड़ के पेड़ों पर व यदि गऊशाला में हो तो खड़ीक के पेड़ की दुशाख के बीच दोनों ओर पैर लटका कर डूब कर गाता है कार्तिक। वह क्या व क्यों गाता है, वह यह तो नहीं जानता लेकिन जो भी गाता है गहरे डूब कर गाता है, उस समय उसे असीमित आनंद आता है।

दिन भर खेतों में घास के लिए भटकी किशनी थक-थकाकर आते ही, वहीं पर बिछी चटाई में पसर कर गुर्राने लगी थी। उसके तेज खर्राटों से माँ को उसकी थकान का अनुमान ज्ञात हो रहा था। कार्तिक चौकले (लकड़ी की बैठने के लिए बनाई चौकी) में बैठकर दोनों घुटनों को हाथों में लपेट पीठ दिवार पर सटाए माँ जी से बतिया रहा था। माँ जी चूल्हे की राख से छोटे-छोटे बर्तनों को पीतल की बड़ी परात में माँज कर पानी से साफ कर रही थी।

माँ जी इतनी कुशलता से परात में बर्तन साफ करती है कि बूँद भर पानी भी नीचे लाल मिट्टी के लिपे फर्श में नहीं गिरता! सारे छोटे बर्तन धुल जाने पर माँ परात के गंदे पानी को बाहर रखी बाल्टी में पलटती है। फिर वहाँ से साफ कर परात धो उस पानी को पास के गौंडा (छोटा गंदा नाला) में बहा (गिरा) आती है।

फिर चूल्हे की राख निकाल, पूरे कमरे में झाड़ू लगाकर लाल मिट्टी से लिपाई करना माँ जी का रोज का काम है। यह बात अलग है कि किशनी माँ जी को यह सब करने का मौका केवल अपनी चरम थकान के मौके पर ही देती है, अन्यथा वह स्वयं ही रसोई को चकाचक किए रहती है।

[28]

जब कोई काम नहीं होता तो कार्तिक को भी उबासी आने लगती है बल्कि जब माँ अपने काम व बातों के बीच में कुछ विराम कर देती है तो एकाध ऊंघ (झपकी) भी आ जाती है उसे। किशनी व कार्तिक को बाहर फर्श में आने की बात कह माँ स्वयं लाल मिट्टी से कमरे को लीपने लगती। किशनी वहाँ से उठ बौन चली गई कुछ पल विश्राम करने व कार्तिक पास ही में डेली के दाई ओर बैठे डब्बू की लटों में से अट्टू (चिपकने व चूसने वाला कीट) ढूंढ-ढूंढ कर निकालने लगा।

'कार्तिक-कार्तिक की आवाज़ सुन वह सकपकाया वह किसी और की नहीं बल्कि पोस्टमैन चाचा की आवाज थी। कार्तिक ने सोचा कि आज वह स्वयं घर तक आए हैं जरूर पिताजी का मनी-आर्डर आया होगा। अन्यथा वह चिट्ठी से लेकर रजिस्ट्री तक भी गाँव के आने-जाने वाले बुजुर्ग या स्कूली बच्चों के हाथ पकड़ा देते हैं। लेकिन आज पोस्टमैन चाचा की आवाज में वह लठैतपन न था, कुछ और ही सी आवाज़ थी दबी-दबाई।

वह दौड़कर अंदर से पैन ले आया कि जरूर वह मनी-आर्डर प्राप्त करने के हस्ताक्षर करवाएंगे। लेकिन उनके पास पहुँचते ही उन्होंने धीमी व सहमी हुई आवाज़ में कहा-'आज मनी-आर्डर नहीं बेटा... बुरी खबर लेकर आया हूँ.. तेरे पिताजी नहीं रहे बेटा... विधि का विधान है बेटा... व जीव का दाना... पानी... जब पूरा हुआ तो लाख जतन करो।' 'पिताजी... पिताजी।' कह एक जोर की आवाज़ निकाले वह पोस्ट मैन पर ही पसर गया।

यह सुन दौड़-दौड़ कर आई किशनी, अधमाँजे बर्तनों को छोड़ माँ जी भी... इधर-उधर से पास-पड़ोसी भी... कोहराम मच गया... सारे लोग इकट्ठे हो गए... माँ जी व किशनी ने मुँह फाड़-फाड़कर सारा आसमान सिर पर उठा लिया... सबको पकड़कर ऊपर ले गए बौन के बाहर के फर्श पर। कुछ ने अंदर से निकाल कर दरियां बिछा दीं। माँ व किशनी केश बिखराए परदेस की ओर जाने वाले रास्ते की ओर देखते-देखते माथा पीटते रहे। माँ जी को होश न रही, कौन सामने है और कौन नहीं। कहाँ धोती का पल्लू गया। कब बाल खुले। बस चिल्लाती विलापती रही।

'मुझे भी ले जाते साथ-मुझे क्यों छोड़ दिया यहाँ अकेला कहते थे। जरूर ठीक होकर आऊंगा। मैं कल ही अपने कार्तिक को फौज का अफसर बनाऊंगा। फौज का बना दिया फौज का अफसर... हाय राम... कमर टूट गई उसकी... उजड़ गई मेरी गृहस्थी... इसीलिए लिया था जन्म इस धरती पर... दु:ख... दु:ख और दु:ख... हाय विधाता... हम सबको भी ले जाते साथ... अब कौन है यहाँ हमारा? हाय... राम... हे कृष्ण।' माँ जी बच्चों की तरह दोनों हाथ नीचे रख धरती पर माथा पटकती जाती।

कार्तिक घुटनों में सिर रखे आँसू बहाता जा रहा था। किशनी की रो रोकर गले की आवाज़ न निकलती थी। बीच-बीच में माँ जी फिर बिलख जाती, 'तभी कह रही थी मैं आज क्या असगुन हो गया है, मेरे हाथ धरती पर क्यों नहीं लग रहे हैं। क्यों बार-बार दराती व कुदाल मेरे हाथों से छूटती चली जा रही है? यह

सब जो छूटना था। सब कुछ यहीं रह गया। कैसे चले गए बिना बताए। बिना मुँह दिखाए, अब कैसे काटूंगी जिंदगी अकेली... किसके सहारे? सब कुछ लुट गया मेरा... उ ठा लो... उठा लो मुझे भी अपने साथ।'

'बहू... धीरज रखो... अब जो होना था हो गया... प्रभु की लीला है... जाने वाले को कौन रोक सका है? तुम ऐसा करोगी तो बच्चे किसके सहारे रहेंगे। अब कमर कसो। अब जिसने यह किया है। वह आगे का रास्ता भी सुधारेगा। कौन रहा है यहाँ जीवित सदा-सदा। कोई राजा, रंक, फकीर कोई नहीं सबको जाना है। जिसका वक्त आ गया। उसे जाना ही है। संसार के सारे वैभव छोड़कर राजमहल तक सब यहीं रह जाते हैं।

अब मन पक्का करो... जो चला गया... चला गया... अब इन बच्चों को संभालो... मन छोटा मत करो। होनी को ईश्वर भी नहीं टाल सकते। वही बलवान है बस... बहुत हो गया रोना-धोना... जाने वाला नहीं लौटेगा अब... चाहे सिर फोड़ लो। भूल जाओ इसको... अब घर संभालो घर।' कड़कती आवाज़ में दुर्गा दादा जी ने कहाँ।

माँ जी यह सुन और किलकती... 'कैसे भूल जाऊं...? उम्र भर नहीं भूल सकती... यहाँ से उठाओ तो भूल सकती हूँ... हे मेरे ईश्वर! उठा मुझे भी... क्यों मुझे यहीं नरक दे दिया है?'

[29]

पास के बौडा जी ने किसी को भेजकर नाई बुलवा दिया। कार्तिक के बाल उतरवा दिए... कोई जाकर गऊशाला में मवेशियों को घास-पात दे आया... द्वार बंद कर आया...। कार्तिक ने कपड़े उतार धोती पहन ली... पास में पिताजी की शादी के दौरान खींची गई एक दाड़ी वाली हंसमुख फोटो रख ली व बड़े से मिट्टी के दीवे में दीपक जला दिया।

प्राय: कार्तिक के पास कोई न कोई जरूर बैठा रहता लेकिन जब वह नितांत अकेला होता तो सोचता अब क्रियाकर्म की सारी रीत कैसे निभेगी घर में तो उतने पैसे भी नहीं है। वह इस बंधन में न होता तो जरूर कहीं मजदूरी मेहनत कर कुछ जुटाने का उपक्रम करता। अब माँ जी यदि कर्ज ले भी लेती हैं तो उसे निर्धरित अवधि में चुकता कैसे किया जाएगा? अब न पिताजी हैं, न फिलहाल जीवन में कहीं किसी ओर से धनराशि के मिलने की कुछ प्रत्याशा ही। वह पावों

(एड़ियों) के बल घुटने के दोनों ओर बाजुओं को लपेट सिर घुटनों में रख पैर के अंगूठे से धरती को कुरेद कर कुछ समाधान सोचने का प्रयास कर रहा था कि शिवदत्त दादा ने उसका ध्यान खींचा-

'बाबू... ठीक है... स्वास्थ्य...। तुमने तो धोती पहन ली... हमारे ज़माने तो कुछ भी नहीं पहनना था। बस शरीर ढकाना भर था। खान-पान, नमक-तेल कुछ नहीं... बस अपनी बनाई फूली (लोटेनुमा बर्तन) पर भात व मिला तो थोड़ा घी... खाना दिन में एक बार... सूखे पुआल पर सोना... पूरे दिनों तक... अब तो कई सहूलियतें हो गईं... चलो छोड़ो यह सब...। यह बताओ सब प्रबंध तो किया है न घर में... अब काटा-लिंग बास (तेरहवीं) तक सब कर्म करने ही पड़ेंगे व... तभी प्रेत को मुक्ति मिलेगी... गैदान (गाय दान) से लेकर संपूर्ण शैया खाने-पीने के बर्तन... बामण (ब्राह्मण) जी की दक्षिणा व दो तीन बार ग्राम भोज यह तो करना ही पड़ेगा... नहीं तो प्रेत योनि में ही रह जाएगा तेरा मरा हुआ पिता।

'लेकिन दादा जी... सामर्थ्य न होने पर भी ऐसी व्यवस्था अनिवार्य है क्या?'
'अरे बाबू... सौ फीसदी जरूरी... नहीं तो फिर तुम्हारे ब्राह्मण होने की का क्या फायदा हुआ..? और यह तो ब्राह्मण ही क्या... सभी को करने पड़ते हैं सारे कर्म... नहीं तो प्रेत नरककुंड में ही पड़ा रहता है जुग-जुगों तक... बिना यह किए तो कलंक लग जाएगा कुल पर... लोक क्या कहेगा... बड़ा सवाल तो यह है बाबू।'

'दादा जी... ईश्वर तो सब देख रहे हैं न... कि हमारी कमर सब तरफ से कैसी टूटी हुई है... हम कोई दिखावा या दुराव-छिपाव थोड़े ही कर रहे हैं...जब घर में पैसों की कोई व्यवस्था नहीं है... पुराना कर्जा सिर पर बरकरार है पूरा का पूरा... फिर ऐसे में केवल लोक प्रदर्शन से परंपराओं के निर्वहन में अपने असहाय परिवार को फिर भारी कर्ज के पहाड़ के नीचे दबोचना कितना न्यायोचित है...?

जीवन को मोक्ष या स्वर्ग उसके जीवन भर किए गए अच्छे या बुरे कर्मों के योग से मिलता होगा दादाजी... न कि बाद में उसके वंशजों के दान-पुण्य से। फिर भी जो-जो अनिवार्य होगा हमारी सीमाओं में, वह तो करना ही है। हमें... हमारी विवशता या सीमितता पर ईश्वर अवश्य कृपा करेंगे... ईश्वर के दरबार में भी तो असमर्थों, असहायों के लिए कुछ रियासत अवश्य होनी चाहिए..., इसलिए तो उनका नाम दीनानाथ, दीनबंधु व करुणा निधान होता है दादा जी...।

'चाहे कुछ हो बेटा... यह सब तो करना ही पड़ेगा तुम्हें...यदि इस ब्रहाण समाज में जीवित रहना है तो... नहीं तो तुम्हारा हुक्का-पानी बंद नहीं हो जाएगा

जाति-बिरादरी में? अधूरे कर्म भला किसी ने किए हैं आज तक (आश्चर्य से जीभ निकालकर कान पकड़ते हैं)...? नहीं कुछ है तो मकान व खेत गिरवी रखो...लेकिन गायदान से लेकर ग्रामभोज तक सब कुछ तो करना ही होता है...अनिवार्य।'

'दादा जी... अब हमारे बारे में सोचने वाला कौन है... कोई नहीं... अब हमें वही काम करने हैं जो हमारी सामर्थ्य व सीमा में हैं। दु:ख में ईश्वर के अलावा तो कोई दूसरा मदद करता नहीं... अब हम लोगों की चिंता कर अपने भविष्य व जीवन को तो जोखिम में डाल नहीं सकते दादा जी, मकान व खेत गिरवी रख फिर हम खाएंगे क्या?

कार्तिक को कहीं नहीं जाना था...बस, उसी ओबरे रहना था पुआल में...पूरे दस-ग्यारह दिनों तक...अपनी ही दिनचर्या व खान-पान में...। दो दिन तक तो माँ जी उठी भी नहीं अपने बिस्तर से... सरला दी भी आ पहुँची थी दूसरे तीसरे दिन... किशनी ने ही संभाला था सारा घर। सब कुछ करने वाला कार्तिक था... वह तो बंधनों में जकड़ गया था। छोटा-मोटा काम भी कौन देखता इधर-उधर का। वह तो बीच-बीच में कार्तिक के कुछ साथी आ जाते जो कुछ छोटे-मोटे कुछ काम निपटा देते।

आज बड़ी मुश्किल से हाथ पकड़-पकड़ लाई थी सरला दी माँ जी को कार्तिक के पास... जितना बड़ा झुल्का (शॉल) लपेटा था माँजी ने... अंदर से उससे बड़ा हो गया था माँ जी का सिर... रो... रोकर दु:ख से...। पसर-पसर कर माँ जी ने कार्तिक के पास आकर कहा था-

'तूने खाया भी है बेटा कुछ?... मैं तो यहाँ कहाँ थी... सरला को भी अभी देख रही हूँ... जाने कब आई होगी... लाटा... अब सब तरफ से तो टूट ही गई है कमर... इसीलिए कह रही हूँ... मुझे भी ले जाते साथ।' माँ फिर सिसकने लगी जाती।

'फिर तेरे ये छोरे-छापर (अनाथ) किसके सहारे जीते माँ जी? अब पिताजी चले गए हैं काया छोड़ के ऐसे ही लिखा होगा हमारी किस्मत में लेकिन माँ जी अब तो जो बचे हैं उनकी चिंता कर, अपनी चिंता कर तेरी हालत ऐसी होगी तो हमें कौन सहारा देगा माँ जी?'

'माँ जी मनुष्य के धैर्य व संबंधों का पता घोर दु:ख के ऐसे ही दिनों में ही चलता है माँ जी... अब हम कितना रो लें इस संसार से गया हुआ जीव दुबारा तो लौट नहीं सकता। अब रोकर नहीं माँ जी जागकर व दु:ख का सामना कर

परेशानियों की चादर अपने ऊपर से हटानी है। दुनिया बुरे दिनों में ही किसी का तमाशा देखती है। इसलिए अब धैर्य से स्वयं को नियंत्रित करो दुःख में टूटे हुओं को और तोड़ती है यह बेरहम दुनिया लेकिन माँ जी जिनकी जीवन बाती में ईश्वर की कृपा का तेल मिला रहता है। वह बुझते-बुझते भी फिर अपनी ज्योति का प्रकाश प्राप्त कर लेता है।

पिताजी ने शरीर छोड़ा है हमारे ऊपर दया, करुणा, अपनत्व व अनुकंपा नहीं... लघु शरीर छोड़ने के बाद वह देवत्व में प्राप्त हो जाते हैं... फिर वह एक जगह नहीं, एक ही समय में सर्वव्यापी हो जाते हैं। माँ जी चिंता क्यों करती हो... पिताजी के हिस्से का कोई काम कभी रुकेगा ही नहीं... तुम्हें उनकी कमी खलेगी ही नहीं... वे अपने सारे दायित्वों का निर्वहन करते रहेंगे हमारे माध्यम से।

बार-बार रोकर व अनुपस्थिति की बात कह-कहकर हम उनके महत्त्व को कम न करें... अब वे एक जगह व एक व्यक्ति के साथ न होकर हम सबके साथ घर, खेत, जंगल, देश, परदेस हमारे मार्गदर्शक व गुरु बनकर हमारा मार्ग प्रशस्त करेंगे माँ... अच्छे व भले लोग जितने अच्छे इस दुनिया में होते हैं माँ... उनकी अच्छाई व यह भलापन सदैव बना रहता है। सृष्टि के अंत तक... उनमें विश्वास रहेगा तो कहीं कुछ भी कोई भय नहीं है।

माँ जी तुम्हीं तो कहती थीं कि दुःख में ही नहीं सुख में भी भगवान को सदैव याद रखना चाहिए। जब स्वयं भगवान हमारे साथ हैं तो दुनिया व दुखों से घबराने की आवश्यकता भला क्यों हो हमें? अच्छा व सुंदर फूल वह है माँ जी जो विपरीत स्थितियों में हँसकर-खिलकर दूसरों को जीवन की प्रेरणा दे। अब हँसमुख रह हमें भी हँसते हुए रहने का विश्वास दो माँ जी कष्ट में।

ईश्वर में विश्वास व मन में धैर्य से बढ़कर दूसरा कोई मित्र नहीं है माँ जी। दुनिया असली हिम्मत की परीक्षा दुखों में ही लेती है माँ जी...ताकि कोई हमारे बुरे दिनों का अनावश्यक लाभ न ले सके। बस, मुस्कराकर अब जीवन में नए उत्साह से कार्य करने के संकल्प के लिए हँस दो माँ... जो दुखों में हँसता है न माँ... उस पर ईश्वर अपना सब कुछ लुटा देते हैं। सुख में तो पूरी दुनिया हँसती है माँ... दुःख में हँसना ही तो ईश्वर की आत्मीयता पाने का प्रमाण है माँ जी।'

[30]

दिनों से दुख में गहरे डूबे माँ के दुखी चेहरे पर घने बादलों के एकाएक

लुप्त हो जाने के बाद उग आए सूरज की सी उजास उभर आई थी। आँसुओं की नदियों की टेढ़ी-मेढ़ी आकृतियों के बीच भी माँ जी मंद-मंद मुस्करा दी थी। माँ जी कुछ सहज हुई तो कार्तिक ने कहा-

'माँ जी, शिवदत्त दादा जी आए थे अभी कह रहे थे कि सामर्थ्य है या नहीं। जो गाँव के रस्म-रिवाज़ हैं वे तो तुम्हें करने ही होंगे पूरे इसके लिए तुम चाहे जमीन बेचो या मकान लेकिन यह भी भला क्या हुकुम है राजा का कि चाहे जो हो तुम्हें आदेशों का पालन करना ही करना है। वरना सजा हो जाएगी काले पानी की। एक तो हम दु:ख से दबे हुए, ऊपर से गाँव भर का कर्जा देना है,और अगर गाँव व अपने लोगों को खुश करने के लिए अपनी जमीन-जायदाद भी बेचनी पड़ी तो हम कहीं के नहीं रह जाएंगे माँ जी दुख की पीड़ा व उसकी अनुभूति तो वह कर सकता है। जिस पर बीतती है माँ जी जैसे हम पर... दूसरा तो बस हमें तड़पते देखने में तमाशीन बन सकता है केवल।

यह सूचना व कर्मकांड भगवान को प्रसन्न करने के लिए ही तो है। तो वह सामान से अधिक श्रद्धा से प्रसन्न होते हैं माँ जी। हमारे पिताजी को जाना था, ईश्वर ने उनको हमसे छीनना था, वे चल गये। ईश्वर ने उन्हें हमसे छीन लिया। अब हम पूरी संपत्ति दान कर दें या गाँव भर की गायों का दान कर दें। तो भी पिताजी वापस आने से रहे।

ईश्वर के साम्राज्य में एक बार पहुँचा व्यक्ति उस रूप में दुबारा नहीं लौट सकता। फिर हम अपनी श्रद्धा व सामर्थ्य से अधिक बात व हैसियत क्यों करें माँ जी... गाँव व दुनिया को दिखाने के लिए। ईश्वर के निमित्त किया गया कोई भी कार्य संसार को दिखाने के लिए नहीं होता माँ... हृदय से स्वीकारने के लिए होता है, हम वही करें माँ जी जितना हम किसी दबाव या तनाव के बिना कर सकते हैं।'

'बेटा कुछ-कुछ कारज (कार्य) तो करने ही होते हैं लेकिन सोरज्यू (ससुर जी) ने इतनी बड़ी बात कैसे कह दी? मकान व ज़मीन बेचने की किसी गरीब के पास यह सब नहीं होगा तो क्या मृतक व्यक्ति का दाह-संस्कार नहीं होगा?.. यह देखो बेटा पंडित जी ने भी लंबी चौड़ी सूची दी है शैयादन से लेकर अपने कपड़े लत्ते तक भला इतनी गुंजाइश कहाँ है इस बगत हमारी?' नाक पर हाथ की अंगुलियां रख माँ जी ने कहा था।

'नहीं माँ जी, दुनिया तो कहती ही रहती है, उसका काम ही है कहना... दु:ख परेशानियों से तो हमें जूझना-निपटना है। क्या हमारे दुखों को कम करने

के लिए आगे भी आई हैं क्या कोई? सूक्ष्म में पूजा-अर्चना कर केवल ब्राह्मण को भोजन कराकर सामर्थ्यानुसार दक्षिणा दे पूनी गाय का बछड़ा पकड़ा देंगे हाथ पर... बस बहुत है।'

'गाँव का भोज तो जरूरी होता था बेटा वैसे... लेकिन... करें तो कैसे?' माँ जी जरूरी तो बहुत कुछ होता था वह सब जो हम सहजता से कर पाते व हम किसी बोझ तले न दबते गाँव के इतने लोगों का कर्ज देना है। माँ जी अभी फिर यह और ऊपर चढ़ जाता। लौटाने की उम्मीद तो अभी दूर-दूर तक भी नहीं लग रही है संभव।

फिर ऐसी परेशानी में ऐसा बोझ लेकर भला कहाँ जाएंगे हम? अपनी सीमाओं में कार्य करने पर न पिताजी नाराज़ होंगे, न ईश्वर, ही। हमें वही देखना है जिसमें जीवन चलाने की प्रेरणा व बल मिले।

लेकिन बेटा ये गाँव के कट्टर लोग तो हमें बिरादरी से बाहर कर देंगे, यह सुन।'

'वैसे भी हम कौन सा अंदर हैं माँ जी... अपने जीवन की मंजिल पाने की कोशिश तो हमें ही करनी है केवल। बुरे दिनों में संयम से कार्य लेना जरूरी है माँ जी... यह गिरगिटी दुनिया उसी क्षण अपनी हो जाएगी। जिस क्षण हम कुछ अच्छा कर या बनकर दिखाएंगे। फिर उन्हें कोई गिला-शिकवा नहीं रहेगा याद इनकी चिंता को छोड़ अपनी चिंता करें कि शेष बचे जीवन को कैसे सवारें। कल अच्छे दिन आते ही सब बुरे लोग भी हमारी ओर मैत्री व दया का हाथ बढ़ाने आ जाएंगे। हमें वही करना है जो हमारे हृदय में विराजमान ईश्वर की आवाज़ है, फिर कोई बुरा माने तो लाख माने माँ जी।

पंडित जी लंबी-चौड़ी सामान की सूची पकड़ा गए थे। माँ जी ने निवेदन किया था कि बुरे वक्त में उनके साथ क्या सहानुभूति हो सकती है। ईश्वर सब देख रहे हैं, कर्जे से दबा हुआ परिवार और कितना भार झेलेगा। फिर उसकी वापसी कैसे होगी। लेकिन पंडित जी के कानों पर जूं तक न रेंगी, उल्टा कहने लगे-

'देखिए ब्वारी, ये नियम-कानून व कर्मकांड मैंने तो बनाए नहीं, पीढ़ियों से बनते चले आए हैं। मैं कौन होता हूँ इन्हें तोड़ने वाला? यदि मैं यहाँ कुछ नहीं लेता तो अपनी ब्राह्मण बिरादरी में मेरी तो थू-थू हो जाएगी। जो विधि का विधान है व क्रिया-कर्म का जो सामान चाहिए तो वह चाहिए ही। मेरे वश का कुछ नहीं है...अगर इससे कम में कोई और कर सकता है तो करे, मैं अपने

कर्मकांड के पैमाने को तो नहीं बदल सकता हूँ न।'

'पंडित जी यह हम जान-बूझ कर नहीं, बल्कि अपनी बदहाली के चलते कह रहे हैं। अगर सामर्थ्य होती तो क्यों कहते। क्या यह संभव नहीं कि केवल सूक्ष्म में पूजा-हवन से काम चल जाए, और गृह शुद्ध हो जाए?

ये बणिये की दुकान नहीं है कि सौदेबाजी कर बारह सौ की चीज को एक सौ बीस में ले लो... कर्मकांड है कर्मकांड..। अच्छा चलो... सामान कुछ कम देकर बाकी का पाँच हजार में सौदा कर लो... चलो फूँको...।'

'नहीं पंडित जी हम लाचार हैं... हम अपनी सामर्थ्य में जो है वही करेंगे... फिर ईश्वर या समाज हमको इस लाचारी का जो दंड दे, हम सहन करने को तैयार हैं। भाग्य और समय से बड़ा संरक्षक, हितैषी व मित्र तो कोई नहीं होता पंडित जी।'

माँ जी का रखा हुआ आटा चावल व एक सौ इक्यावन रुपये की दक्षिणा रख पंडित जी ने अपना सामान समेटा कुंडीदार जांठी (सोटी) गर्दन में रखी व छाता पकड़, झोला टांक चल दिए नीचे को। फिर लौटकर कहने लगे-

'मैं गुस्से नहीं हूँ जजमन्यौण (यजमाइन) जी... बस, इतने में अपना पड़ता नहीं खाता...अभी पिछले हफ्ते कराया क्रियाकर्म... सामान के अलावा ग्यारह हजार नकद दी दक्षिणा...। कोई ब्राह्मण छोरा मिल जाएगा... उससे करा लेना... हां...।'

[31]

ठक-ठक कर लकड़ी बजाते चल दिए पंडितजी। माँ जी व कार्तिक दोनों हाथ जोड़ निरीहता से यह सब देखते रहे। करने को तो कुछ भी नहीं था सिवाय इसके। पंडित जी ने यह बात प्रधान जी को बताई और कुछ लीडरनुमा बड़े-बूढ़ों ने निर्णय सुना दिया-

'आज से तुम्हारा हुक्का-पानी बंद... जब तुमने हमारे गाँव की परपंराओं के हिसाब से नहीं चलना है। तो तुमसे हमारा कोई संबंध नहीं। भला ऐसा भी हुआ है गाँव में कोई मरा हो और पूरे गाँव में भोज न दिया हो? इस नई परंपरा का दंड अकेले रहकर तुम ही भोगो।'

'माँ जी रोती रही गिड़गिड़ाती रही... अपनी परिस्थतियों की गाथा गाती रही लाचारी व बदहाली का दुखड़ा रोती रही। लेकिन न उन्होंने सुनना था न सुना। आखिर वे गाँव से अलग कर दिए गए। माँ जी बहुत दुखी हुई कार्तिक ने माँ जी को समझाया...

'माँ जी दुखी न होओ... बुरे में केवल ईश्वर व धैर्य ही मित्र होते हैं। भाग्य के पलटने पर राज महलों में रहने वाले पांडवों को भी दर-दर की ठोकरें खाकर घर-घर जाकर भीख माँगनी पड़ी थी। स्वयं मर्यादा पुरुषोत्तम भगवान राम को जंगल-जंगल भटकना पड़ा था। यह सब कुछ भाग्य व समय ने किया है, ईश्वर की अनुमति से। और तुम ही तो कहती थी माँ जी... जो कुछ अनायास होता है वह दैवीय होता है... इसलिए प्रभु का प्रसाद समझकर इसे खुशी-खुशी ग्रहण करो माँ जी' माँ जी को अपने सीने से लगा कहा उसने।

उस दिन-भर बच्चों सी फफकती रही माँ। अन्न जल तक नहीं ग्रहण किया उसने... किशनी भी रोती रही। माँ जी से मुँह छिपा-छिपाकर... जिस गाँव-पड़ोस में हँसते-खेलते बचपन बीता हो। जहाँ के कण-कण से अपनत्व व भावुकता का नाता होख वहाँ एकाएक इतनी बड़ी दीवार... सच में यह सभी के लिए अत्यंत कठोर समय था, यह कार्तिक भी समझता था। लेकिन विपत्ति के समय धैर्य व विश्वास की डोर अंतिम व्यक्ति के हाथ से भी छूटी नहीं कि परिवार की किश्ती पलटते देर नहीं लगती। यह बात सोच वह फिर से माँ जी को धैर्य बंधने का प्रयास करता रहा-

'माँ जी, मनुष्य का साथ तो अस्थायी होता है। कब, कौन, कहाँ साथ छोड़ दे। स्थायी साथ व हाथ तो ईश्वर का होता है माँ जी जिसे न कोई छोड़ सकता है... न तोड़ सकता है... जब हमारे अपने पिताजी साथ छोड़ गए। तो दुनिया कौन सी चीज है माँ जी। यदि ईश्वर की छत्रछाया हम पर रही तो गाँव वाले हमारा बाल भी बांका नहीं कर सकते। आप व्यर्थ की चिंता मत करो माँ सब कुछ संभल जाएगा। जीवन में विपरीत स्थितियों का भूचाल सदैव नहीं रहता माँ बस इस भूचाल को बुद्धि-विवेक व धैर्य से झेलने की बात है। फिर तो स्वयं ही सब कुछ सहज हो जाता है। जिनको जीवन में अपना लक्ष्य पाना है माँ जी वे मुसीबतों से नहीं घबराते मुसीबतें तो मनुष्य के साहस, त्याग व निष्ठा की परीक्षा लेती हैं माँ जी जिनके मूल में ईश्वर का ही हाथ होता है। आप चिंता मत करो माँ जी मेरे दसवीं की बोर्ड परीक्षा का परिणाम आता ही होगा दो-चार दिनों में प्रथम श्रेणी में प्रथम तो आना ही है मुझे फिर मैं तुरंत परदेस चला जाऊँगा माँ जी छोटी-मोटी नौकरी भी करूंगा। व पढ़ाई तो जारी रहेगी ही अपनी मंजिल पर पहुँचने तक।

गाँव वालों के डर से यहाँ से भागना कायरता है माँ जी यदि नीली छतरी वाले व आपकी कृपा रही तो इन्हीं के बीच रहकर एक दिन भारतीय सेना का

अधिकारी बनकर ही दम लूंगा माँ जी। ईश्वर का तो भरपूर सहयोग है ही माँ जी लेकिन जरूरी है आपका व किशनी का मजबूत होना। भगवान व भाग्य का जब आदेश होता है माँ जी तो बड़े-बड़ों तक को राजमहलों के सुख छोड़ देने पड़ते हैं, दो साल की छात्रवृत्ति व आपका साथ छूटेगा तो कोई बात नहीं माँ जी उसके बाद तो वैसे भी बाहर परदेश ही जाना है न माँ जी।' यह सुन परदेस फिर गला भर आया माँ जी का, दोनों होंठ दबा आँसुओं का सैलाब उमड़ आया आँखों से। फिर कार्तिक का गले से लगाकर कहाँ अपने आँसू साफ करते हुए-

'बेटा...वचन देती हूँ मैं आज कि आज के बाद नहीं रोऊँगी। एक भी आंसू नहीं बहाऊँगी। तुम जो कहोगे। अंतिम दम तक तुम्हारा साथ दूंगी। जीवन की लड़ाई बेटा सच में रोकर नहीं, हाथ-पांव व मन कठोर कर ही जीती जा सकती है। अब भावुकता की सारी बात मैं यही छोड़ देती हूँ। अब वही करूंगी। जो ईश्वर व ईश्वर के रूप में तुम मुझे करने के लिए कहोगे।'

'यह बात हुई न माँ अब जरूर आप भारत माता को एक कर्मठ साहसी व देश भक्त पुत्र दे सकती हो माँ। जीवन की परेशानियां तो आपके संघर्ष व लक्ष्य के चापुओं को ऊनती जीवन-नदी में, और साहस, शक्ति व विश्वास देने आती हैं। इन्हें प्रभु प्रसाद मान स्वीकारने से सफलताएं अंग-संग हो जाती हैं माँ जी। बस, आप किन्हीं पंडित जी को बुलाकर सूक्ष्म घर की शुद्धि करा दो माँ जी। यदि ईश्वर ने चाहा तो कभी नौकरी लगने पर मैं पिताजी के नाम पर ग्राम भोज नहीं। पूरा का पूरा भागवत कराऊँगा माँ जी अपने परिश्रम से कमाए गए एक-एक पैसे से।

'यह न कहो बेटा जो प्रभु चाहेंगे वही होगा। इस समय हमें केवल वह करना है जो ईश्वर हमें करने को कह रहे हैं। हम कौन कुछ करने वाले हैं। निर्देश, साहस व सामर्थ्य देने वाले तो वही हैं न।' कहकर माँजी ने हाथ जोड़ दिए।

गाँव व पड़ोस वालों ने साथ नहीं दिया तो बस इसी बात में कि उन्हें दूध की मक्खी की तरह छिटक कर अलग कर दिया। कोई बात नहीं परिस्थितियां व समय तोड़ता है तो अंदर ही अंदर मन का जोड़ना भी सिखा देता है माँ जी कार्तिक व किशनी ने मन पक्का कर दिया कि रहना तो इसी गाँव में है, और करना भी वही है जो उनका पवित्र मन उन्हें ईश्वर के निर्देश के रूप में कुछ करने के लिए कहेगा।

ईश्वर की कृपा रही तो भरी सभा में द्रोपदी को अपमानित करने वाले कौरव योद्धा देखते रह गए। इसलिए यदि गाँव में कोई नहीं है उनका अपना। तो ऊपर

नीली छतरी वाले दयालु बनकर सदैव उनके साथ हैं ही। वह अब तक ऐसी विषम परिस्थितियों में जी है या जी सकी है अभी तक तो केवल ईश्वर की कृपा से ही और जब तक उसकी कृपा रहती है तो हाथ-पावों में ताकत व मन में उमंग रहती है। हृदय में उमंग व शरीर में शक्ति हो तो बड़ी से बड़ी जंग जीतनी भी आसान हो जाती है।

उन्होंने वहीं किया जो मन ने निश्चय किया था। यानी अपनी सामर्थ्य के हिसाब से किसी तीसरे गाँव के पंडित जी को बुलाकर सूक्ष्म पूजा करवा कर हवन-पूजा आदि की। उन्हें भोजन कराया, दान-दक्षिणा दी व अपनी पाली गाय दान की पंडित जी को। पंडित जी खुशी-खुशी विदा हुए। न गाँव वालों के लिए भोजन बना। न वे कोई वहाँ शामिल होने आए। माँ जी भीतर-भीतर घुटती भी रही लेकिन नाटकनुमा संसार को देख अपनी कार्य सिद्धि में जुटी रही।

जहाँ दूसरे-तीसरे गाँवों के आने-जाने वाले लोग कार्तिक के पिताजी का पश्तौ (शोक प्रकट करने आना) देने आते, वहीं जिले भर में प्रथम आने पर कार्तिक की माँजी को बधाई देने वालों का भी तांता लगा रहा। यह देख गाँव के सभी लोग जल-भुन जाते। अगले दो साल कार्तिक किसी अच्छे से अच्छे विद्यालय में पढ़ सकता था। राज्य में उसकी रैंकिंग को देख कोई भी स्कूल उसे अपने यहां प्रवेश दिलाने के लिए लालायित रहता। कॉलेज के प्रधानाचार्य व स्टाफ के कुछ शिक्षक शोक प्रकट करने के साथ-साथ बधाई देने आए कार्तिक व कार्तिक की माँ जी को। जाते हुए प्राचार्य जी ने कार्तिक की पीठ थपथपाते हुए उसे पूरे सहयोग का आश्वासन दिया तो अत्यंत दारुण स्वरों में कहा कार्तिक ने...

'सर, यदि आप कृपा कर सकें तो मेरी टी.सी. मुझे उपलब्ध करवा दें। मेरी ऐसी परिस्थितियां नहीं हैं कि मैं अब पढ़ाई जारी रख सकूं। आप लोग की कृपा-दृष्टि रही तो मैं पढ़ूंगा जरूर लेकिन यहाँ से कुछ दूर देहरादून जहाँ मैं पढ़ाई के साथ-साथ दो रोटी भी कमा सकूं अपने परिवार के लिए। अपने आशीर्वाद के साथ-साथ आप मुझे यह सब उपलब्ध करा सकें तो मैं आपका आभारी रहूँगा मैं आपको विश्वास दिलाता हूँ कि मैं इसी प्रकार आपका व अपने इलाके का नाम रोशन करूंगा।' कहकर उसने प्राचार्य महोदय के चरण छू लिए।

वे कार्तिक की मुखाकृति से उसकी विवशता की पराकाष्ठा भांप गए। उन्हें इतने मेधावी छात्र के हाथ से निकल जाने का गहरा दुःख भी हुआ। लेकिन कोमल कंधों पर आ पड़े परिवार के कठोर दायित्वों के बोझ की पीड़ा का गणित भी समझ में आ गया। अपने सीने से लगा कार्तिक को पूछा उन्होंने।

'लेकिन बेटा जाओगे किसके पास देहरादून? रहोगे किसके साथ?' 'उसी के साथ गुरुदेव जिसने मेरी मन की कोमल क्यारी में यह विचार का बीज बोया। ईश्वर विचार को पैदा करने से पहले परिस्थितियों का जाल बुन लेते हैं। इसलिए, वहाँ पहुँचते ही कहीं न कहीं जरूर व्यवस्था करा देंगे ईश्वर। वहाँ भी आप जैसे मनीषी, चिंतनशील, परोपकारी व्यक्ति अवश्य होंगे गुरुदेव।'

कार्तिक के दृढ़ निश्चय के आगे उन्हें घुटने टेक देने पड़े व शुभकामनाएं दे पीठ थपथपाकर उन्होंने उसे परसों विद्यालय पहँचने का न्यौता दिया। परसों पूरे विद्यालय के समक्ष कार्तिक का भव्य अभिनंदन हुआ। अनेक फूलमालाएं पहनाई गई। उसने अपने सभी श्रद्धेय शिक्षकों के चरण स्पर्श किए। सबने भावुक हो हो उसे मंगल कामनाएँ दीं। अंतत: विद्यालय व अपने सभी संगी-साथियों को प्रणाम कर वह घर पहुँचा। फूल मालाओं से घर को भरे देख माँ जी ने कहा– 'बेटा इतनी फूलमालाएं कहाँ से?

'माँ जी ये फूलमालाएं मेरे जीवन के प्रथम विद्यालय की अंतिम मंगलकामनाएं व दुआएं हैं... मेरे मित्रों, शिक्षकों व मेरी मातृभूमि की। आज के बाद पिता-मित्र व शिक्षक के रूप में ये फूलमालाओं की दुआएं ही मेरा नेतृत्व करेंगी माँ जी... जहाँ कहीं मैं हारने लूगूंगा। ये दुआएं फिर मेरी अंगुली थाम मुझे अपने गंतव्य की ओर ले जाने में सहायक होंगी। इन्हें साथ रख मैं कभी भी जीवन में थकूंगा नहीं माँ जी रुकूंगा नहीं। ये मुझे अभावों में भाव, भूख में भोजन तथा एकाकीपन में साथ का अहसास देंगी। अभी तक के जीवन की बहुत बड़ी पूँजी है यह माँ जी।

'सच कहा है बेटा... किसी के हृदय से निकली हुई पवित्र आवाज़ ईश्वर का कवच बनकर मार्गदर्शन करती है। इससे तो मुझे भी बल मिला है बेटा।' माँ जी ने सहज रूप से समर्थन करते कहाँ।

'माँ जी अब परसों चल देना है बस सामान रख देना और यह प्रश्न न पूछना कि कहाँ जाना है। जाना वहीं है माँ जी जहाँ मेरे जाख देवता ने तेरे कार्तिक का ठिकाना बना रखा है। अब इस गाँव में ग्राम देवताओं के अलावा यहाँ बचा भी कौन है हमारा? ग्राम देवों का एक-एक फटींग (छोटे स्फटिक रूप में देव प्रतीक) मेरे पास रहेगा माँ जी तो चिंता किस बात की? चिंता तब होती है माँ जी जब मनुष्य-मनुष्य का साथ व हाथ पकड़ता है। जब स्वयं देव साथ हों तो फिर चिंता किस बात की माँ जी?'

'मेरे पास भी दुआओं की पोटली के अलावा क्या है बेटा... ईश्वर की आस्था ही साथ देगी।' कह माँ जी की आँखों की पोरों भर आई।

उस गाँव के समाज ने चाहे उसे अलग कर दिया था, लेकिन अभी भी उसकी रग-रग में गाँव-गाँव की चौपालें, खेत-खलियान, धरे, पंदेरे व ग्राम देवताओं के साथ-साथ अपने बाल सखाओं के संग की जादुई स्मृतियां कूट-कूट कर भरी हुई थीं। उन्हीं से वशीभूत हो वह एक बार पूरी सारियों (अनाज से लदे खेत) व गाँव को चक्कर लगा आया... मिल आया बचपन से जीवन का पल-पल साथ निभाने वाले ग्राम देवताओं को एक-एक उठा लाया फटींग (छोटा स्फटिक) उनके मंडले (मंदिर) से आत्म दर्शन के लिए जो-जो मिलता कहता 'कल जा रहा हूँ दादी परदेस' जब अकेला होता कंठ भर-भर आता, कभी पिताजी की याद में कभी गाँव की मनोहरी भूमि को छोड़ देने की बात याद कर।

अपने एक मात्र दिदा (बड़े भाई) के परदेश जाने की बात सोच दो दिन से अन्न का कौर भी मुँह में नहीं रखा किशनी ने। माँ जी भी अंदर-अंदर बहुत रोई पर बाहर एक आँसू न बहा सकी... क्योंकि वचन जो दे दिया था अब न रोने का। किशनी की रो-रोकर आँखें सूज गई थीं...कहाँ जाएगा...किसके पास अकेला भाई परदेस में? कहाँ खाएगा, कहाँ रहेगा किसके साथ?, सोच-सोचकर निहाल हो जाती थी किशनी।

दिदा को देखती। बरसात के प्राकृतिक स्रोतों की तरह आँखों से आँसुओं की धारा फूट पड़ती। पिताजी ही बचे होते, जाने क्या-क्या सोचती किशनी। अपनी देवत्वी (देवी के मंदिर) की ओर देखती तो रोते-रोते प्रार्थना करती कि 'रोटी का ठिकाना देना... पिताजी देखना... अभी छोटा है मेरा भैजी... उसका मार्ग दर्शन करना। वह परदेस सुख में नहीं दुःख से वशीभूत होकर जा रहा है अकेले। नहीं देखा है मेरे भैजी ने कभी परदेस... उसकी आँखें व ताकत बनकर रहना उसके अंग-संग।' जाने कितनी-कितनी बात क्या-क्या कहती किशनी।

बस, कल-कल का दिन बाकी था। परसों तो चले ही जाना है कार्तिक को। फिर तो काम ही करना है, यह सोच माँ जी ने उस दिन बाहर के लंबे काम सारे छोड़ दिए। गऊशाला गई गाय-बैलों को पानी-शानी देने। घास व खेत का काम किशनी कर आयी थी। किशनी ने भी कामों को इस हिसाब से समाप्त किया कि दोपहर बाद का दिन या बचा समय वह अपने भैजी के साथ या भैजी के काम में बिता सके।

माँ जी ने धान भिगो दिया था व चावल भी। शाम को कार्तिक के लिए च्यूड़े (भुने व कुटे चपटे स्वादिष्ट चावल) व अर्से (काले गुलाब जामुन की तरह कुटे चावल के गुड़ के पाग में पगे लड्डू के बराबर, सख्त) बनाएगी माँ जी, परदेस में दो-चार दिन कहीं पहले पहल भोजन का जुगाड़ (व्यवस्था) न बना तो इससे भी भूख सध सकती है। जैसे ही चौकों की धूप खिसकी तो माँ जी डल्वोणे (बांस की बुनी हुई बड़ी टोकरी) में धान व चावल लेकर ओखली में पहुँची।

पहले जैसे सुलह के दिन होते तो पास-पड़ोस की सखी-सहेलियों का तांता लग जाता ओखली में... माँ जी की भी... व किशनी की भी... लेकिन अब तो वे परित्यक्त थे बहिष्कृत (बिरादरी के निकले हुए) से... लोग अंदर-अंदर से देखते रहे उनकी सुगबुगाहट लेकिन खुलकर कोई नहीं आया सामने। नहीं तो ऐसे मौके पर आस-पास की इतनी भीड़ जमती कि काम को हाथ लगाने का अवसर ही न मिलता। चुटकियों में काम हो जाता।

वह तो अच्छा हुआ दूसरे गाँव से जयंती आ गई किशनी की सहेली। जब परसों क्लास में भैजी के परदेस जाने की बात को लेकर बहुत रोई थी किशनी तो वह चली आई उसका अकेलापन दूर करने। जयंती व किशनी ने चूल्हा जलाया ओखली के पास पहले च्यूड़े बनाने के लिए।

माँ जी डडूले (लंबे हैंडल वाली लोहे की पतली चादर वाली कड़ाई) में भिगा हुआ धन भूनती व गर्म-गर्म ओखली में डालती फिर किशनी व जयंती तेजी से अपनी-अपनी गंज्याली से उसे कूटते जाते। धन के खिले हुए गर्म खील जब ओखली में कूटकर चपटे और चौड़े हो जाते तो माँ जी कर्छी से उन्हें ओखली से निकाल वहाँ दूसरे थाल में उड़ेल देती।

जयंती व किशनी ने माँ जी के साथ अकेले ही च्यूड़े कूटे व रात को दो बजे तक भैजी कार्तिक के लिए अर्से बनाए। कार्तिक ने पिताजी की पिछली बार कई वर्षों बाद आकर लाई अटैची में अपने लत्ते-कपड़े, सर्टिफिकेट व पुस्तकें रखीं... व दूसरा छोटा बैग सरला दी का लाया हुआ साथ रखा।

सरला दी दो ही दिन पूर्व चली गई थी ससुराल। अचानक उसे जाना पड़ा था। एकाएक कार्तिक के परदेस जाने की बात का ध्यान उसे होता तो वह भी अपने भुला (छोटे भाई) को भेजकर ही जाती। लेकिन इस सबका पता न माँ जी को था, न स्वयं कार्तिक को ही। परिस्थितियां पल में ही जन्म लेकर जीवन को अस्त-व्यस्त कर देती हैं। कुछ परिस्थितियां लंबी दूरी के उद्देश्यों को लेकर

अच्छाई का संदेश वाहक बनकर आती हैं, जबकि कुछ सहज रूप में चल रहे जीवन के चर्खे को अस्त-व्यस्त करने भर। जो भी हो माँ जी व कार्तिक ने तो उसे ऊपर वाले का आदेश माना था... व कार्तिक के सुनहरे भविष्य की नींव भी।

माँ जी पहले तो काम के चर्खे में पिसती रही सुबह से देर रात तक फिर कार्तिक को पढ़ाती रही नसीहतों व संभावित परेशानियों से निबटने का पाठ परदेस में फूँक-फूँक कर रखना है जीवन का हर एक कदम ऊपर वाले की छत्रछाया में या फिर अपनी स्वयं की समझदारी से। जब अपने-अपने नहीं होते इस दुनिया में तो पराए कौन व कैसे अपने हो जाएंगे? जाने माँ जी कितनी-कितनी वीरता भरी कहानियां सुनाती रही और कार्तिक निर्दोष व भोले बच्चे की तरह माँ जी की एक-एक नसीहत को हृदय की डायरी पर नोट करता रहा चुपचाप। पलक झपकते ही बीत गई रात।

अभी गाँव में और लोगों के किवाड़ भी न खुले थे कि माँ जी व किशनी ने सब कुछ तैयार कर दिया था। वैसे तो अभी स्याह रात थी लेकिन माँ जी चाहती थी कि उसका लाड़ला पहली-पहली बार जा रहा है परदेस ऐसा न हो कोई पंदेरे (पनघट) जाने के बहाने रीता (खाली) बर्तन लेकर पहुँच जाए आगे से इसे अच्छे कार्य के लिए जाते हुए अपशकुन मान लिया जाता है।

माँ जी भी मानती है इसे। हालांकि इसकी वैकल्पिक व्यवस्था माँ जी ने पहले ही घर में भी कर दी थी? तीनों मुख्य द्वारों पर तांबे व पीतल के लोटों में ताजा जल भर कर रख दिया था। देवतों की कोठड़ी में अलग। इन भरे लबालब बर्तनों के बाद रास्ते में कोई खाली बर्तन दिखे भी तो दिखे लेकिन पास-पड़ोस में नहीं दिखना चाहिए, यह माँ जी का पूरा प्रयास था।

कार्तिक नहा-धोकर बिना माँ जी के कहे दीप जलाने चला गया था देवत्वी कोठड़ी... अपने कुल देवताओं के बीच पिताजी का हँसता हुआ चेहरा देख एकाएक भावुक हो गया कार्तिक। आंखें लबालब भर आई, पिताजी! जब आप जीवित थे.. बुला बुलाकर भी मैं कभी परदेस नहीं आ सका आपके साथ आपके दर्शन तक भी न कर सका। अपनी गरीबी व विवशता के कारण आज उसी विवशता में अकेले जा रहा हूँ परदेस... जाने कहाँ.. ध्यान रखना।... मेरा भी.. व माँ जी व किशनी का भी। पहले भौतिक रूप से व्यक्ति एक ही जगह रहता था उपस्थित। अब आप देव स्वरूप हैं। सर्वशक्तिमान व सर्वत्र विराजमान।

आपके लिए पूरा गाँव न खिला सकने के दंडस्वरूप ही मिला है परदेस गमन व गाँव से देश निकाला सा अब हम होकर भी यहाँ के नहीं रहे, पिताजी

अब आप ही के हवाले हैं... घर और परदेस... इन चुनौतियों को मर्यादापूर्वक झेलने की सामर्थ्य देना, माँ जी और मुझमें एक बड़ा सहारा बनकर... चलता हूँ पिताजी...।' कहकर वह साष्टांग लेट गया। आँसुओं से मिट्टी लिपा फर्श कहाँ तक गीला हो गया, उसे पता ही न चला। आँसुओं से लिपी देवत्वी कोठड़ी की मिट्टी माथे पर ऐसे लगी मानों दिवंगत पिता ने खुश हो तिलक लगाया हो।

कार्तिक खड़ा हुआ तो माँ जी हाथ जोड़े आंखें बंद किए पीछे ही खड़ी थी मानों अपने इकलौते लाडले के साथ जाने के लिए अपने इष्टों का हाथ माँग रही हो। कार्तिक की रोई लाल आंखें देख माँ का हृदय और पसीज गया। छाती से लगा दिया, बोल कुछ न सकी। बस, देव दरबार की ओर हाथ जोड़ इशारा किया निश्चिंत रहने का। मानों कह रही हो तुम्हें जरा भी घबराने की आवश्यकता नहीं। तुम्हारे आगे-पीछे रहेंगे तुम्हारे कुलदेव व तुम्हारे पिताजी। बस उनका स्मरण कर करना प्रारंभ कार्य बाकी सब चिंता उनकी है।

भावुक क्षणों में रोटी का एक कौर भी गले से न निघला गया। माँ जी व किशनी दूर तक आना चाहते थे छोड़ने, स्वयं व उनकी विपन्नता देख अब उनका साथ अधिक भावुक कर रहा था। गाँव की पगडंडी से कुछ और लोग आगे परदेश जा रहे थे। कार्तिक ने कहा-

'माँ जी अब आप लोग वापस चलो। ये लोग भी वहीं जा रहे हैं, कोई चिंता नहीं है। काम व ठिकाना मिलते ही पत्र लिखूंगा। मेरी चिंता न करना। अपना व किशनी का ध्यान रखना। अच्छा माँ जी।' कहकर उसने माँ जी के चरण छू लिए। बिलखती हुई माँ ने कार्तिक के सिर पर हाथ रख दिया। भैजी के गले में सिर रखकर किशनी कितना रोई, कौन संभालता अधीर कार्तिक स्वयं को नियंत्रित न कर सका।

घड़ी भर भावुक रहे सभी। माँ जी ने ही नियंत्रण की स्थिति। आँसू साफ करते हुए कहा- 'बेटा, ठीक नहीं है अब यह सब। अब जिन्दगी साहस से चलानी हैख धैर्य से, परिस्थितियों से डटकर मुकाबला करने से लक्ष्य पाया जा सकता है। मन को कठोर करो....तुम भी व हम भी...तभी जीवन की जंग जीती जा सकती है बेटा...केवल भावनाओं में बहकर लक्ष्य की डोर जीवन के हाथ से फिसलकर दूर चली जाने लगती है। ऐसे समय में विश्वास, धैर्य, संघर्ष व लक्ष्य केंद्रित साहस की पतवार ही सच्चा साथी व सहायक माननी चाहिए। तभी कष्ट की नदी को फांदकर उपलब्धियों के नगर में पहुँचा जा सकता है। अब साहस करो बेटा।'

माँ जी की प्रेरक बातों ने भावुकता के आधरहीन तार को एक झटके से तोड़ दिया था और हृदय व मस्तिष्क को स्वच्छ बना दिया था। घटाटोप बादलों के बरसने के पश्चात् निरभ्र व बेदाग नीले आसमान की तरह कार्तिक ने मन को पक्का कर दिया था। माँ जी के वजनदार शब्दों ने मानों मन के सिलिंडर को जोरदार ताकत की गैस से भर दिया था।

अब रुलाई व भावुकता की जगह चेहरे पर मुस्कान लौट आई थी दोनों ओर। बस, उसी मोड़ से माँ जी व किशनी को लौट आने को कहा था कार्तिक ने। माँ जी व किशनी को बॉय-बॉय कर अपनी जन्मभूमि व गाँव की स्नेहमयी धरती को तिलक कर कार्तिक पहाड़ी के दूसरी ओर गंतव्य मार्ग की ओर बढ़कर उनकी दृष्टि से ओझल हो गया था।

[33]

दस बारह दिन बाद पत्र आया था कार्तिक का देहरादून पहुँचने का। लिखा था कि एक बड़ा होटल मिल गया है काम करने को अभी तनख्वाह कुछ नहीं है। बस, खाने व रहने की व्यवस्था है पहले-पहले नीली छतरी वाले की कृपा से, बिना किसी परेशानी के यह किसी बड़े पुरस्कार से कम नहीं है परदेस में। माँ जी व किशनी को बड़ा धैर्य बंधा था इस सबसे। रोट काटा अपने इष्टदेव के मंदिर में (देवत्वी कोठड़ी)। अपने मायके के देवताओं का आभार व्यक्त किया मन ही मन। अब माँ जी जी जान से घर में मेहनत करती कमरतोड़ व कार्तिक अपनी नौकरी पर।

किशनी पत्र लिखती तो बस स्वास्थ्य व जीवन का ख्याल रखने की बात लिखती केवल 'मौका मिले भैजी... पढ़ाई का साथ जारी रखना। वह ही एकमात्र तीर-तलवार व कवच है, दुनिया में असमर्थ लोगों का।' भुलि की चिट्ठी मन में नई उमंग भर देती कार्तिक के। वह दिन भर मन लगाकर काम करता... व अपने सौंपे हुए काम से भी अधिक काम कर दिखाता। दूसरों के छूटे या दूसरों से न हो सकने वाले काम भी स्वयं कर दिखाता।

अपनी मेहनत व लगन के कारण कार्तिक होटल के मालिकों की आँख का तारा बन गया। उन चार लड़कों को रहने का एक अच्छ कमरा दिया था होटल मालिक ने। जब दिन भर की थकान के साथ के तीन साथी सो जाते तो कार्तिक

गंभीरता से अपनी पढ़ाई में डूब जाता। वह घर गाँव से इंटर की पुस्तकें लाया था माँगकर। उसने सोचा था जब तक स्थितियां अनुकूल होती हैं तब तक वह अपनी पुस्तकों की पूरी तैयारी कर लेगा। एक दिन रात को दो बजे उसके कमरे की लाइट जली देखकर मालिक ने दरवज़ा खटखटाया व कहा- 'बेटे! आज इतनी देर लाइट क्यों जली है, मोमबत्ती की? क्या कोई परेशानी है तुम्हें? कमरे की लाइट खराब है क्या?'

'नहीं साहब... वो.. क्या है कि मेरे मित्र सो जाते हैं तो तब अपनी पढ़ाई करता हूँ। क्योंकि पढ़ना मेरा अपना शौक है, यह नौकरी का हिस्सा तो नहीं। फिर अपनी मोमबत्ती जलाकर पढ़ता हूँ साहब ताकि मेरे मित्रों की नींद में खलल न पड़े।

'दिन भर इतना काम करते हो थकते नहीं हो क्या?'

'थकता तो हूँ साहब सो जाऊं तो पढ़ूंगा कब साहब?'

'तो क्या तुम पढ़ते हो तुमने कहाँ तक की है पढ़ाई?'

'हां मैं इंटर करना चाहता हूँ साहब दसवी में मैं अपने जिले में टॉपर रहा हूँ साहब नौकरी के साथ ही बचे समय में पढ़ना चाहता हूँ.. साहब...।

'तो तुमने टॉप किस कक्षा में किया है? मोमबत्ती बुझाकर टयूब जलाओ। पढ़ना तो अच्छी बात है बेटा इसमें संकोच कैसा?'

'मैंने अभी पिछले माह ही हाईस्कूल की परीक्षा टॉप की है साहब... प्रदेश की मैरिट लिस्ट में मेरा नाम है। अगले दो वर्षों के लिए प्रदेश की ओर से मुझे अच्छी छात्रवृत्ति भी मिलनी थी साहब... लेकिन...।' वह आगे न बोल पाया। एकाएक अपने साथ की मुसीबतों को याद कर उसका गला भर आया। उसने हाईस्कूल की मार्कशीट व पेपरों में छपे अपने सम्मान समाचार का फोटो सहित विवरण उन्हें दिखाया। 'तुम इतने मेधावी बच्चे हो तुम्हें होटलों की शरण में क्यों आना पड़ा बेटा? परिवार में सब ठीक तो है न?'

'परिवार में ठीक नहीं है साहब, अभी हाल ही में गरीबी के कारण पिताजी का देहांत हुआ है। इलाज के लिए धन की व्यवस्था न हो सकी। गाँव की परंपरानुसार व्यवस्था न हो सकने के कारण तथा धनाभाव के कारण गाँव वालों ने अपनी बिरादरी से अलग कर दिया। चारों ओर से घिर आए संकटों के कारण सिवाय पढ़ाई छोड़ होटलों की शरण में आने के मेरे पास चारा ही क्या था साहब। यह तो भला हो आपका व ईश्वर का, कि मुझे तुरंत आपका सहारा मिल गया साहब।

'अरे-अरे... तुम चिंता मत करो...। तुम्हें सही जगह भेजा है ईश्वर ने। तुम कल ग्यारह बजे मुझे मिलो। मैं तुम्हारी यथासंभव मदद करूंगा। तुम्हें जितनी देर तक पढ़ना हो... बिजली आदि सब सुविधाओं का उपयोग करो..। तो घर में कौन है और?'

'मेरी माँ जी व छोटी भुलि किशनी... खेती बाड़ी के अलावा और कोई साधन नहीं है साहब आय का। पानी के अभाव में अब अनाज भी पहले जैसा नहीं होता साहब।'

'मैं भी पहाड़ से ही हूँ बेटा... इसलिए पहाड़ के हर दुख-दर्द, संघर्ष व समस्या को भली-भाँति जानता हूँ। अब तुम रत्ती भर भी चिंता मत करो बेटा... तुम भी मेरे बेटे के समान हो।' कहकर साहब ने कार्तिक की पीठ थपथपा दी। अनायास अपनत्व वश उसने साहब के चरण छू लिए।

साहब के जाने के बाद उसे अपनी माँ की कही बात अनायास याद हो आई कि कलियुग में भगवान ईश्वर रूप में नहीं मनुष्य रूप में आकर सहयोग व मार्गदर्शन करते हैं। साहब के पहाड़ से होने की बात का पता चलने पर उसे लगा कि वह बिल्कुल अपनों के यहाँ ही है।

रात सपने में उसने अपनी पीठ थपथपाते पिताजी को भी देखा व माँ जी को भी मिल आया। किशनी को भी ढाँढ़स बंधाया कि तेरी प्रार्थनाओं तथा माँ जी की सादगी से मुझे अच्छा ठिकाना मिल गया है परदेस में बिल्कुल अपनों से ही, बड़े साहब। अब ईश्वर ने चाहा तो मुझे यहीं से मिलेगी जीवन की मंजिल। अब तुम जरा सी चिंता मत करना।

अधिक जीवन से बढ़कर काम-काज भी मत करना और सामर्थ्य से बाहर संघर्ष भी नहीं। तुम्हें विश्वास तब आएगा भुलि जब मेरा पहला-पहला मनी आर्डर मिलेगा तुम्हें स्कूल के पते पर। 'मनी आर्डर नहीं भैजी बस स्वस्थ तंदुरुस्त, रह अपने लक्ष्य की ओर बढ़ना इससे अधिक क्या चाहिए एक छोटी बहन को?' कहकर किशनी ने हल्की सी धोल जमाई थी कार्तिक की गाल पर।

देर रात तक पढ़ने तथा नींद में दूर के लोकों की सैर कर आने पर सुबह आँख न खुल सकी। सिरहाने फैली किताबों को देख साथियों ने उसके देर पढ़ने की बात-सोच जगाना उचित नहीं समझा। कुछ देर में जागा तो सबसे पहले उठने वाले स्वयं को सुलक्कड़ के रूप में पाकर हड़बड़ाकर अपने कार्यों से निवृत्त हो तैयार हो गया। आज की सबसे बड़ी खुशी ग्यारह बजे बड़े साहब के साथ मुलाकात थी। उसके पहुँचने तक उसके दोस्तों ने उसके हिस्से का काम भी पूरा

कर लिया था। संकोचवश कार्तिक ने जीभ दांतों के बाहर निकालते हुए कहा-

'आज मैं सबसे लेटकमर हो गया। आपने मुझे उठाया भी नहीं। दरअसल क्या हुआ, रात को आप लोगों के सोने के बाद मैं अपनी मोमबत्ती जलाकर पढ़ता हूँ। कल भी पढ़ रहा था। लाइट बंद थी। बड़े साहब ने देर रात में दरवाज़ा खटखटाया मुझसे बात चीत की। लाइट जलाकर पढ़ने के लिए कहा, उनके जाने के बाद भी मैं पढ़ता रहा देर तक। पहली बार लाइट में देर तक पढ़ना अच्छा लगा। देर में सोया तो आँख लग गई। आज मुझे ग्यारह बजे मिलने को कहा है साहब जी ने।'

'अरे भाई... कहीं तुझे हमारा साब तो नहीं बना रहे हैं वे? बड़े दयालु और परोपकारी हैं बड़े साहब... पढ़े लिखों की कदर भी करते हैं व मदद भी। कुछ अच्छे के लिए ही बुलाया होगा। हम तो ठहरे अनपढ़ अनड्वान। हमें इसी नौकरी पर भी बनाये रखें तो यही गनीमत है हमारे लिए। आज के जमाने में हम जैसे अंगूठे छापों को कौन पूछता है सच न भाई?'

'अरे इन साब लोगों को इतने कम पैसों में ऐसे गधे भला कहाँ मिलेंगे दुनिया में? घोड़े मिलेंगे तो घोड़ों को नामा भी तो घोड़ों के हिसाब से ही मिलेगा। भला हो ऊपर वाले का जो हमारे जैसे गधे बना दिए और बड़े साहब जैसे सेठ... इसलिए दोनों की दुकानदारी चल निकली है। दोनों ही महत्त्वपूर्ण हैं अपनी-अपनी जगह।' दूसरे साथी ने कहाँ।

वैसे तो कार्तिक ठीक आठ बजे से पहले होटल पहुँच जाता था। सबसे पहले लेकिन आज पूरे डेढ़ घंटे देर से पहुँचा था, ठीक साढ़े नौ बजे। आनन-फानन में सब काम पूरे किए और ग्यारह बजने से ठीक पाँच मिनट पहले पहुँच गया बड़े साहब के ऑफिस बाहर एक पुरानी पन्नी में रखी फाइल के साथ। बड़े साहब के अर्दली ने पहले मिलने का कारण पूछा। उसने अभी तक कार्तिक को नहीं देखा था बड़े साहब के आवास या कार्यालय में।

उसे लगा कि आए दिन नौकरी के लिए आने वाले बेरोजगार युवकों की ही तरह उसे भी साहब ने इंटरव्यू के लिए बुलाया होगा। लेकिन इंटरव्यू में एक पोस्ट (पद) के लिए भी तो सौ-डेढ़ सौ लोग (उम्मीदवार) तो पहुँचते ही थे। कार्तिक को अपने सर्टिफिकेटों की फाइल के साथ अकेले देख उसे कुछ आश्चर्य भी हुआ। अन्यथा बड़े साहब से सिफारिश लगवाने के लिए बहुत से लोग तो उसी को फोन अथवा संपर्क करते हैं।

लेकिन आज का यह माजरा जल्दी-जल्दी उसके समझ में न आया। वह बात ही बात में उससे रहस्य उगलवाना चाहता था लेकिन तब तक बड़े साहब

की घंटी बज गई। बिना उससे अपने मन के सवालों के जवाब पाए उसे कार्तिक को बड़े साहब के पास भीतर भेज देना पड़ा।

बड़े साहब का कार्यालय सचमुच बड़ा सुंदर था। उसने एक पत्रिका पढ़ने में तल्लीन बड़े साहब को झुककर प्रणाम किया। साहब ने अपनी टेबल के सामने लगी सात-आठ नवीनतम कुर्सियों में से किसी एक में उसे बैठने के लिए कहाँ इस बीच उसने अपने प्रमाण पत्रों तथा हाईस्कूल में जिले में टॉप करने के अवसर पर विभिन्न पत्र पत्रिकाओं में प्रकाशित अपने फोटो व समाचार की फाइल साहब की ओर बढ़ाई। साहब यह देख बहुत प्रसन्न हुए व उन्होंने नाक की धर तक खिसक आए ऐनक को एक हाथ से अलग निकालते हुए कहा-

'कार्तिक बेटा! बहुत खूब, यह बताओ कि तुम्हारे जीवन का लक्ष्य क्या है, व तुम मुझसे किस तरह की मदद चाहते हो?'

'मेरा लक्ष्य... यद्यपि अभी वह स्वप्न मात्र है। लेकिन यदि ईश्वर ने चाहा और आप जैसे अंग्रेजों की दयादृष्टि रही... तो मुझे भारतीय सेवा का अधिकारी बनना है साहब, और आपसे मैं इतनी ही मदद चाहता हूँ कि... आप मेरे पहले और अंतिम साहब बनें। आपकी ही छत्रछाया में मैं यहाँ काम करते-करते अपनी पढ़ाई जारी रखूं, और आपके ही हाथों व अन्न-नमक खा मैं पढ़ाई पूरी कर भारतीय सेना में अधिकारी नियुक्त हो जाऊं। आप इस बीच मुझे जो भी कार्य देंगे वह मैं सहर्ष करूंगा। बस, ये मदद मैं आप से चाहता हूँ साहब..।'

'डन.. और बताओ...। तुम्हें कल से मैं ऑफिस का काम सौंपता हूँ। होटल के ऊपर की मंजिल पर एक कमरा है तुम वहाँ रह कर अपनी पढ़ाई-लिखाई करो... तुम्हें सुबह का या शाम का कॉलेज भी ज्वॉइन करना है रेगुलर, तो करो। ईमानदार व संघर्षशील पहाड़ी युवाओं की मदद कर मुझे अच्छा लगता है। इस सबके बावजूद भी तुम्हें कोई जरूरत हो। बताना वह सब मैं पूरा करूंगा। अब तुम एकाग्र होकर अपनी पढ़ाई करो। बीच में जब समय मिले तब होटल का काम कर लेना। तुम मेरे परिवार के सदस्य बन रहो तुम्हें कोई कष्ट नहीं होगा।'

बड़े साहब से इतना लंबा आश्वासन पाकर कार्तिक गदगद हो गया। उसने मन ही मन पिताजी व ग्रामदेवों का स्मरण किया व बड़े साहब के पांव छूकर कहा-

'आपकी इस लंबी सेवा के दौरान मुझे कोई विशेष तनख्वाह भी नहीं चाहिए साहब... आप मुझे वह देना जो एक पिता अपने पुत्र को जेब खर्च के रूप में देते हैं। इस समय मेरा लक्ष्य नौकरी या तनख्वाह नहीं, बल्कि पढ़ाई-लिखाई कर अपने लक्ष्य तक पहुँचना है। इस दौरान रहने-खाने के अलावा भी आप कुछ न

दें तो भी मैं प्रसन्नतापूर्वक मन लगाकर आपके पास कार्य करूंगा साहब... अच्छे व बड़े लोगों का सान्निध्य भी किसी बड़ी तनख़्वाह से कम नहीं होता साहब...।'

'अब यह सब विषय तुम्हारा नहीं है बेटा... कल मैनेजर के साथ शहर के किसी कॉलेज का पता कर आना, कहीं कोई दिक्कत हो तो मुझे मिलना।' कहकर बड़े साहब ने उसकी पीठ थपथपा दी।

[34]

वहाँ से लौट जब उसने यह बात अपने साथियों को बताई तो वे बहुत खुश हुए। उसी दिन शाम को कार्तिक को होटल का सबसे ऊपर वाला कमरा स्वतंत्र रूप से मिल गया। दूसरे दिन मैनेजर ने उसके कॉलेज का प्रबंध कर दिया। कार्तिक ने फॉर्म भर दिए इंटर की परीक्षा के विज्ञान वर्ग से। कक्षाएं प्रात: से ग्यारह बजे तक निपट जातीं। फिर वह मन लगाकर होटल का काम करता यद्यपि बड़े साहब ने उसे होटल से ऑफिस में स्थानांतरित कर दिया था लेकिन कार्तिक सबके साथ मिल-जुलकर काम करता।

कोई अवकाश पर घर जाता तो वह उसका काम भी बखूबी करता व बदले में कुछ न लेता। वह मालिकों का ही नहीं, बल्कि होटल में काम करने वाले प्रत्येक कर्मचारी का चहेता बन गया था। उसे बार-बार अपने पिता की कही बात याद आती कि जीवन में कोई भी काम ऊब कर नहीं, बल्कि उत्साहपूर्वक डूबकर करना चाहिए। कभी वह उनके साथ फुर्सत के क्षणों में हँसी-ठिठोली करता तो कभी रात को पहाड़ व गाँव की याद में दर्दीले व खुदेड़ गीत गाकर सबकी आँखें नम कर देता।

दिन-भर होटल का काम व रात को जमकर पढ़ाई करना उसकी दिनचर्या हो गई थी। यही नहीं, शाम को कभी वह रेलवे स्टेशन की ओर निकल जाता और गाड़ी के आते ही अपनी प्रभावी अभिव्यक्ति से दस-बीस मुसाफिर होटल में रहने के लिए पकड़ लाता। कार्तिक के आने से बाद होटल के कारोबार में भी खूब अंतर आने लगा था। यह देख बड़े साहब कार्तिक से बहुत प्रसन्न थे।

एक दिन दो-तीन घंटे की छुट्टी लेकर कार्तिक भारतीय सैन्य अकादमी (आइ.एम.ए.) गया। भव्य भवन पर सुंदर पोशाकों में माटी को सलाम करते हुए उसने अधिकारियों की टुकड़ियों को देखा तो वह रोमांचित हो उठा। उसे बचपन में मिले सूबेदार बौडा जी की याद हो आई। उसने आंखें बंद कर अपने ग्राम देवताओं व अपने दिवंगत पिताजी से याचना की-

136 / बुलंद हौसले

''बस ,मैं एक दिन इसी भवन का हिस्सा बनकर अपने देश की सेवा करना चाहता हूँ। मुझे वर दो कि मैं अपने मिशन में सफल होऊँ। इसके लिए मैं कुछ भी करने को तैयार हूँ।

मानों मातृभूमि ने मौन सहमति दे दी थी। अब उसके भावुक हृदय में उस क्षण की प्रतीक्षा थी जब वह कलगीदार टोपी व वर्दी पहने अपने वतन के पहरेदारों के साथ कदम पर कदम मिलाता हुआ अपना संपूर्ण जीवन राष्ट्र सेवा के लिए अर्पित करने का संकल्प ले रहा होगा। उसका अंग-अंग देश के लिए सर्वस्व अर्पित करने को तत्पर होगा।

वहाँ से लौटा तो बस, मन पर एक ही भूत सवार रहता कि किसी भी रूप में आइ.एम.ए. पहुँचना है। वह दूसरे दिन ही प्रात: चार बजे उठकर पाँच-पाँच किलोमीटर की दौड़ दौड़ने लगा। जब तक उसके साथी उठते वह नहा-धेकर दौड़ लगाकर आ चुका होता व उनके उठने तक स्वयं चाय पी उनके लिए चाय रख स्वयं पढ़ने में जुट गया होता।

उसने स्वयं को मानसिक रूप के साथ-साथ शारीरिक रूप में तैयार करने की ठान ली, इसलिए वह शारीरिक व्यायाम को अपनी दिनचर्या का प्रमुख हिस्सा मान प्रतिदिन दौड़ लगाता। साल भर खूब मेहनत की कार्तिक ने। घर की तरह पूरे जिले में वह प्रथम तो इस बार न आ सका, लेकिन प्रथम श्रेणी में अच्छे अंक लेकर उत्तीर्ण हुआ। बीच-बीच में कभी वह पत्र भेज देता घर कभी कुछ खर्चा-पानी भी।

बड़े साहब ने बिना कुछ कहे उसकी तनख़्वाह डेढ़ हजार से साढ़े तीन कर दी थी। हालांकि उसे इतने की उम्मीद नहीं थी लेकिन उसके जुझारूपन व होटल व्यवसाय को बढ़ाने की अभिरुचि को देखते हुए उन्होंने यह सब किया था। माँ जी व किशनी पत्र व तनख़्वा पाकर फूले न समाते।

दो साल बाद घर गया कार्तिक, माँ जी व किशनी का हाल-चाल जानने। बीच में धनाभाव व माँ जी की परेशानियों के चलते किशनी ने स्कूल छोड़ दिया था। जब कार्तिक को इस बात का पता चला तो बहुत नाराज हुआ वह, दूसरे दिन ही स्कूल जाकर फिर एडमिशन करवा आया। माँ जी को भी फटकार लगाई।

'माँ जी, अब इतनी तो हैसियत है ही मेरी कि किशनी को पढ़ा सकूँ अब पाँच साल की तपस्या तुम्हें और करनी पड़ेगी माँ मेरे अधिकारी बनने तक परिवार के एक सदस्य को मंजिल तक पहुँचाने के लिए परिवार के प्रत्येक सदस्य का त्याग, समर्पण व सहयोग जरूरी है। अब माँ मैं तभी गाँव लौटूंगा

जब अपने उद्देश्य में सफल हो जाऊँगा-ये चार-पाँच वर्ष तुम्हें अकेले काटने पड़ेंगे माँ जी... खर्चे की चिंता नहीं, वह मैं भैजता रहूँगा मेरे सिवाय तुम्हें कोई परेशानी नहीं होगी माँ जी।'

'बेटा, तुम्हारा जीवन बने... तो हमें किसी प्रकार की भी कोई दिक्कत कहाँ है। समय और नदी के पानी के बहने का पता कहाँ चलता है। बस, कुछ उपलब्धि हाथ आनी चाहिए। हमारी जीवन गाड़ी तो तुम्हारा ही पीछे है बेटा... ईश्वर छोटी-मोटी जो भी नौकरी दें उसी में संतोष करना। धीरे-धीरे उसी से रास्ता निकालते हैं भगवान।'

'उस बार पाँच दिन ही रह सका कार्तिक, घर। आस-पास के लोग सुगबुगाने लगे कि क्या नई चाल है उनकी कहीं शादी-विवाह या परदेस जाने का इरादा तो नहीं है सबका। लेकिन इस बात की तसल्ली तब हुई उन्हें जब कार्तिक चला गया लेकिन किशनी व उसकी माँ को घर ही देखा उन्होंने।

कार्तिक चला गया। माँ जी ने फिर से घर-गृहस्थी अच्छी तरीके से संभाल ली थी। एक गाय दो बैल व एक ब्याही भैंस थी खर्क में। कार्तिक की विधवा माँ से, यह उम्मीद न थी गाँव वालों को वे तो ठूँठ हुए पेड़ को जल भुनकर राख हुआ देखना चाहते थे। लेकिन यह तो ठूँठ हुए पेड़ पर फिर से पत्तियां खिलखिला आई थीं। यही सबकी चिंता का कारण बनने लगा था। बिना किसी मदद से कुम्हला चुके परिवार के पेड़ पर लौटी हरियाली सबकी ईर्ष्या का कारण बन गई थी। यह सब तो ईश्वर की कृपा से संभव हुआ था या फिर कार्तिक के संघर्षपूर्ण जीवन की मेहनत से और बचा खुचा माँ जी की धैर्य-निष्ठा से। गाँव वाले देखते रह गए थे।

दो-तीन हजार में माँ जी अच्छा चला लेती घर-गृहस्थी का कार्य। अब पुराना कर्जा भी नाम मात्र का ही रह गया था। माँ जी अपने खर्चे में कटौती कर, चुकता कर देती कर्जा। कोई आने-जाने वाला आता तो कार्तिक खर्चा-पर्चा व कपड़े भेज देता। माँ जी घी, साग-सब्जी व घर की कोई समौण (याद)। जीवन ठीक-ठीक कट रहा था माँ जी व किशनी का आशा में तथा कार्तिक का अपने लक्ष्य को पाने की जद्दोजहद में।

इस साल कार्तिक का बी.एस.सी. का फाइनल था व किशनी ग्यारहवीं की परीक्षा उत्तीर्ण करेगी। जब स्थितियां अनुकूल होने पर आती हैं तो धीरे-धीरे परेशानियां भी खुशियों में बदलने लग जाती हैं। अब ज़मीन पर अनाज भी अच्छ निकलने लग गया था। ऐसा दिन भी आ गया था जब माँ जी को गाँव में किसी

का कर्जा नहीं देना था। उल्टा अब गाँव के दूसरे लोग अपने परिवार जनों से मुँह चुरा-छिपाकर कुछ पैसा उधार ले जाते किशनी व माँ जी से।

अपने पुराने दिन याद कर वे किसी को भी निराश न लौटाते। ज्यादा न हुआ तो थोड़ा ही सही, लेकिन कोई न लौटता खाली। जब बड़े-बड़े गाँव के वे लोग, जो पल-पल उनकी टूटती गृहस्थी की गाड़ी की बदहाली की प्रतीक्षा करते थे। उनसे किसी न किसी बहाने सुलह कर अपने जाति-बिरादरी व अनुष्ठान-समारोहों में शामिल करने के दाव-पेंच ढूँढने लग गए थे। माँ जी थी कि जैसी भी परिस्थिति आती, वह ईश्वर की इच्छा मानकर स्वीकार कर लेती।

[35]

गाँव में कभी-कभार जातरा (यात्र) करने दूर-दूर के देवी-देवता (देवारा) आते तो माँ जी खुलकर दान देती या उनके निशानों (देवी-देवताओ के प्रतीक चिन्हों) आभूषण (वस्त्र) चढ़ाती। अपने कार्तिक की इच्छा व मनोकामना पूर्ण होने के लिए माँजी व किशनी नंदा राजजात में भी शामिल हुई थीं, अपने मायके के मैती मादेव के यहाँ मनौती मान आई थी कि यदि उसके कार्तिक की मनोकामना समय से पूर्ण हुई तो वह चाँदी का छत्तर चढ़ाएगी। शिवजी के मंदिर में।

सावन में खूब बेलपत्रियां चढ़ातीं माँ जी मंदिर में। जब-तब किसी न किसी अवसर पर ग्राम देवताओं का पूजन करती। दूर के पुरोहितों को दान-दक्षिणा देती उस दिन कार्तिक का जन्मदिन था। माँ जी ने स्वांली पकौड़ी (पूरी पकौड़ी) बनाई थी... माँ जी पंदेरा के शिवलिंग पर पानी चढ़ाकर आई तो डब्बू रोने लग गया... नहीं तो वह जरा सी देर करने पर भी गुर्राता-भौंकता था गोया कहता हो

'माँ जी घर आने का भला यह समय है...?' वैसे वह खेलता-कूदता था।

माँ जी ने बहुत पुचकारा... बासी रोटी थी... दूध का कटोरा भी... पूँछ हिलाता रहा... व बराबर रोता रहा। माँ जी ने उसके शरीर पर हाथ फेरा व कहा-

'रो-ना डब्बू... आज तेरे मालिक का जन्मदिन है। घर होता तो कितना लाड़-प्यार करता तुझसे। तुझमें तो जान बसती है उसकी। बस दो-तीन साल और जीना, बड़ा साहब बन जाएगा, तब तुम्हें मिलने आएगा, रो ना... लाटा (बेटा)...।' माँ जी का यह कहना था कि आँसुओं की धार बहती रही उसकी आँखों से... दीन-हीन आवाज़ में रोकर वह कुछ कहता रहा। मानों कह रहा हो-

'माँ जी दो-तीन साल कहाँ अब तो दो-तीन दिन भी नहीं बचे... अब मेरा समय पूरा हो गया माँ जी...। अब यही दुःख है कि अंतिम समय मालिक के दर्शन भी न कर सका। इसी का दुःख है माँ जी... इसीलिए रो रहा हूँ...।'

उस दिन कुछ भी न खाया डब्बू ने। बूढ़ा भी बहुत हो गया था। लेकिन था तंदुरुस्त। बस, लेट गया दोपहर ढलते कमरे की देहरी में अपनी लाचार गर्दन लटकाकर। किशनी ने गोद में रखा उसका सिर लेकिन डब्बू ने हाथ पांव छोड़ दिए, कराहता व आँखों से आँसू की धार चू पड़ती। अब माँ जी को लगा कि डब्बू कार्तिक को मिलना चाहता है। तेबारी में रखी उसकी फोटो उठा लाई माँ जी हँसते हुए... देखी उदास मन से... माँ जी के पैरों की आहट सुनकर पूरे जोर से उठा डब्बू... सूखी जीभ से चाटी फोटो... मानो कहा हो...

'जा रहा हूँ मेरे मालिक... नाराज़ मत होना... कुशल रहना.. माँ जी व किशनी का ध्यान रखना मेरी ही तरह... अच्छा... अलविदा।'... दो तीन बूँद आँसू बहाए... और धड़ाम से नीचे गिर देह त्याग दी डब्बू ने। गोया मालिक के दर्शन कर धन्य हो गया हो। बहुत रोई माँ जी व किशनी भी।

उस रात घर में चूल्हा नहीं जला। कार्तिक के बाद घर को बड़ा सहारा था डब्बू का। उसके रहते कभी नहीं खली कमी कार्तिक की... मन मलिन होता तो अपनी बचकानी हरकतों से सबका मन खुश कर देता कुछ ही समय में। सब उदासी फुर्र हो जाती पल में ही। दूसरी सुबह दुःख से आहत हो पत्र लिखा किशनी ने–

'भैजी, डब्बू दिदा (बड़ा भाई मानती डब्बू को) नहीं रहे। लगता घर काट खाने को दौड़ रहा है। आपकी खुद (याद) डब्बू को देख बिसराती थी। अब डब्बू व आपके बिना घर-घर नहीं रहा भैजी। माँ जी और मैं ठगे ठगाए से बैठे रहते हैं घर में। आपको देखने लिए तड़पता रहा डब्बू... आँसू रुकने का नाम न लेते... जब माँ जी आपकी फोटो लाई... तो उसे चाट आँसू बहाकर सदा-सदा के लिए साथ छोड़ गया डब्बू... आखिरी बार मानों आपको कह रहा हो... खुश रहना मेरे मालिक... अलविदा। अब आप कब घर आओगे? मुझे बहुत खुद (याद) लगी है भैजी आपकी?'

उस दिन रविवार था। पिताजी व ग्रामदेवों का स्मरण कर कार्तिक आइ.एम.ए. का टेस्ट देने गया था। टेस्ट बहुत अच्छा हुआ। लेकिन मन बहुत उदास था। बी.एस.सी. के अच्छे अंकों की सूचना भी न दी थी घर को क्योंकि अब इससे बड़ा परीक्षाफल था सिर पर। सोचा उसमें कुछ अच्छा समाचार होगा

तो सूचित करेगा माँ जी को। पेपर देकर घर लौटा तो बड़े मालिक व संगी-साथी बधाई देने लगे लेकिन तो भी मन की उदासी दूर न हुई, रात उदासी में ही कटी।

सुबह ऑफिस खोला तो किशनी की चिट्ठी पाकर मन को शांति मिली लेकिन चिट्ठी पढ़ते ही माँ जी किशनी व उसे मिलने को तड़पते डब्बू की तस्वीर आँखों के आगे तैर गई। अपने कमरे में जाकर बच्चों सा फफक-फफक कर रोया कार्तिक... अपने बालसखा डब्बू की मौत पर। पिताजी से अधिक सहारा व साथ दिया था उसका डब्बू ने।

भावनाओं का गुब्बार कुछ हल्का हुआ तो मन को स्वयं ही समझाता कार्तिक आखिर इस संसार का यही सच है। हर आने वाले को तो जाना ही है एक दिन... किसी का जाना याद नहीं रहता... और किसी का जाना बिसरते-बिसरते भी नहीं बिसरता। किसी की अच्छाइयां व गुण ही हैं कि जो किसी को देर तक तड़पाते व याद आते हैं।

यही नियति है इस संसार की इसी उपलब्धि को पाने के लिए, आदमी जंगल व पहाड़ तक खोद देता है। उसने मन से अपने डब्बू का धन्यवाद कर फिर से मन को मजबूत किया व किशनी को ढाढ़स भरा पत्र लिखा कि 'संसार का यही अंतिम सत्य है भुलि। संसार को रोकर नहीं, मन व हृदय (मस्तिष्क) को कठोर कर जीता जा सकता है। ईश्वर की सृष्टि में रिक्त हुई सत्ता के लिए मन में आया नया विश्वास पैदा कर अपने लक्ष्य को पाया जा सकता है। बुरे दिनों में सुनहरे अतीत को याद कर-कर भविष्य को कमजोर करने की आवश्यकता नहीं हैं बल्कि धैर्य, साहस व संघर्ष से अतीत के कुछ अच्छे विचारों की फसल बो भविष्य को और सुखकारी बनाना जीवन के लिए जरूरी है।

प्रकृति व ईश्वर के हर उपहार (अच्छा या बुरा) को स्वीकार करने की क्षमता विकसित करने से ही जीवन-लक्ष्यों की मंजिल तक पहुँचा जा सकता है।' भैजी की प्रेरक चिट्ठी पढ़कर माँ जी व किशनी के दुखी मन पर मानों मरहम लग जाता...वे फिर से सहज हो अपने कार्यों में जीवटता से जुट जाते।

किशनी का इंटर का फाइनल था तो कार्तिक का जीवन का फाइनल। माँ जी का मन उसी तरह बेचैन था जैसे किसान का पकी हुई फसल के भर बगत पर होता है। आर या पार। सब ठीक-ठाक रहा तो साल भर की मेहनत सिर चढ़ जाती है, व भाग्य की दृष्टि तनिक टेढ़ी हुई नहीं कि करी-कराई मेहनत पर पानी फिर जाता है। यही खेल कभी-कभार जीवन के साथ भी घटित हो जाता है। माँ जी को यही चिंता सताती कि इतने दुश्मन है पग पग पर...जाने जीवन के लक्ष्य तक पहुँचते-पहुँचते क्या-क्या होता है, ईश्वर राज़ी रखें।

फिर अडिग विश्वास भी था ईश्वर पर कि जीवन की असली मेहनत कभी नहीं जा सकती निरर्थक आज तक जिसने साथ दिया, आगे भी उसी का मार्गदर्शन रहेगा आदमी को हराने या डराने वाला ईश्वर या प्रारब्ध के अलावा होता कौन है दुनिया में? परेशान होकर माँ जी फिर स्वयं ही अपनी परेशानी का हल भी ढूंढ लेती।

इधर कार्तिक ने अपने संघर्ष की रफ्तार और तेज़ कर दी थी। होटल के काम तो वह मन लगाकर करता ही था, पढ़ाई भी डूबकर करता। कार्तिक का कमरा क्या था एक छोटा सा पुस्तकालय ही था। तनख़्वाह बाद में मिलती प्रतियोगिता की पुस्तकें व पत्रिकाओं के साथ-साथ दूसरी उपयोगी पुस्तकें पहले आ जातीं। अपने होटल के कार्यकाल में पुस्तकों व शिक्षा से इतनी निकटता व गहराई से वास्ता रखने वाला पहला लड़का देखा था कार्तिक... जिसके लिए होटल एक पड़ाव था लेकिन मंजिल कहीं और थी।

बड़े मालिक को तब तक चैन न पड़ता जब तक दिन में एक बार कार्तिक के कमरे में जाकर उससे न बतिया लेते अथवा उसकी महत्त्वपूर्ण पुस्तकें व पत्रिकाएं न पलट लेते। संपन्नता के बावजूद भी जो असली आनंद उन्हें उस कक्ष की पुस्तकों को टटोल कर या उससे बतिया कर मिलता था, वह अन्यत्र दुर्लभ था।

माँ जी से मिले संस्कारों से वशीभूत वह सप्ताह में एक दिन व्रत रखता था... भगवान भोले शंकर का। होटल में रहते हुए भी वह बहुत सात्विक भोजन करता व अपने कठोर अनुशासन में रहता। सुबह की कई मील की दौड़ व दिन भर की तैयारी जरूर उसे अपनी मंजिल तक पहुँचाने का संकेत देती। वह होटल में भी पुस्तकें व पत्रिकाएं साथ रखता। जब तनिक फुर्सत मिलती तो वह पत्र-पत्रिकाओं के कई-कई पृष्ठ पलट देता।

उसकी पढ़ाई या अपनी तैयारी के कारण होटल का कोई कार्य बाधित होता हो, इस बात का वह किसी को अवसर ही न देता। फालतू वह तब से न बैठा था जबसे वह होटल में आया ही था। यह उसके अनुशासित व समय के सदुपयोग करने वाले क्षणों का ही प्रतिफल था कि जहाँ उसके दूसरे साथी इस बीच कुछ भी न कर पाए थे, वहाँ वह अपने जीवन-लक्ष्य के बहुत करीब पहुँचने वाला था। इस बात से उसके बड़े मालिक उससे बहुत प्रभावित थे। प्रतिवर्ष बिना कहे ही वह कार्तिक की तनख़्वाह में बढ़ोत्तरी भी कर देते।

[36]

कार्तिक के प्रत्येक सोमवार व्रत लेने की बात से प्रेरणा ले बड़े साहब ने भी सप्ताह में एक दिन उपवास लेना प्रारंभ कर दिया था। सोमवार को बड़े साहब फलाहार करते व उसी में से फल कार्तिक के लिए भिजवा देते। कई बार मना करने पर भी साहब ने शेष फलाहार कार्तिक को भेजने का नियम बना लिया था। उस दिन भी सोमवार था। बड़े साहब व कार्तिक का आज व्रत होगा, यह सभी को मालूम था। पहले साहब किसी के हाथों कार्तिक को फल आदि भिजवा देते थे, लेकिन आज उन्होंने कार्तिक को अपने पास बुलवाया था।

साहब का किसी को अपने पास बुलवाने की बात प्राय: सभी को किसी विशेष संदेश के लिए तैयार या चौकन्ना करना ही होती। यह दो ही अर्थों में संभव होता... या नई नौकरी लगवाने के संदर्भ में या फिर लगी लगाई नौकरी हटवाने के संबंध में। हटवाने का संबंध तो कार्तिक पर लागू न होता था... लेकिन कुछ और अच्छे का संकेत जरूर हो सकता है। अपने नित्य की ईश वंदना से निवृत्त हो वह जैसे ही बड़े साहब के कक्ष में पहुँचा तो साहब ने कहा-

'बधाई हो कार्तिक! आज फलाहार से नहीं... मिठाई से दावत तो तुम्हें खिलानी होगी... तुम्हे अपने मिशन में कामयाबी मिल गई है...। मेहनत तो तुमने की है लेकिन इस सबसे मैं भी गौरवान्वित हुआ हूँ... आज 'रोजगार समाचार' की सी.डी.एस. परीक्षाफल के आइ.एम.ए. में सफलता प्राप्त उमीदवारों में तुम्हारा भी नाम छपा है...। तत्काल इस खुशी के लिए अपनी माँ जी को पत्र लिखो... वह तुम्हारे साथ-साथ हम सबकी उपलब्धि है।' कहकर बड़े साहब ने कार्तिक को गले से लगा दिया व अपने पी.ए. को इस उपलक्ष्य में सभी कर्मचारियों को मिठाई खिलाने का आदेश दिया।

'सर! इस सफलता में मेरी माँ जी व बहन किशनी से कई गुणा अधिक आपका वरदहस्त है मुझ पर जो ईश्वर की कृपा से मुझे आपसे योग्य मार्गदर्शन व सान्निध्य मिला। बिना ईश्वर व आपकी कृपा के यह संभव नहीं था सर। 'रोजगार समाचार' में अपना नाम प्रकाशित देख उसने पहले अपने पिताजी का स्मरण किया। फिर अपने ग्रामदेवों का व इसके पश्चात चरण छू लिए बड़े साहब के।

बड़े साहब ने पीठ थपथपाते हुए पूछा था-

'कार्तिक बताओ, जीवन का लक्ष्य पाने में माहौल कितना जरूरी होता है?'

‘माहौल भी हमारी अभिरुचियों की तरह होता है सर। जैसे आपने यह भव्य होटल जहाँ बनाया वहाँ कभी जंगल था, कंटीली झाड़ियां थीं, जंगली जानवर वहाँ रहा करते लेकिन ये कहें कि तब यहाँ माहौल नहीं था। माहौल कभी भी कहीं पूर्व में उपलब्ध नहीं होता सर। संघर्ष, दृढ़ इच्छा शक्ति व जीवन में कुछ पाने की सच्ची ललक ही माहौल को निर्माण करती है।

बना बनाया माहौल कहीं मिलता नहीं। संयोग से मिलता भी है तो वह शत-प्रतिशत हमारी इच्छाओं व अपेक्षाओं के अनुरूप हो, यह कतई आवश्यक नहीं है। इसे हम यूं भी समझ सकते हैं सर, जैसे हम अपने इस नव निर्मित होटल की जगह कोई बना बनाया होटल ले लेते, बहुत कम संभावनाएं ऐसी होतीं कि वह हमारी आकांक्षाओं व अभिरुचियों के अनुरूप बना होता। लेकिन जो होटल हमने बनाया। इसका नक्शा हमने वैसा बनाया जैसा हम बनाना चाहते थे।

माहौल बनाने के उद्यम में पहल आपको स्वयं करनी होती है... अन्यथा बने हुए माहौल से भी जीवन-लक्ष्य हासिल नहीं किए जा सकते। मेरे से पहले भी होटल में लोग काम करते थे, व मेरे बाद भी करेंगे, लेकिन मेरी तरह (ईश्वर से डर कर कहता हूँ कि यह मेरा अहम नहीं है) न वे आपकी कृपा का लाभ उठाकर अपना भविष्य संवार सके। जबकि उनके लिए साक्षात आप एक स्वस्थ व सुरुचिकर माहौल के रूप में उनके सामने उपस्थित थे। जबकि मेरे लिए आप साक्षात ईश्वर के रूप में मेरे अंग-संग रहे।

यह आपकी महानता व ईश्वर की अद्भुत कृपा है। मैं तो यह मानता हूँ सर, ईमानदार, कर्मनिष्ठ व संघर्षशील कर्मवीरों के कार्य सिद्ध करने के लिए ईश्वर को स्वयं मदद, मार्ग दर्शन व सहयोग के लिए आगे आना ही होता है, और वे आते हैं। इसलिए मैं सोचता हूँ कि जीवन-लक्ष्य पाने में उसी माहौल की भूमिका महत्त्वपूर्ण होती है जिसकी पगडंडियां आपके खून-पसीने की मेहनत व ईमानदारी से निर्मित होती हैं।

यदि संपूर्ण समर्पण, निष्ठा से आप अपने लक्ष्य की ओर बढ़ते हैं तो आपके बुलंद हौसलों के उत्साहवर्धन व परिमार्जन के लिए ईश्वर आप जैसे संरक्षकों को तत्काल नियुक्त कर देते हैं सर...इसलिए ऐसा पवित्र माहौल आपके जीवन लक्ष्यों का एक तथाकथित पड़ाव ही होता है...जिसकी हर पगडंडी जीवन की अंतिम मंजिल पर ही समाप्त होती है सर।’

‘मैं पूर्व घोषणा करता हूँ कार्तिक तुम भारतीय सैन्य अकादमी के योग्य युवा अधिकारी के रूप में सफल हो.. मेरी व मेरे कर्मियों की ओर से मैं तुम्हें मंगल

कामनाएं प्रदान करता हूँ... व बधाई भी।' प्रसन्न हो बड़े मालिक ने कहाँ

'मेरे जीवन के पल्लवन-संवर्धन से लेकर सौंदर्यीकरण तक का संपूर्ण श्रेय एक माली के रूप में आपको ही है सर... आपके सौहार्द से इस पवित्र परिवेश में यदि मैं कुछ हासिल कर सका... तो मैं आजीवन आपका व ईश्वर का ऋणी रहूँगा सर।' कृतज्ञता ज्ञापित करते कार्तिक ने कहा था।

दोपहर होने-होने तक होटल में पत्रकारों का जमावड़ा लग गया था। एक के बाद दूसरा पत्रकार साक्षात्कार लेने आता व अलग-अलग दृष्टि कोण से कार्तिक व कार्तिक के बड़े साहब का इंटरव्यू पेपरों में लगता। दूसरे दिन अखबार की सुर्खियों में छाया रहा कार्तिक, बड़े साहब व उनका होटल। 'कर्मठ चतुर्थ श्रेणी कर्मचारी बना भारतीय सेना का सम्मानित अधिकारी' 'रंग लाया कार्तिक की मेहनत का जुनून।' आदि-आदि शीर्षकों से सभी राष्ट्रीय अखबारों के प्रथम पृष्ठ पर छाया रहा कार्तिक।

कई-कई अखबारों ने अलग-अलग पृष्ठों पर खबर के साथ-साथ कई साक्षात्कार भी छापे सचित्र...। शाम को जिसको जहाँ जो अखबार मिला कार्तिक की उपलब्धि से भरा वह उसे ही लेकर बधाई देने चल पड़ा कार्तिक के होटल।

बड़े साहब की खुशी का कोई पारावार नहीं। गोया कार्तिक कर्मचारी नहीं उनका अपना बेटा हो। सभी मित्रों को इस खुशी में डिनर (रात्रि भोजन) पर आमंत्रित किया। बहुत देर तक बधाई का कार्यक्रम चला। कार्तिक संकोच करता रहा... बार-बार बड़े साहब के कृपा-प्रसाद की चर्चा करता रहा। कमरे पर एक डेढ़ बजे ही पहुँच सका। जब सब सो गए अपने पुराने झोले में रखे ग्राम देवों के फटींग (स्फटिक) व पिताजी का चित्र निकाला। सामने दीप जलाया व हाथ जोड़ते हुए कहने लगा-

'पिताजी! आपकी व ग्रामदेवों की असीम कृपा से तुम्हारे कार्तिक का चयन भारतीय सैन्य अकादमी में अधिकारी के रूप में हो गया है। आज आप होते तो निश्चित रूप से बहुत प्रसन्न होते। लेकिन सदैव अंग-संग आप ही रहे हैं मेरे तभी मुझे बड़े साहब व सूबेदार बौडा जैसे प्रेरक व्यक्तित्व मिलते रहे। माँ जी की अथक साधना से ही मार्ग प्रशस्त हुआ है आज। मैं किसी को भी सिवाय शुभकामनाओं व हाथ जोड़ने के दे ही क्या सकता हूँ, उन सबको उनके परोपकार का पुण्यलाभ देना पिताजी... माँ जी व किशनी सुनेंगी तो फूले न समाएंगी... यह मेरे दयालु ग्राम देवों का व आपका शुभाशीष है पिताजी...।' कहकर कार्तिक ने माथा टेक दिया।

कुछ देर पश्चात माँ जी व किशनी को पत्र लिखा- 'पूज्य माँ जी सादर चरण स्पर्श। कुछ समय पश्चात् पूर्णमासी का ब्रह्ममुहूर्त प्रारंभ होगा... माँ जी... आज आप व भुलि किशनी व्रत रखेंगी। तुम्हारी अथक साधना व शुभाशीषों से तुम्हारा कार्तिक अपने जीवन लक्ष्य में उत्तीर्ण हो गया है। इस उपलक्ष्य में पूरे विधि-विधान से ग्राम देवों की पूजा करना माँ... मैंने भी भावुक हो आज अश्रुओं का अर्चन किया है... पिताजी व ग्रामदेवों के समक्ष... इसके अलावा मैं कर भी क्या सकता था माँ जी?

सचमुच हमारे जीवन में आज सुख की पूर्णमासी का उदय है माँ जी... लंबे व कठिनतम सपनों का साकार होना बिना पूर्वजों व ईष्टदेवों के स्नेह के कहाँ संभव है माँ जी बिना उनकी अनुकंपा के संघर्षों की गठड़ी भी धरी की धरी रह जाती है। अब तुम्हारे व भुलि किशनी के व्रतों का उद्यापन व पिताजी की विदाई का बड़ा ग्रामभोज एक ही साथ दूँगा माँ जी। पहली तनख्वाह पाने पर, मेरे पास मेरी मातृभूमि की आँसुओं की विशाल थाती है। सुख-दुख में उसी को बहाकर जीवन शक्ति प्राप्त करता रहता हूँ। लेकिन तुम्हें मेरे सुख की सौगंध जो मेरी याद में एक भी आँसू बहाया।

अब पाँच-चार दिन बाद प्रशिक्षण के लिए चला जाऊंगा माँ जी... और फिर पासिंग आऊट परेड में सकल ग्रामदेवों घंड्याल, जाख, सिंघलास, बगड्वाल, नगराजा व धारी देवी की छत्र छाया में तुम्हें व भुलि को आना ही है अपने कार्तिक को राष्ट्रसेवा के लिए भारत माता का सुपुर्द करने।

माँ जी मेरी ओर से मातृभूमि की माटी का वंदन करना, देवत्वी कोठड़ी में दीप जलाना शिव मंदिर में रोट काटना। गाँव पड़ोस में सबकी दुआओं का आभार करना। बड़े साहब (जो मेरे सब कुछ हैं) के परिवार की सुख-समृद्धि की याचना करना और भुलि किशनी को जी भर प्यार करना मेरी ओर से मुझे अकिंचन की समस्त उपलब्धियों का श्रेय तुम्हें व मेरी मातृभूमि को ही है माँ जी... शेष फिर।'

तुम्हारा... कार्तिक

किशनी जंगल जाती गाय, बैलों को लेकर तो ऊँची-ऊँची धारों में अपने भैजी की याद में खुदेड़ गीत गाती। आँसुओं से धरती सींच लेती। अच्छरियों, किन्नरियों व वनदेवियों के साथ-साथ ग्राम देवताओं के मंडलों में पूजा-अर्चन करती, मनौतियां मानती, दूर-दूर के देवी देवताओं का ध्यान करती। भैजी की मनोकामना पूर्ण होगी तो वह वहीं आएगी पूजा करने... प्रसाद चढ़ाने...।

जिस लक्ष्य के लिए घर-बार छोड़ा वह पूरा हो किसी भी रूप में। बस, एक ही धुन रहती किशनी पर। ऊँची-ऊँची शृंखलाओं में बैठ लोकगीतों के माध्यम से ऐसी-ऐसी दिव्य शक्तियों को भेजती भाई की रक्षा के लिए... फिर प्रमुदित होती... तुम्हें तो लक्ष्य मिलना ही है भैजी...।

तुम्हारे साथ कितने-कितने देवी-देवता हैं... और मैं भी तो हूँ न... मन से की गई बहन की प्रार्थनाएं यूं व्यर्थ थोड़े ही जाएंगी। तुम अपने मार्ग पर बढ़ते रहो। अबाध... बस उतना ही काम है भैजी तुम्हारा बाकी काम तो मेरी व माँ जी की प्रार्थनाओं की फौज करेगी।' जाने क्या-क्या सोचती रहती किशनी रात-दिन। गाय-बैलों को चराकर पीठ में स्वाल्टी में कीट-कीट कर घास लेकर लौट रही किशनी को आवाज़ लगाई पोस्टमैन ने।

'किशनी! बेटी, बता मैं क्या लाया हूँ आज तेरे लिए? यदि तूने बता दिया तो मैं दूंगा तुम्हें ईनाम... और नहीं तो।' वाक्य अधूरा छोड़ दिया था पोस्ट मैन ने।

'मेरे भैजी की नौकरी का ऑर्डर चाचा जी? और सच में अगर वह हुआ तो एक गुड़ की डली, इक्कीस रुपये और च्यूं (असली छतरीनुमा मशरूम) की पूरी पोटली दूंगी चाचा तुम्हें।' आज सुबह से ही बास (बोल) रहा था कौआ माँ जी कहती थी जरूर आज तेरे भैजी की खुशखबरी आएगी। मैंने उस कौवे को स्वांली बनाकर दी चाचा...। जल्दी बताओ क्या आया है मेरे भैजी का रैबार (संदेश)?' बेसब्री में किशनी ने पीठ की भरी स्वाल्टी बिना किसी बिसौणू (आधार) के ऐसे ही पटक दी जो लुड़क कर लगभग दस मीटर नीचे खाई में गिर गई।

'अरे छोरी मरेगी क्या? सच में बड़ा ही रैबार है तेरा भाई अफसर बन गया है अफसर इस गाँव में ही नहीं दूर-दूर तक के दस बारह गाँवों में अकेला अफसर (किशनी हाथ जोड़े, आँखें बंद कर अपने देवों का स्मरण करती) अब खिलाएगी न मिठाई? ला फिर पहले वह जो तुमने अभी कहा था देने को गुड़ की डली, इक्कीस रुग्गे व च्यूं की फँची (पोटली)।'

इससे पहले कि पोस्टमैन चाचा अपने थैले में से उसकी चिट्ठी (रजिस्ट्री) निकालते... किशनी ने दौड़-दौड़ कर नीचे गई कठिनाई से घास की भरी स्वाल्टी उठाई व ऊपर रास्ते में बनी ऊपर की ओर की बिसौण (समतल भूमि जहाँ स्वाल्टी रखी जा सकती है) में बिसाई (रखी) व स्वाल्टी के ऊपर रखी अपनी पुरानी चुन्नी पर बँधी पोटली उन्हें पकड़ाते हुए कहा-

'इसके अलावा मिठाई भी खिलाऊँगी चाचाजी, कल स्कूल आते वक्त यदि मेरे भैजी की नौकरी का आर्डर हुआ तो...।' पोस्टमैन ने गुड़ की डली, इक्कीस

रुपये रखे व थोड़े से च्यूं निकाल कर शेष उसे पकड़ाए व चल दिया आगे। किशनी एड़ी के बल घुटने फोल्ड कर बैठ गई भैजी की चिट्ठी पढ़ी तो आँखें भर आईं। खुशी के मारे गायों को रास्ते में छोड़ स्वयं आगे चली गई घर... माँ जी को खुशखबरी देने।

माँ जी ने किशनी के आने तक पूरे घर को लीप-लाप कर चमका रखा था। माँ जी जब भी पूर्णमासी का व्रत रखती है तो देवत्वी कोठड़ी के सभी देव चम-चम चमकते नज़र आते हैं पूरा घर लाल मिट्टी व गोबर से लिप पुतकर बिल्कुल स्वच्छ व पवित्र हो उठता है। लगता है कि कोई परदेसी आने वाला हो... व्रत के दिन देवत्वी कोठड़ी व ईष्टदेवों के थान (स्थान) का सौंदर्य देखते ही बनता है। घर पहुँचने से पहले किशनी सोचती कि बंद चिट्ठी का मजमून (संदेश) कैसे भांप जाते हैं पोस्टमैन चाचा। यह लोग बताते हैं कि चिट्ठियां खोल-खोल कर पढ़ते हैं लोगों की और खुशियों की एवज में अपनी दान-दक्षिणा पाते हैं, और किंतु परंतु करने वालों की चिट्ठियां व मनी ऑर्डर तक गुम करवा देते हैं।

उनसे उलझने का तात्पर्य है अपने समाचारों से वंचित रहना। इसलिए हर अच्छा व्यक्ति उनसे अपना उल्लू सीधा करने में ही अपनी भलाई समझता है। अपने कार्तिक की सफलता का समाचार पाकर माँ जी भी फूले न समाई। कितनी बार उसने अपने ठाकुरद्वारे में माथा टेका, कितनी बार अपने संघर्षशील कार्तिक का चेहरा अपनी आँखों के आगे तैरा, कोई हिसाब नहीं।

[37]

गाँव में ही नहीं दूर-दूर तक कार्तिक की सफलता का समाचार आग की तरह फैल गया। अपनों की खुशी का कोई ठिकाना न रहा लेकिन दुश्मनों के आँखों में किरकिरी हो गई। जिसको गाँव व बिरादरी से निकाला वह इतने बड़े मुकाम पर कैसे पहुँच गया। वे भी मुँह बिदका-बिदका कर आते। अनमने मन से बधाई देते व्यंग्य करते-

'बहू! असली इन्सान ठोकर खाकर ही बनता है... इसकी प्रतिभा को देखते ही हमने उसे गाँव से अलग किया था। उपलब्धियां पाने के लिए ठोकर व उपेक्षा बहुत जरूरी है। हम न यह सब करते तो क्या कर पाता तुम्हारा बेटा यह सब।?

'बड़े बुजुर्गों व कुल देवताओं की ही कृपा है... इन्सान कौन होता है कुछ

करने वाला... कराने वाला तो भगवान होता है... आगे भी उनकी कृपा बनी रहे। कोई न कोई सत या उसकी कठोर मेहनत का करिश्मा जरूर है जो सफलता मिली है... जिस किसी के सहयोग व सद्प्रेरणाओं से यह हुआ है... भगवान उन्हें सद्बुद्धि दे... भगवान का लाख-लाख शुक्र है।'

'अब बार-बार भगवान का रोना न रोओ बहू... अब अच्छा काम हो गया तो अब तो अपनी मेहनत का या हमारी प्रेरणा का फल कहो...। इन्सान को इसका श्रेय दोगे तो कहीं काम आएगा... भगवान किसने देखा है... और कहाँ है आज के इस कलियुग में?' गाँव के उकसाने वाले दूसरे व्यक्ति ने कहाँ।

'नहीं सोरज्यू (ससुर जी) इन्सान तो केवल सुख का साथी ठहरा... नितांत स्वार्थी व गिरगिटिया... असली सत्ता वही होती है जो दुख व विपद में साथ दे...। भाग्य व ईश्वर से बड़ा कहाँ होता है इन्सान? प्रतियोगिताओं में तो कितने बैठे होंगे सैकड़ों-हजारों की संख्या में सफलता उसे ही मिलती है जिसकी झोली में ईश्वर अपनी अनुकंपा का भाग्य नत्थी कर देते हैं। ईश्वर का काम तो ईश्वर ही कर सकते हैं। भगवान का अस्तित्व तो मानने से होता है। उनकी कृपा के बिना हमारी क्या बिसात थी। मैं तो बार-बार उन्हीं की सत्ता को नमन करती हूँ।'

उस दिन, दिनभर आने-जाने वालों का तांता लगा रहा। दिन कब बीत गया, कुछ पता न चला। सायं को माँ जी व किशनी ने मन से पूजा-अर्चना की। पिताजी की याद आते कई-कई बार आँखें नम हुई। किशनी ने भैजी की पुरानी एल्बम निकाल दी। कई-कई चित्र स्मृतियों के संघर्ष को जीवंत कर गए। एक फोटू गाँव की सड़क पर बजरी कूटते कार्तिक का, जिस दिन खींच कर घर लाया था, उस समय कहा था कार्तिक ने भी...

'भुलि! ये पत्थर मैंने इसलिए कूटे थे कि मैं तुम्हारा स्कूल में दाखिला करवा सकूं, और मैंने किया भी। जब कभी मैं बड़ा बन जाऊंगा। फिर ये छोटे-छोटे चित्र मेरी संघर्ष यात्रा से साक्ष्य बनेंगे... सचमुच संघर्षों की लंबी रात के बाद उपलब्धियों का सूर्य अवश्य दमकेगा..जिनके हौसले बुलंद होते हैं भुलि... देर-सबेर उन्हें जीवन की मंजिल मिलनी ही होती है और मुझे भी वह मिलेगी ही, यह तुम्हें पुराने चित्रों व संघर्षों की कहानियों से ज्ञात हो जाएगा।'

सचमुच माँ जी व किशनी कार्तिक के संघर्षों की चर्चा करतीं तो वे खत्म होने का नाम न लेते। जब से होश संभाला उसने, तब से आज तक संघर्ष दर संघर्ष... लेकिन ऊपर वाले ने गजब का विश्वास व मजबूत मन दिया कि कहीं भी विचलित नहीं हुआ... व लक्ष्य को पाने तक अपने मन्सूबों, उसूलों, संघर्षों

से एक पल भी डिगा नहीं। अपने कार्तिक की हर कहानी को याद कर माँ जी की आँखें लबालब हो जातीं लेकिन परेशानियों के पहाड़ टूटने पर भी माँ जी के स्वाभिमान को तृण भर भी खंडित न होने देता। सच में माँ जी के लिए स्वाभिमान से जीवन जीना सिखाने वाला गुरु कार्तिक ही था... जिसने संकटों की चरम घड़ी में भी जीवन को अपने तरीके से जीने के गुर पहले स्वयं सीखे व फिर सबको सिखाए।

रात भर प्रसन्नता में माँ जी की नींद उचटती रही। बचपन के कई-कई चित्र, चित्रपट की भांति स्मृतियों के निकष पर उभरते। किशनी माल्टे के पेड़ पर पैर पर रस्सी बाँधी डब्बू के हवाले घर में अकेली रहती। माँ जी कभी कार्तिक को छोड़ने स्कूल जाती तो सड़क पर चलते बड़े लोगों के पीछे कार्तिक भी बड़ा सा टोप पहन कर 'लैफ्ट राइट-लैफ्ट राइट' कर चलता डम-डम-डम करके, फिर पीछे देखता मुड़कर... माँ जी को पूछता-

'माँ जी ! लग रहा हूँ न बड़े साहब की तरह? जब बड़ा साब बन कर लौटूंगा नौकरी से वर्दी पहनकर तो ऐसे ही आऊँगा माँ जी डम-डम-डम करता हुआ।'

'तू अभी स्कूल जाकर आज का काम कर ले ठीक-ठाक...अभी इन सपनों को सच होने में पूरा कल्प लगेगा... एक पूरा युग...। पढ़-लिख कर बनते हैं बड़े साब-(साहब)। खाली नकल उतार कर थोड़े ही...।'

'माँ जी यह संसार नकलचियों का ही है... हर नया काम, पुराने की नकल होता है... यदि पुराने की नकल कर कोई बड़ा नया काम हो जाए तो इसमें हर्ज क्या है माँ जी? आज के बड़े साबों ने भी कल (अतीत) के बड़े साबों के पीछे ऐसे ही कदमताल की होगी डम-डम-डम कर... तभी तो बन पाए वे उनकी तरह...। अनुभव व नए कार्य पुरानों से ही सीखकर नए करने के लिए होते हैं... आपने भी तो बहुत कुछ मेरी दादी से सीखा होगा जीवन का... सीखा है न माँ जी?'

'हाँ-हाँ... जल्दी कर... स्कूल की घंटी बज गई है... तू पहले समय से स्कूल पहुँच... आज की पढ़ाई करके आ... तब बात करेंगे.. शाम को।' माँ जी कहती व कार्तिक ऐसे चंपत हो जाता कि कुछ ही क्षणों में सामने की धार में अपने स्कूल के गेट के पास दिखाई देता।

माँ जी को कितने प्रसंग याद आते। जब कार्तिक बड़े बुजुर्गों से निर्णय लेता व उन कार्यों को कर भी दिखाता। सरला को मैत (माइके) बुलाने के लिए माँ जी बहुत परेशान थी। किसको भेजूं बुलाने के लिए इतनी दूर बस इसी उधेड़बुन

में थी। कितनों को हाथ जोड़े... लेकिन कोई न हुआ तैयार। पहले कार्तिक ने मेहनत से पैसे कमाए... फिर माँजी को डांटा-

'माँ जी बड़ा क्या होता है.. क्या सींघ निकलते हैं बड़े होने के लिए...? मैं क्यों नहीं जा सकता दीदी जी को बेदने (बुलाने)... जब जीवन संग्राम में साहस कर कूदते हैं माँ जी... तो संगी साथी स्वयं ही मिल जाते है' कहकर स्वयं ही चला गया इतनी दूर पैदल इस बात पर अनायास माँ जी को कार्तिक के बताए सूबेदार मेजर बौडा जी का भी स्मरण हो आया, जिन्होंने कार्तिक के बाल मन में देशप्रेम के बीज बोए थे। बहुत दिनों तक क्या वर्षों तक उनका स्मरण करता रहा था कार्तिक। आज माँ जी को भी उनकी अचानक स्मृति तेज हो गई थी। यदि वे जीवित हों तो उनको मिल आने का मन हो रहा था। माँ जी कार्तिक के साथ ननिहाल आने वाले अन्य दो दोस्तों को मिल आने की बात मन में सोचने लगी थी कि इस संपूर्ण सफलता का श्रेय उन्हें ही दिया जाना चाहिए।

दूसरी सुबह हुई तो माँ जी उनके घर जाने को तैयार हो गई। किंतु सोचने लगी मन ही मन कि इतने साल बीत गए कार्तिक की ही तरह वे भी आजीविका की खोज में कहीं परदेस चले गए होंगे। माँ जी स्वाल्टी रख खेतों में चली गई कि घास काटकर गऊशाला में रख देगी और फिर वही से चल देगी सूबेदार बौडा जी का पता करने... कार्तिक के चयन की मिठाई खिलाने।

बहुत बार बड़े-बड़े संबंधी वह काम नहीं करते जो राह चलते राहगीर ईश्वर रूप में आ वाणी, कर्म व प्रेरणा से करवा देते हैं... वह दूसरे व्यक्ति के जीवन की दशा व दिशा मोड़कर रख देते हैं... ऐसा ही कुछ किया था सूबेदार बौडा जी ने उसके कार्तिक के साथ। कार्तिक ने पत्र में विशेष रूप से, यदि जीवित हों तो सूबेदार बौडा जी को सूचना देने की बात भी कही थी।

माँ जी ने स्वाल्टी भर घास काटा। अब उसे गऊशाला में रख उनके पास (कार्तिक के पुराने दोस्तों के घर) जाने की सोच रही थी कि खेत के बगल की पगडंडी से किसी के खाँसने की आवाज़ आई। माँ जी ने ऊपर देखा तो एक बुजुर्गनुमा व्यक्ति लंबी-लंबी श्वास ले लट्ठी के सहारे खड़े थे। माँ जी के देखने-पूछने से पहले उन्होंने पूछा-

'बेटी, यहाँ एक लड़का सी डी एस में निकला है... बहुत साल हुए.. एक होनहार लड़का मुझे भी मिला था मौण-खाल जाते हुए... किसका लड़का होगा वह? अब उसका नाम व उसके पिताजी का नाम भूल गया हूँ... सोचता हूँ कि वह वही लड़का न हो... जिसे मैं मिला था..। सुना तो खुशी हुई... जिज्ञासा थी... कि कहीं वह वही तो नहीं है...।

अब स्वास्थ्य ठीक नहीं रहता लेकिन मन नहीं माना... सोचा कि उसके माँ-बाप को बधाई दे आता हूँ... और कोई दूसरा भी हुआ तो... है तो हमारे इलाके का ही। मुझे सूबेदार मेजर राणा कहते हैं बेटी,'

'भला हो भगवान का... मेरा ही बेटा है कार्तिक... मैं परसों से आपका पता ढूंढ रही हूँ... कार्तिक की चिट्ठी आई थी... कि हर हालत में यह संदेश बौडा जी, यदि जीवित हों तक जरूर पहुँचाना... आज जो भी हूँ... इस सबका श्रेय उन्हीं बौडा जी को है...। अभी घास यहाँ रख मैं आपका ही पता पूछने जा रही थी। मिठाई का डिब्बा यह रखा है मैंने...' माँ जी ने सिर पर पल्ला रख उनके चरण छूते हुए कहा।

'बेटी, यह सुन मुझे आज बहुत गर्व का अनुभव हो रहा है... उसको एक दिन बड़ा बनना ही था... पूत के पालने में ही दिख जाते हैं। उस छोटी सी यात्रा में मैंने उसको बहुत दूर तक भांप लिया था...। बार-बार मन में, स्मृतियों में, सपनों में उनके क्रांतिकारी विचारों की याद आती थी... मिल आने को मन करता था... लेकिन अब न स्वास्थ्य साथ देता है... न परिस्थितियां ही... परसों गाँव में यह समाचार सुना तो फिर रह न सका... सामर्थ्य न होने पर भी चला आया। काया बूढ़ी हुई बेटी... देश के लिए मर-मिटने को मन अभी भी जवान है... मैं ऐसी क्रांतिकारी बेटे की माँ के रूप में बस तुम्हें प्रणाम करने आया हूँ बेटी।'

भावुक क्षणों में माँ स्वयं पर काबू न पा सकी। डबाडब भरी आँखों के आँसू गालों तक आ लुड़कते हैं। बौडा जी भी भावुक हो उठते हैं। किंतु कुछ पल बाद संतुलित हो कहते हैं-

'यह खुशी के आँसू हैं बेटी.. मेरी ईश्वर से प्रार्थना है कि तुम्हारी जैसी संघर्षशील वीर माताएं इस भारत भूमि पर पैदा होती रहें... ताकि राष्ट्रसेवा के लिए कार्तिक जैसे युवा क्रांतिकारी भारत की सेनाओं का गौरव बढ़ाते रहें...।'

[38]

घर आकर किशनी व माँ जी के मुख से कार्तिक के संघर्ष व बुलंद हौसलों की कहानी सुनकर सूबेदार बौडा गदगद हो गए व जाते-जाते कह गए-

'बेटी अगर जीवन रहा तो लेफ्टिनेंट कार्तिक के दर्शन कर स्वयं को धन्य मानूंगा..।' कहकर बौडा जी उन्हें कई बार बधाई देते रहे। किशनी के पत्र से जब सूबेदार मेजर बौडा जी के उनके घर आने की बात कार्तिक को ज्ञात हुई

तो वह मन से बहुत प्रसन्न हुआ। निश्चित रूप से उनके आज में कहीं न कहीं बौडा जी के अतीत के उस सबल बीज विचार का ही चमत्कार था जो अंत में उसे मंजिल तक पहुँचाने में अपनी भूमिका निभाता रहा।

प्रशिक्षण का अधिकांश समय व्यतीत हो गया था। अब कुछ ही दिनों में पासिंग आउट परेड के लिए माँ जी व किशनी को देहरादून पहुँचना है। होटल के बड़े साहब के माध्यम से नए-नए कपड़े भिजवाये थे कार्तिक ने। लिखा था कि यदि सरला दी की भी स्थितियां अनुकूल हों तो वे भी सपरिवार उनके साथ आएं। चाहते हुए भी सरला दी अपने भाई की परेड में शामिल न हो सकेगी, यह उसके ससुराल वालों ने पहले ही स्पष्ट कर दिया था।

किशनी का मन भारतीय सैन्य अकादमी की वर्दी में अपने भाई के दर्शन के लिए बल्लियों उछल रहा था। माँ जी व किशनी की यह पहली परदेस यात्रा होगी... पिताजी के समय तो पहाड़ का आँचल छोड़ समतल की भूमि के दर्शनों का भी जुगाड़ जुटाना संभव न हो सका था... पिताजी असमर्थता व गरीबी की आग में झुलस-झुलस अंतिम बार अकेले ही चले गए थे परदेस से। यह कार्तिक का संघर्ष था कि जिसके बलबूते परदेश व प्रदेश की राजधानी, देहरादून को देखने का सुयोग्य जुटा जा रहा था।

माँ जी कभी भी घर का जत्था छोड़ न सकती थी... लेकिन अपने व अपने कार्तिक के जीवन की इतनी बड़ी भारी उपलब्धि के लिए तो उन्हें किसी भी हालत में पहुँचना ही पहुँचना है देहरादून। खुशी इतने वर्षों से अपनी माँ जी व भुलि किशनी को मिलने की कम न थी कार्तिक को। अपने अभाव व संघर्ष में पले-बढ़े बेटे को देश को समर्पित करने की खुशी माँ जी को भी बहुत है.. उससे अधिक यह संकोच भी कि.. न उसको कुछ बोलना आता है... न लिखना ही... तो ऐसे में अपने बिवाइयों भरे हाथ-पांव दिखाकर वह कहीं अपने बेटे के मार्ग में रोड़ा बनने तो नहीं आ रही। किशनी के इस शब्दों ने ताकत दी माँ जी को-

'क्या हुआ माँ जी गरीब और अनपढ़ हैं तो... बेटा व भैजी तो हमारा ही है न.. ये तो रोमांचक क्षण होंगे माँ जी जीवन के... इसमें हम अवश्य चलेंगे।'

समय व पानी के बहाव को गुजरते समय ही कितना लगता है। प्रशिक्षण का समय जैसे पलक झपकते ही बीत गया। किशनी के मामा, मामी के साथ गाँव पहुँचे। आखिर घर-गृहस्थी का इतना बड़ा जत्था था, उसे कौन देखता व वे किसके साथ देहरादून जाते। यह सोच माँ जी ने जैसे-तैसे किशनी के मामा को साथ चलने तथा मामी को दो-चार दिन घर की व्यवस्था देखने के लिए कहा था।

अभी तक रुद्रप्रयाग से बाहर कहाँ गई थी किशनी की माँ... वह भी ससुराल जाते बखत... कभी मोटर रोड़ से आए तो... अन्यथा तो इन पहाड़ों में पैदल यात्राएं करते ही बीत गया था पूरा का पूरा जीवन। कार्तिक के पिताजी उसकी माँ जी को परदेस दिखाने का स्वप्न में मन में ही दबाए विदा हो गए... कभी न दिखा सके परदेस... बस माँ जी खेतों व पहाड़ों में ही खटती रह गई।

मामा-मामी अपने घर का बंदोबस्त किसी पड़ोसी के पास कर दो-तीन दिन पूर्व ही पहुँच गए थे...। मामा कार्तिक की उपलब्धियों पर गर्व महसूस करते कि परेशानियों के चलते भी कुल, परिवार व गाँव का नाम रोशन किया था उसने। परेड में दीदी व भानजी को ले जाने के साथ-साथ स्वयं भी बहुत उत्सुक थे...। ऐसा सौभाग्य कहाँ व किसको नसीब होता है जीवन में। यह ईश्वर की कृपा व कार्तिक की अथक मेहनत का ही परिणाम था कि इतनी बड़ी परेड में उसके किसान मामा जी भी शामिल हो रहे थे। मन ही मन खुशी व आनंद के उन नायाब क्षणों को जी भर देख लेने व जी लेने की बड़ी भारी तमन्ना थी मामा जी की भी।

घर गृहस्थी, खेती-बाड़ी व जीवन के कार्य-व्यापार तो जीवन भर चलते ही रहते हैं... लेकिन ऐसी शुभ घड़ियां किस्मत से ही नसीब हो पाती हैं। मामा जी को भी नए कपड़े सिले-सिलाए बहुत समय बीत गया था... घर व खेती के कामों में कब व कहाँ जरूरत होती है नए कपड़ों को पहनने व बनाने की... काम का जो चरखा चलता है साल भर, उसी से फुर्सत कहाँ मिलती है दो घड़ी चैन की सांस लेने की।

माँ जी व किशनी ने दो दिन गऊशाला के लिए घास-चारा काटने वाले खेत व पेड़ों की जानकारी दी थी मामी को। गोठ के दुधारू गाय, भैसों से मुलाकात कराई थी... अन्यथा मरखने बैल, भैंस फटकने भी न देते मामी को। यही नहीं दो तीन बार माँ जी के सामने साल बैठाया (दूध दुहाया)... ताकि दूसरे दिन से गाय-भैंस उसे अपरिचित समझ दूध देने से इनकार न कर बैठें।

माँ जी कई सामान जुटाने पर लगी थी अपने कार्तिक के लिए। लेकिन जब यह ज्ञात हुआ कि पोस्टिंग जाने कहाँ मिलती है पराधीन... अपने संगी-साथियों के साथ तो उसमें कटौती कर देनी पड़ी... अन्यथा कई कुट्यारियां (पोटलियां) बना दी थी माँ जी ने। फिर भी किशनी के कहने पर होटल के बड़े साहब व अन्य पुराने साथियों के लिए गाँव-घर समौण (स्मृति) के रूप में अलग-अलग पोटलियां रख दी गई।

भेजी कार्तिक के लिए कुछ बुखणे-च्यूड़े (भूने हुए चिवड़े) व अर्से बनाए.. थोड़े बहुत चार-पाँच किलो घी रखा... यदि सुविधा होगी तो कार्तिक अपने साथ ले जाएगा... नौकरी के स्थान पर... और यदि अनुकूलता न हुई तो होटल के बड़े साहब के घर दे आएंगे।... जिनकी कृपा के ऋण से, माँ जी बताती हैं कि वे कभी उऋण नहीं हो सकते। अगर वे न मिलते... उनका सहयोग... मार्गदर्शन व सान्निध्य न मिलता तो कैसे पहुँचता कार्तिक इस मुकाम तक... न जाने यह बात दिन में माँजी कितने... सैकड़ों बार सोचती व उनका व ईश्वर का हाथ जोड़ कर आभार करती।

दो दिन पहले माँ जी ने अपने गाँव के संपूर्ण ग्राम देवताओं की अत्यंत श्रद्धा से पूजा-अर्चना की व आगे भी कार्तिक के अंग-संग रहने की मनौतियां मानी... अब, जब कार्तिक छुट्टी आएगा तो वह जी भर कर ग्राम भोज दे पूजा-अर्चन करेगी। सुबह रतवेणे (रात खुलते ही) पर ही माँ जी, किशनी व मामा जी चल पड़े थे पैदल... माँ जी अपनी व अपने कार्तिक की कुशल क्षेम के लिए लौट-लौट कर ग्राम देवताओं के मंडलों की ओर हाथ जोड़ प्रार्थना किए जा रही थी। न चाहते हुए भी जाने किस कारण आँखें स्वत: ही भर-भर आ रही थीं।...

किशनी व माँ जी को देखे बहुत समय तो नहीं बीता था लेकिन लगता था एक अर्सा बीत गया है। जितने उतावले माँ जी किशनी व मामाजी थे कार्तिक को मिलने के लिए, उससे अधिक कार्तिक था। कार्तिक को विश्वास था कि गाँव-पड़ोस से तो कोई नहीं है उनके संग आने वाला... इसलिए उसने किशनी को मानसिक रूप से तैयार कर दिया था देहरादून आने के लिए। लिखा था कि पढ़ी लिखी लड़की है। कल नौकरी के लिए परदेस जाना होगा... तो... तो भी साहस करना ही होगा... नीचे सड़क तक हल्द्या शिवलाल को साथ ले आना... जंगल के रास्ते अँधेरे में अकेले मत आना। आदि आदि बहुत सी बातें लिखी थीं भुलि किशनी के लिए कार्तिक ने पत्र में।

पत्र से प्रेरित हो... हो गई थी किशनी तैयार... क्योंकि रोडवेज की ऊखीमठ-देहरादून वाली बस सीधे देहरादून ही आती थी। अधिकांश विश्वास कार्तिक को यही था कि माँ जी अकेले आएंगी उसके पास...। अन्यथा पास-पड़ोस में भी कौन था कि जो साथ दे उन्हें देहरादून छोड़ देता। देहरादून जाने की बात सोच उल्टे वे सब, जब-तब आँखें दिखाने अलग लग गए होंगे उन्हें, यह कार्तिक सोच रहा था।

माँ जी ने इतना लंबा सफर किया ही कब है। जब कभी बिखोती के मेले के

लिए अगस्तमुनि या नागनाथ जाती थी तो माँ जी का प्रयास रहता कि ज्यादातर सफर पांवों से ही तय कर लिया जाए पैदल... उसके बावजूद भी झुल्के (शॉल) से मुँह व नाक ऐसे लपेटे रखती गोया अस्सी साल की बुढ़िया होगी। पत्र में चलने से पहले यह लिखना भूल गया कि माँजी को, उल्टी न आने की दवाई खिला देना... अन्यथा ओकाई आ-आकर माँजी की अंतड़ियां मुँह तक आने को हो जाएंगी।... बिना कहे कैसे-क्या जानेगी किशनी... कि सफर में क्या-क्या रखना होता है साथ... उसने कौन सा पहले कभी बस का सफर किया है। कितनी-कितनी छोटी-छोटी बातें सोचकर मन ही मन खूब परेशान होता रहा कार्तिक।

[39]

सपने में भी मामाजी के साथ आने की बात नहीं थी... और न कहीं कल्पना ही थी। साथियों में ज्यादातर के माँ-पिताजी, भाई-बहन पहुँच चुके थे... व एकाध आज पहुँचने वाले थे। कार्तिक सोचता काश! आज पिताजी जीवित होते तो माँ जी व किशनी के मुसीबतों का पहाड़ कुछ कदर कम व हल्का हुआ होता... लेकिन पिताजी के रहने पर सब कुछ ऐसा ही होता, भला कहाँ संभव था। इसलिए व्यर्थ की बातों को सोचने का ऐसे अवसर पर क्या फायदा... वही होना था जो हो रहा है।

घर से चलने, बस में बैठने से देहरादून पहुँचने का कल्पित गणित कर कार्तिक बस स्टैंड पहुँच गया था। पहाड़ से आने वाली कोई भी बस बस, स्टेंड में प्रवेश करती तो भागते कुलियों व रिक्शा-ऑटो वालों की ही तरह वह भी उनकी ओर दौड़ पड़ता। हालांकि वह अपनी मातृभूमि की बसों को रंग, लिखाई व नंबरों की दृष्टि से भी पहचान लेता था। लेकिन समय के इस अंतराल में परिवहन नियमों में आए नए परिवर्तनों के चलते वह प्रत्येक बस की उतरती सवारियों में एक नज़र जरूर मार आता था।

वह रास्ते में चाय-नाश्ते के लिए रुकी बस के समय को जोड़ने पर, समय अधिक हो जाने से पहाड़ी रास्तों की टूट-फूट की चिंता के कारण अधीर होने लगा। अचानक एक साथ आई दो-तीन बसों में से एक की उतरती सवारियों की ओर जा रहे भैजी को तीसरी बस की खिड़की से बाहर मुँह निकाल किशनी ने जोर से धौत (आवाज़) लगाई! कार्तिक के कानों में अपनी भुलि किशनी की

वह आवाज़ वैसे लगीं। जब वह जंगल में गायों के साथ पेड़ के तने पर पसर किताबों की दुनिया में खोया रहता व दूर डेढ़-दो मील नीचे खड़ी भोजन बनने पर भात खाने के लिए अपने भैजी को धौ लगाती –

'भैजी...' और किशनी के तीखे शब्दों की पुनरावृत्ति जंगल की घाटियां व चट्टानें एक-दो बार और कर लेतीं। अपनी प्रिय बहन किशनी की आवाज़ मात्र से रोमाँचित हो गया कार्तिक। आँखें वैसे छल छला आई जैसे उसके आते समय किशनी की छल छला गई थीं।

बस से नीचे उतरने तक माँ जी व किशनी की आँखें के आँसू गालों तक आ लुढ़के थे...माँ जी व किशनी ने अपने कार्तिक को ऐसे भेंटा था जैसे सरला दी के ससुराल जाते हुए अंतिम पड़ाव पर माँ जी व उसकी सहेलियां उसे पहली बार विदा करते भेंट रही थीं।

जाने आज क्या-क्या सोच कार्तिक इतना भावुक हो गया था... वह भूल गया था कि वह भारतीय सेना का एक युवा अधिकारी है। इन भावुक क्षणों में मामा जी भी बच्चों से अलग-थलग फफक रहे थे... जिसे बचपन में एक बच्चे के रूप में देखा था... आज एक स्वस्थ तंदुरुस्त युवा के रूप में अपनी मेहनत के बल पर इस मुकाम पर पहुँचे देख मामा जी का भी भावुक होना स्वाभाविक था।

किशनी भैजी की छाती से लग सिसक रही थी... माँ जी अपने आंसू साफ कर अपने झुल्के से कार्तिक के आँसू पोछ रही थी। जब स्मृतियों का उबाल हल्का हुआ तो माँ जी ने कहा- 'लाटा... अपने मामा को सेवा लगा... (चरण स्पर्श कर) कितने साल बाद देखा है तुझे... जब तेरी चिट्ठी आई,... बस एक रट लगाई थी कि मैं चलूंगा साथ... कार्तिक को देखने...।'

'मामा जी आप?' कहकर कार्तिक ने चरण स्पर्श किए...भावुक हो मामा जी कुछ न बोल सके। बस, उसे अपने सीने से लगा फफकते रहे... बहुत देर तक... फिर उसी मुद्रा में बोले... 'लाटा मुझ गरीब का माथा भी ऊँचा कर दिया तूने... आज मैं कितना प्रसन्न हूँ बता नहीं सकता... शाबास... मैं भी अपने गाँव में भोज दूंगा इस खुशी में...।'

कुछ क्षण पश्चात उन्होंने पास के नल से पानी भर एक-एक छपाक (बौछार) अपने मुँह पर लगाई... तौलिये से मुँह साफ किए व प्रसन्न मुद्रा में कार्तिक ने कहा-

'माँ जी अब रोने का सीन (दृश्य) समाप्त... और आनंद की बेला शुरू...पिता जी व ग्रामदेवों की कृपा से इससे बड़े आनंद के क्षण और क्या

होंगे... मामा जी, तुम्हारे और किशनी की उपस्थिति में देशसेवा के लिए प्रस्थान करूंगा...'। बस उसी दिन की तरह आप मुझे आँसुओं से नहीं... शुभकामनाओं व हँसी-खुशी से देश सेवा करने का शुभाशीष देंगे... अब आप भावुक व गरीब कार्तिक की माँ न होकर एक देशप्रेमी, राष्ट्रभक्त व सेना के अधिकारी की धीर-वीर, गंभीर माता हो...।

मुझे वचन दो अब इन आँखों में आँसू नहीं, देश-प्रेम, साहस व विश्वास के स्वप्न तैरा करेंगे।' माँ जी ने खुश हो कार्तिक के हाथ में हाथ दे दिया था व भुलि किशनी ने शाबासी के रूप में भैजी की पीठ, थपथपाते हुए कहा था 'भारत माता की जय, भारत माता की जय।'

[40]

भारत माता के मंगल स्तवन के उपरांत मानों भावुकता का संसार फुर्र हो गया था... मन में देश-प्रेम, स्वाभिमान व आत्मगौरव का संचार हो गया था। अब उन्हें लगा था कि वे भी आज भारत माता के अभिन्न अंग हैं... अब उनके हृदयों में धैर्य, साहस, शौर्य, पराक्रम, सेवा व समर्पण के कमल खिलने लगे थे। रास्ते में कार्तिक ने माँ जी, भुलि किशनी व मामाजी को होटल के बड़े साहब से मिलवाया था... माँ जी ने किशनी को उनके लिए रखा हुआ सामान (समौण) निकालने को कहा था।

कार्तिक ने पाँच किलो घर के घी की कंटरी (डिब्बा) भी बड़े साहब को देने का संकेत किया। माँ जी व किशनी से मिल बड़े साहब कार्तिक के गुणों की प्रशंसा करने लगे थे व माँ जी ने कार्तिक की इस संपूर्ण सफलता का श्रेय बड़ी कृतज्ञतापूर्वक बड़े साहब को दिया था।

परिसर में पहुँचकर कार्तिक ने अपने साथियों के परिवारों से अपनी भुलि किशनी, माँ जी व मामा जी का परिचय करवाया था। आइ.एम.ए के परिसर में एक लघु भारत एकत्रित हो गया था। अनेक भाषाओं, संस्कृतियों व संस्कारों के लोगों के बीच अनेकता में एकता का परिधान पहने भारत माता का एक सुखद दृश्य निश्चित रूप में परिसर के जन-जन को रोमाँचित करने वाला था।

अफसरों की वर्दी में सजे हुए ये लाल, भारत माता के भाल को ऊँचा करें, देशप्रेम व राष्ट्रसेवा का ज्वार सभी परिजनों के हृदयों में स्वत: उमड़ रहा था। परेड प्रारंभ होने को थी। एक ही कद-काठी में सजे इन लालों के करतब देखने

के लिए सभी अधीर हो रहे थे। अब सैकड़ों कैडटों की भीड़ में अपने भैजी कार्तिक का ढूंढना भुलि किशनी को कठिन लग रहा था।

उनकी एक-एक अदा देश के लिए कुछ चिर-स्मरणीय कर गुजरने के संकल्प की पुनरावृत्ति के स्वर अलाप रही थी। निश्चित रूप से धरती पर स्वर्ग की अनुभूति का यह दृश्य उस प्रत्येक वहाँ खड़े माता-पिता व भाई-बहन के लिए उपस्थित था... जो अपने प्रतिभाशील पुत्रों व भाइयों-संबंधियों की बदौलत इस आनंद या परमानंद के आत्मीय क्षणों का साक्षात दर्शन कर रहे थे।

एक ताल, ध्वनि, मुद्रा तथा पंक्ति में अनुशासनबद्ध कैडटों की परेड की एक-एक भंगिमा मन को रोमाँचित किए जा रही थी दर्शकों को...। परेड प्रदर्शन के बाद श्रेष्ठ कैडिट के रूप में जब लेफ्टिनेंट कार्तिक को बेस्ट केडिट का सम्मान मिला व सलामी लेते हुए बाहें फड़काते उसने उसे ग्रहण किया... तालियों की गड़गड़ाहट से समूचा पांडाल गूँज गया... माँ जी, किशनी व मामा जी की आँखें आनंद से नम हो गयीं नभ से मानों कार्तिक के पिता, ग्रामदेव घंडियाल, जाख, सिंघलास बगड्वाल, नागराजा, धारीदेवी ने उसे अपने जीवन में सफल होने के लिए शुभाशीषों की पुष्पवर्षा की हो...।

माँ जी, किशनी व मामा जी तथा वहाँ उपस्थित परिजनों के लिए जीवन का इससे स्मरणीय, सुखद व गौरवपूर्ण क्षण संभवत: दूसरा नहीं हो सकता था। तालियों की गूँज मन को भीतर तक प्रमुदित कर चयनित कैडटों को मानों अपने जीवन-लक्ष्य की ओर अग्रसर होने की शुभकामनाओं के विश्वास का संचार कर रही थी।

मिलन, शुभाशीष व समारोह की संपन्नता पर अपने लालों को राष्ट्रसेवा के लिए माँ भारती को सौंप कैडटों के परिजन आत्मगौरव, राष्ट्रप्रेम, स्वाभिमान का भाव लिए अपनी-अपनी जन्मभूमि को वापस लौट रहे थे। आनंद की पराकाष्ठा को अपने में सगाए वे ऐतिहासिक क्षण परिवार के प्रत्येक सदस्य के मन के कैमरे में सदा-सदा के लिए कैद हो गए थे। माँ जी, किशनी व मामा जी को मिलने होटल के बड़े साहब गाड़ी लेकर आए थे। चरण-स्पर्श कर उन्होंने कहा-

'यह आपके तप, त्याग व निष्ठा का ही प्रसाद है माँ जी जो कार्तिक अपनी मेहनत से भारत माता की सेवा में सफलता अर्जित कर अपनी ड्यूटी पर चला गया है.. ऐसे दुर्लभ क्षण संसार की कुछ विरली, सौभाग्यशाली माताओं को ही नसीब हो पाते हैं...।'

'बेटा, यह उन पित्रों का आशीर्वाद है या फिर आप जैसे ईश्वर स्वरूप

आत्मीयों की कृपादृष्टि...अन्यथा मेरी क्या औकात थी बेटा...? स्वप्न में भी ये सारे कार्य व दृश्य देखने भर की भी। ईश्वर सुख-समृद्धि दें आप सबको...।'

'माँ जी कभी भी कोई बात हो... आप निसंकोच मुझसे बात करना... ये समझकर कि कार्तिक का बड़ा भाई सदा यहाँ खड़ा हूँ... आपके लिए। और माँ जी, यह भुलि किशनी के लिए मेरी ओर से (छोड़ा सा उपहार है।, कहकर बड़े साहब ने गाड़ी से एक बड़ा सा डिब्बा निकाल किशनी के हाथ में पकड़ा दिया। किशनी ने भी बड़े साहब के चरण स्पर्श किए। उन्हें बस में बैठा बड़े साहब व होटल के कार्तिक के कुछ साथी उन्हें टा-टा बाय-बाय' करते रहे...। किशनी दूर तक पीछे मुड़ उन्हें हाथ हिलाती रही। माँ जी व मामा जी इस घोर कलियुग में ऐसे देव पुरुषों की चर्चा कर-कर गदगद होते रहे।

[41]

कार्तिक कमीशन अधिकारी बन अपनी ड्यूटी पर चला गया था। माँ जी किशनी घर तथा मामा-मामी भी सकुशल अपने घर पहुँच गए थे। जीवन ने फिर रफ्तार पकड़ ली थी... काम, काम और काम। घर से कॉलेज दूर था, इसलिए व्यक्तिगत विद्यार्थी के रूप में किशनी ने स्नातक परीक्षा के प्रथम वर्ष का फार्म भर दिया था।

गाँव भर के लिए कार्तिक का अधिकारी बन अपनी ड्यूटी पर चले जाना ईर्ष्या का कारण बना था लेकिन माँ जी के लिए अपनी पुरानी दिनचर्या में रत्ती भर भी अंतर नहीं आया था। समय-समय पर किशनी व कार्तिक के पत्रों से समाचार व कुशल क्षेम ज्ञात होती रहती। कार्तिक की नौकरी से माँ जी के मस्तिष्क से एक बड़ा बोझ हलका हुआ था। अब जीवन के दूसरे कार्य स्वयं करने के हैं, माँ सोचा करती... लेकिन दूसरे ही पल यह भी विश्वास जगता कि जब ईश्वर को जो कार्य कराने होंगे करें... अभी से वह क्यों वह नाहक परेशान हो।

[42]

दीपावली को डेढ़-दो माह शेष थे। कार्तिक ने दीपावली पर दो माह की छुट्टी आने का पत्र लिखा था साथ ही यह भी लिखा था कि... चूंकि यह उसकी नौकरी की पहली छुट्टी है... व उत्सव का महीना भी। इस बार वह सर्वप्रथम

अपने दिवंगत पिताजी की स्मृति में भागवत कथा का आयोजन करेगा... तत्पश्चात् एक सप्ताह बाद पूरे गाँव के लिए महाभोज... जो उसके लिए अपने गाँव के बड़े बुजुर्गों के प्रति आभार व्यक्त करने का एक जरिया भी होगा तथा अपनी खुशियों में भी शरीक करने का एक सुअवसर भी।

जीवन में घट रही स्थितियों-परिस्थितियों के समीकरण-चक्र को कभी गलत नहीं समझा कार्तिक ने। इसलिए वह अपनी सफलता का श्रेय उस चुनौती को देना चाहता है जिसने उसके भीतर सफलता के इस मुकाम तक पहुँचने की सामर्थ्य व ताकत प्रदान की। जब कार्तिक के छुट्टी आने तथा पिता जी की स्मृति में भागवत सप्ताह करने की बात गाँव वालों को पता लगी तो एक दिन सुबह-सुबह प्रधान जी ने आकर अनुनय-विनय के स्वर में कार्तिक की माँ जी से कहा-

'बहू! मैं पूरे गाँव की ओर से आज माफी माँगने आया हूँ... हम सबने आपके साथ अन्यायपूर्ण व्यवहार किया है। आपकी कर्मठता व उच्च आदर्शों के कारण बेटे कार्तिक ने आज गाँव का नाम रोशन किया है... उसके बुलंद हौसलों के समक्ष हम घुटने टेक कर आपको प्रणाम करते हैं व अपने कहे कटु शब्दों को वापस लेते हैं, साथ ही अपने अमानवीय व्यवहार के लिए क्षमा माँगते हैं। आज से पूरा गाँव मिल-जुलकर आपका साथ निभाने का वचन देता है। हमें दुख है कि हमने आपको गहरा दु:ख पहुँचाया है और बदले में आपने-अपने संस्कारों व आदर्शों से गाँव का व हम सबका गौरव बढ़ाया है।'

'कोई गलत बात नहीं सोरज्यू... इन्सान कौन सा कुछ करने वाले होते हैं... ईश्वर ही देते हैं सब कुछ शक्ति, सामर्थ्य और चेतना। इसी मिट्टी में पले-बढे हैं हम.. इसी ने वहाँ पहुँचाया है... इसका श्रेय गाँव की इसी माटी को जाता है... ग्राम देवताओं को जाता है... उनकी छत्र छाया बनी रहे...।' माँ जी भोलेपन से हाथ जोड़ देती।

कार्तिक के आने तक गाँव में गजब की सुलह हो गई। जैसे ही सामान के खच्चरों सहित वह गाँव की सीमा में पहुँचा। सभी ग्रामवासियों को अपने स्वागत में पलक-पांवड़े बिछाए खड़े देख वह गदगद हो गया। उसने सभी बड़े-बुजुर्गों का चरण-स्पर्श किया, छोटों को गले लगाया। गाँव के सबसे बुजुर्ग दादा जी ने कहा-

'बेटा! तुम्हारे बुलंद हौसलों के सामने हमारे ढकोसलों व झूठे अहम का भवन बुर्ज़-बुर्ज़ हो गया है... तुम जीते... और हम हारे...। बस, आज से हमारा गाँव पुरानी ही तरह एक है... अब सब कुछ भूल जाओ बेटा... पूरे गाँव का तुम्हारे कारण गर्व से सिर ऊँचा हुआ है।

फिर धूमधाम से भागवत सप्ताह का आयोजन हुआ। पूरे आस-पास के गाँवों को महाभोज दिया गया। सबने मिल-जुलकर समारोह संपन्न करवाया। लफ्टिनेंट कार्तिक के बुलंद हौसलों ने नफरत व ईर्ष्या की दीवार ढहाकर अपने पराक्रम से सभी को एकता के सूत्र में बांधकर नई मिशाल कायम की। दीपावली में धूम-धाम से ग्राम देवताओं की पूजा-अर्चना कर कुछ दिनों बाद गाँव की माटी का तिलक कर कार्तिक प्रसन्न मन अपनी ड्यूटी पर कश्मीर चला गया।